아이온

4

얼음의 대지
스칼라이드 산맥
연방
만유
샤벨
신성
투실바
시니아
카시리아
모타니
와튼 공국
헬베른
산맥
네이니강
로스빌
삼태호
크로시안
알라모
우랑카
에티우스
밀림
막
에티우스 만
군도
당
류드빌
동해

익스트림

엽 태 호 퓨 전 판 타 지 소 설

익스트림 1

엽태호 판타지 장편 소설

초판 1쇄 찍은 날 § 2006년 8월 11일
초판 1쇄 펴낸 날 § 2006년 8월 21일

지은이 § 엽태호
펴낸이 § 서경석

편집장 § 문혜영
편집책임 § 최하나
편집 § 이재권 · 서지현

펴낸곳 § 도서출판 청어람
등록번호 § 제1081-1-89호
등록일자 § 1999. 5. 31
어람번호 § 제1-0735호

주소 § 경기도 부천시 원미구 심곡1동 350-1 남성B/D 3F (우) 420-011
전화 § 032-656-4452 팩스 § 032-656-4453
http://www.chungeoram.com
E-mail § eoram99@chollian.net

ⓒ 엽태호, 2006

ISBN 89-251-0258-7 04810
ISBN 89-251-0257-9 (세트)

익스트림

호접지몽(胡蝶之夢)

1

엽태호 퓨전 판타지 소설

도서출판 청어람

FANTASY FRONTIER SPIRIT

contents

어느 깊은 가을밤, 잠에서 깨어난 제자가 울고 있었다. 그 모습을 본 스승이 기이하게 여겨 제자에게 물었다.

"무서운 꿈을 꾸었느냐?"

"아닙니다."

"슬픈 꿈을 꾸었느냐?"

"아닙니다. 달콤한 꿈을 꾸었습니다."

"그런데 왜 그리 슬피 우느냐?"

제자는 흐르는 눈물을 닦아내며 나지막이 말했다.

"그 꿈은 이루어질 수 없기 때문입니다."

\- 영화 [달콤한 인생] 중에서

언제부터인가 꿈을 꾸지 않는다.

어릴 적 '넌 꿈이 뭐니?' 하고 물으면 반사적으로 '대통령이요' 라고 대답을 한 기억이 있다.

지금은 글쎄… 꿈보다는 목표라는 단어가 왠지 어울릴 것 같다, 꿈이라는 말조차 잊어버린 것처럼.

꿈을 꾸고 싶다, 위의 영화의 한 장면처럼 이루어질 수 없어 슬프더라도.

꿈 때문에 울 수 있는 순수함이 남아 있는지는 모르지만 그래도 꿈을 꿀 수 있으면 좋을 것 같다.

나는 꿈을 꾸지 못해도 글 속에서 다른 이들의 꿈을 그리고 있다. 그래서 나는 꿈을 꾼다.

모두가 지치고 힘든 현실에서 벗어나 잠시나마 행복한 꿈을 꾸었으면 좋겠습니다. 그 꿈이 현실이 되기를 두 손 모아 기원합니다.

제가 꿈을 꿀 수 있도록 도와주신 모든 분들께 감사를 보냅니다.

연재를 할 수 있도록 장을 마련해 주신 GO!武林판타지 문주님과 운영진님들, 처녀작부터 응원을 해주신 심술님, 바쁘신 와중에도 오타 하나하나를 전부 찾아주신 本來如一物님, 그리고 소중한 고무판 독자님들.

이 글 『익스트림(Extreme)』이 완성되기를 기꺼운 마음으로 지켜봐 주시고 조언을 해주신 청어람 식구들께도 다시 한 번 고개를 숙입니다.

모두 저의 꿈입니다. 감사합니다.

엽태호(葉泰虎) 올림.

Prologue

지하대전 안이다.

성스러움과 경건함, 고결한 분위기가 물씬 풍기는 그곳엔 어울리지 않는 이질적인 기운이 가득 차 있었다.

툭 건들기만 해도 폭발할 듯 팽팽하게 당겨진 공기는 대전에 흐르는 일정한 읊조림에 반응하여 긴장감을 더했다.

신화의 한 단편을 보여주는 듯한 양각된 벽화들이 벽면을 두른 대전. 그 가운데 은은한 빛을 발하는 수정관을 중심으로 열두 명의 노인이 일정한 거리를 격(隔)하고 있었다.

순결을 상징하는 백의를 입고 있는 노인들, 그들의 달싹거리는 입술 사이로 알아듣기 힘든 언어가 흘러나온다.

"이움타! 비라사바 이타나사마……."

장원형(長圓形)의 벽면에 부딪치며 증폭된 소리는 다시금 중앙으로 모여들었다.

그 흔한 초불 하나 밝히지 않은 곳이건만 중앙에 놓인 수정관에서 흘러나오는 은은한 불빛이 대전 구석구석을 비추었다.

수정관 하나와 열두 명의 노인.

백여 명이 들어가고도 남을 넓은 대전을 채운 전부다. 하나, 공허함 따위는 느껴지지 않았다. 오히려 읊조림이 높아짐에 따라 더 더욱 강성한 기운이 대전을 가득 메웠다.

"이움타! 비라사바, 하오지마 감바사……."

백의와 잘 어울리는 백발과 흰 수염, 거기에 인자한 미소만 덧붙인다면 노인들의 풍모는 절로 고개가 숙여지는 성인(聖人)의 자태였다.

한순간 평온하던 노안에 긴장의 빛이 어렸다. 이어 양옆으로 벌린 팔을 서서히 들어올렸다. 이마에 땀방울이 맺히기 시작했고 달싹거리는 입술이 빨라졌다.

이 간단한 동작에 노인들은 세상 그 무엇보다 중요한 행동이라는 듯 온갖 기력(氣力)과 심력(心力), 신력(神力)을 쏟아 부었다.

다른 노인들과는 달리 금관을 쓰고 있는 노인이 애틋한 정을 담고 머리맡에서 수정관을 바라보았다.

눈길이 닿는 곳, 지진을 만난 듯 진동하는 수정관 안에는 만삭의 여인이 미동도 없이 누워 있었다. 형언할 수 없이 아름다운 여인, 천상의 여인인 양 성스러움과 고귀함이 물씬 풍겨 나오는 여인이었다.

안타깝게도 여인의 얼굴에서는 그 어떤 감정도 찾아볼 수 없었다, 마치 혼이 빠져나간 실혼인(失魂人)처럼.

질끈 눈을 감은 노인이 어금니를 꽉 깨물었다. 잠시 몸을 부르르 떤 노인이 굳은 결심이 선 듯 번쩍 눈을 뜨자 수정관을 녹여 버릴 듯한 강렬한 안광이 폭사되었다.

그와 동시에 그의 몸에서 옅은 서광이 뿜어져 나와 온몸을 감싸기 시작했다. 신성한 기운이 내포된 서광. 이는 다른 노인들도 다르지 않았다.

어느 한순간 노인들의 온몸을 감싸던 서광이 소용돌이치면서 몸을 휘감아 솟구쳤다.

열두 개의 빛의 기둥이 되어버린 노인들, 그들의 몸을 감싸던 기둥이 팔짓에 따라 수정관 위의 한 점에 모여들었다. 빛의 기둥은 커다란 소용돌이로 변해서는 수정관을 향해 폭포수처럼 쏟아져 내렸다.

콰콰콰콰콰!

장엄한 장관이었다.

빛의, 그것도 성스런 기운으로 이루어진 폭포.

드드드드드!

수정관이 그 힘을 이기지 못하고 몸을 떨었다. 얼마 지나지 않아 견고한 수정관에 균열이 생기기 시작했다.

이와 더불어 높아진 노인들의 주문에 공명하듯 수정관에서 흘러나오는 빛 또한 일순 눈이 멀 정도로 강렬해졌다.

쩌저저저적!

수정관이 깨어지고 튀어 오른 파편들이 현란한 빛을 발하며 비산했다. 은하수의 별무리 같은 환상적인 아름다움 속에서 그에 못지않는 아름다운 여인이 서서히 떠오르기 시작했다.

여인이 허공의 한 점에 멈추었을 때 빛의 폭포수가 그녀를 감싸 안 듯 휘감아 돌았다.

"이움타! 비라사바……!"

대전이 들썩거릴 정도로 커다란 외침이 울리자 여인의 몸을 휘감아 돌던 서광이 그녀의 전신 모공으로 순식간에 빨려 들어갔다. 서광의 영향인 듯 여인은 마치 옥으로 깎아 만든 여신상처럼 피부가 반투명하게 변하고는 눈부신 찬란한 빛을 발했다.

하지만 그녀와는 반대로 서광을 뿜어내던 노인들이 점차 말라가고 윤택했던 피부가 푸석하게 변하면서 마른 미라처럼 변하던 때!

그와 상반되는 힘찬 생명의 소리가 터져 나왔다.

"응애! 응애! 응애……!"

여인의 다리 가랑이 사이에서 떠오르는 아이가 뱉어낸 탄생의 소리였다.

어머니와 탯줄로 연결된 아이는 휘황찬란한 금빛으로 물들어 그 빛을 발했고 여신상처럼 빛나던 여인은 자신에게 쏟아진 기운을 아이에게 모두 전한 듯 어느새 노인들과 같은 모습으로 변해 있었다.

금관 노인을 비롯한 노인들의 얼굴에는 죽음의 그림자를 밀쳐 버리고 환호라는 감정이 대신했다.

위대한 탄생, 자신들의 생명을 버리고 얻은 아이, 그러나 기쁨도 잠시였다.

풀썩! 풀썩!

노인들은 하나둘 젖은 짚단처럼 쓰러졌다. 그들에게는 그 기쁨을 만끽할 작은 시간마저 허락되지 않았다.

푸화화화악!

순간 고귀한 탄생이 시작된 곳에서 붉은 선혈이 분수처럼 뿜어져 나왔다.

피 안개!

성스러운 탄생의 순간에 피 안개가 짙은 배경으로 깔렸다.

성스런 서광이 가시지 않은 대전, 그와 상반되는 짙은 붉은 빛의 피 안개가 대기를 적셨다.

유일하게 살아남은 금관 노인이 뜻대로 움직이지 않는 다리를 탓하며 힘겹게 다가가 허공에 둥실 떠 있는 갓난아이를 받아 하늘 높이 치켜들었다.

이율배반적으로 한없는 슬픔과 기쁨이 교차하는 노안(老眼)에서 뜨거운 굵은 물줄기가 흘러내렸다. 그는 사랑하는 이들과 바꾼 이 소중한 아이를 하늘에 지켜달라는 듯 한참 동안을 석상처럼 서 있었다.

노안을 적신 눈물이 마를 때, 그 무엇보다 소중히 아이를 품에 안은 노인은 뒤도 한번 돌아보지 않고 대전을 빠져나갔다.

새로운 탄생이 있었던 자리.

피비린내가 물씬 풍기는 대전에는 열두 구의 시체와 더욱 짙어지는 피 안개만이 남아 있었다.

선명한 붉은 안개가…….

Chapter 1

흘러내린 지푸라기

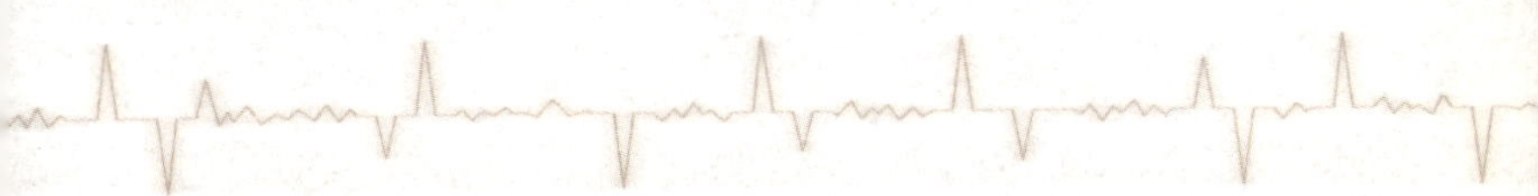

생명의 기운이 가득 찬 5월.

마른 나뭇가지조차 연한 살결처럼 느껴지는 신록의 달이다. 청춘처럼 생생하고 생동감이 넘치는 달이기에 싱그러운 생명력이 넘친다.

5월을 가장 잘 느낄 수 있는 곳을 찾으라면 아마도 젊음과 낭만으로 대변되는 대학일 것이다. 오늘도 어김없이 캠퍼스는 젊은 청춘들에게서 풍기는 생생함이 가득했다.

따스한 봄 햇살이 내리쬐는 잔디밭 한편의 벤치에 나른한 식곤증을 이기지 못한 왜소한 체구의 한 노인이 꾸벅꾸벅 졸고 있었다. 민머리에 가까운 머리와 주름진 피부에 간간이 검버섯이 돋은 모습이 영락없는 칠순 노인을 보는 듯했다.

20대 초중반의 학생들이 다니는 대학교에서 칠순 노인이라면 교수라고 생각하기에도 많은 나이에 속한다. 그의 옆에 놓인 두터운 전공 서적이 아니라면 대학가 근처에 사는 이웃 주민이 따사로운 햇살에 이끌려 나들이 나온 모습이라 생각할 것이다.

노인의 조는 모습이 우스운지 발랄한 여학생들의 웃음소리가 들려왔다.

"저러다 목이 떨어지지 않을까?"

근처 잔디밭에 앉아 있는 긴 생머리 여학생의 말이었다.

"어머, 애는 못하는 소리가 없어."

"교수님 같은데, 졸리시면 연구실에서 주무실 일이지 보기 민망하게……."

친우의 말에 화들짝 놀란 여학생이 안경을 치켜 올렸다.

"저 애한테 한 소리야?"

"애?"

아무리 젊게 봐줘도 환갑을 훌쩍 넘긴 나이 같은데 애라니? 안경을 낀 여학생이 호들갑을 떨었다.

"어머머! 어머! 너 진짜 쟤가 누군지 몰라? 신문에도 대문짝만하게 실린 애를?"

생머리 여학생은 다시금 노인을 살펴보았지만 더욱 모를 일이었다.

"신문? 글쎄… 내가 그쪽엔 영 취미가 없잖니. 잘 모르겠는데?"

"어휴! 대학생씩이나 되어서, 그것도 최고라는 대학을 다니는 애가 신문도 안 봐? 취업난이 장난이 아닌데 앞으로 걱정이다, 애."

생머리 여학생이 입술을 삐죽 내밀었다.

"알았어, 알았어. 근데 저… 분이 누군데?"

"으음, 희대의 천재, 아니, 불운의 천재라고 해야 할까?"

"희대의 천재? 불운의……?"

희대와 불운이란 말을 함께 쓸 일이 없을 것 같아 생머리 여학생의 고개가 절로 갸웃해졌다.

"쟤가 몇 살처럼 보여?"

"글쎄, 우리 할아버지보다 더 드신 것 같은데, 한 일흔 정도?"

한숨을 내쉰 안경 여학생이 고개를 저었다.

"놀라지 마라. 열세 살이다, 열세 살."

"여, 여, 열세 살?"

눈이 커질 대로 커진 생머리 학생이 노인을 뚫어져라 쳐다보았다.

앉아 있어 확실하진 않지만 대충 120~30㎝ 정도 될까 한 키에, 지렁이가 기어간 자국 같은 푸른 혈관이 훤히 보이는 민머리, 앙상하게 마른 몸에 간간이 검버섯이 돋은 주름진 피부, 열세 살의 나이라고는 도저히 믿기지 않았다.

"어머! 어머머! 어머……!"

"병이래, 조로증(早老症)이라는."

신기한 물건을 바라보는 것 같던 생머리 여학생의 눈빛이 급격히 동정의 빛으로 변했다.

"조로증… 빨리 늙는다는 그 병?"

"응. 나도 잘은 모르는데 몇 년 살지 못한다더라."

"어머머… 어떻게? 너무 불쌍하다. 근데 왜 여기서 저러고… 천재? 혹시……?"

자신의 생각에 동의를 구하는 듯 생머리 여학생이 안경 낀 여학생을 쳐다보았다.

"응. 우리 학교 학생이야. 이름이… 정우라던가? 김정우. 열 살에 입학했다는데 몸이 아파서 수업엔 들어오지 않고 교수님들께 개인 교습을 받나 보더라. 벌써 박사 학위를 두 개나 받았다던데."

열세 살에 박사 학위가 두 개라… 부러울 만도 한데 그런 감정은 들지 않았다. 안경 낀 여학생은 안쓰러운 듯 정우를 바라보고는 말을 이었다.

"우리 같은 애들은 따라갈 수도 없는 천재이긴 한데 몸이 많이 아파서… 조로증에 다른 합병증도 있나 봐. 에휴! 약으로 연명한다던데. 불쌍하지 뭐."

조로증, 이 희귀병은 면역 체계가 완성되지 않은 어린 나이에 빠르게 노화하는 병으로 대부분 20세를 넘기지 못하고 사망한다고 알려져 있었다.

넋 놓고 정우를 보던 생머리 여학생이 작게 중얼거렸다.

"정말 너무한다. 저 똑똑한 애가… 자신이 죽어가는 모습을 매일 봐야 하다니……."

천재라는 아이다. 육체의 변화를 확연히 보아야 하다니 신의 가혹한 처사였다.

일반적으로 조로증 환자들의 지능은 일반 사람들보다 높다고 알려져 있다. 그들은 죽는 순간까지 자신에게 무슨 일이 일어나는지 정확히 알고 있다. 다가오는 죽음을 확연히 알면서 기다려야만 하는 심정은 더욱 고통스러울 것이다.

뒷말을 흐린 여학생이 고개를 돌렸다. 정우에게 중년 남자가 다가서고 있었다.

"정우야! 정우야!"

"에… 예."

느릿하게 고개를 들은 정우는 엷은 눈꺼풀 사이로 들어오는 햇살에 눈살을 찡그렸다.

"아, 안녕하세요, 교수님."

늙수그레한 모습과는 어울리지 않는 맑고 여린 목소리였다.

"오래 기다렸지? 갑자기 회의가 잡히는 바람에… 자자, 들어가자꾸나."

“예.”

이 교수가 무엇을 찾듯이 주위를 둘러보자 정우가 말했다.

“엄마는 절에 가셨어요.”

이 교수는 고개를 끄덕였다. 아들의 건강을 빌러 간 것이다. 아무리 의사의 사형 선고가 내려진 자식이라도 그 죽음 자체를 받아들일 수 있는 부모는 없을 것이다.

그는 정우 부모의 눈물 겨운 노력을 알고 있었다. 마시기만 하면 모든 병이 낫는다는 만병수라는 허황된 물에 수천만 원을 날린 적도 있었고, 몸에 좋다는 약재는 빚을 내서라도 사다 먹였다.

이 교수의 눈에 안타까움이 묻어 나왔다. 10년, 아니, 5년만 더 살 수 있다면 역사에 지워지지 않을 업적을 쌓아 올릴 수 있을 아이다.

한 명의 천재는 20만 명을 먹여 살릴 수 있다는 말이 있는 것처럼 그는 이 나라를 한 단계 더 발전시킬 존재이건만.

이 교수는 정우를 부축하였다. 일곱 살배기 막내아들을 안는 것처럼 가벼웠다. 그새 더욱 병세가 악화되었나 보다.

정우의 생명을 조금이라도 더 늘리기 위해 국가 차원에서 지원을 하고 있었다. 각 방면에 저명한 의사들이 모여 그의 생명 연장을 위해 노력하였지만 인명은 재천이라 했던가.

길어야 3년, 그 이상은 힘들다고 했다. 하긴 아직까지도 병의 구체적인 원인조차 밝혀지지 않아 치료 방법도 없었다.

정우는 자기 삶이 얼마 남지 않았다는 것을 알고 있다. 기억이란 걸 할 수 있는 순간부터 앓아오던 병이다. 그나마 부모가 형편이 되고, 뜻있는 사람들이 나서 아직까지 삶을 영위하고 있지만 그렇지 않았다면 벌써 숨을 거두었을 것이다.

정우가 이 교수의 팔을 잡았다.

"가시죠, 교수님. 전 시간이 그리 많지 않아요. 히히. 오늘은 국방과학연구소 사람들과 미팅이 있는 날이잖아요."

정우는 물리학과 전자계측에 관한 박사 학위를 가지고 있었고 국방부에서 실행 중인 중·장거리 미사일 개발 계획에 참여하고 있었다.

이 교수의 마음이 아려왔다. 시간이 많지 않다라… 가슴 아픈 말을 참 쉽게도 한다. 어린아이의 입에서 나올 소리가 아니건만, 이 교수는 밝게 말하는 정우의 손을 꼭 잡아주었다.

"아아, 벌써 시간이. 그래, 어여 가자꾸나."

이 교수가 정우의 책들을 대신 들었다. 죽음을 의식한 뒤에도 사회와 격리된 생활을 하지 않고 자신 앞에 서준 그가 대견했다.

창 너머로 바라보는 캠퍼스는 정우에게 이질적인 풍경이었다. 군데군데 모여 무엇이 그리 즐거운지 웃고 떠드는 학생들, 한편에선 웃통을 벗고 땀을 흘리며 공을 차고 한편에선 공부를 하고, 땀도 날 만하건만 지남철처럼 철썩 붙어 다니는 커플들.

그도 그들 중의 한 명이고 싶다. 병세 때문인지, 해괴한 외모 때문인지, 친구 한 명 없는 그로서는 건강한 저들이 부러울 뿐이다.

남들이 10년이 걸리는 교육을 반년 만에 마치고 권위있는 수학자도 2년이 넘게 걸려 풀었다는 문제를 10분 만에 풀어도 그에게는 별 의미가 없었다.

천재라 부러움을 받으면 무엇 하리…….

"휴우우……."

그저 한숨만 흘릴 뿐이었다.

달깍!

"아! 안녕하십니까?"

문소리와 함께 들려오는 인사 소리가 정우를 상념에서 벗어나게 했다. 얼마 남지 않은 소중한 현실의 시간 속으로 돌아가야 할 때였다.

연구실을 나온 정우는 환하게 미소 짓고 있는 중년 여인에게로 안겨들었다.

"엄마! 엄마, 엄마."

"아이구! 내 새끼, 예쁜 내 강아지. 엄마 많이 보고 싶었어?"

“응, 응, 응, 응!”

회의 중에 보이는 진득한 모습과는 달리 정우는 어머니를 만나자 다섯 살배기 아이로 돌변했다. 어머니는 손에 들고 있던 모자를 정우의 민머리에 씌워주었다.

“우리 강아지가 왜 이리 신이 났을꼬?”

“하하하, 어머님 오셨습니까?”

이 교수가 서류 뭉치 한 다발을 들고 따라 나왔다.

“안녕하세요? 우리 아기가 기분이 좋나 보네요?”

“하하, 좋을 만하지요. 그동안 속 썩이던 문제를 해결했거든요.”

수학 공식만 봐도 머리가 지끈거리는 어머니라 더 이상은 묻지 않았다.

“정우야, 많이 힘들었지? 어서 집에 가자꾸나. 엄마가 우리 정우 좋아하는 전복죽 끓여놓았단다.”

고개를 절레절레 저은 정우는 따사로운 어머니의 손을 잡았다.

“힘들긴. 하나를 보면 백을 아는 아들이잖아. 우하하하. 근데, 그 강아지 소리 좀 그만 하면 안 돼? 다 큰 아들한테 만날 강아지래.”

정우가 짐짓 몸을 빼며 토라진 모습을 보였다.

“호호호, 이 모습이 다 큰 아들이니? 강아지를 강아지라 하지 뭐라고 해. 네가 장가를…….”

일상으로 보통의 어머니들이 쓰는 말인데 어머니는 급히 말을 돌릴 수밖에 없었다.

"아, 아버지가 밖에서 기다리신다."

"응. 알았어."

정우가 어머니의 뒷말을 모를 리 없지만 못 들은 척하고 앞서 걸었다.

놀란 가슴을 진정시킨 어머니가 무거운 발을 떼었다. 정우가 어리광을 피울 때면 가끔 아들의 상태를 잊을 때가 있었다. 장가는 바라지도 않는다. 단 1년만이라도 더 산다면 소원이 없을 것이다.

어머니는 건물 현관을 나서자 아버지의 바지를 붙잡은 정우를 볼 수 있었다.

"아빠, 아빠아아!"

"허허, 안 된다니까. 아빠가 집에 가면 엄마한테 혼나. 한 번만 살려주라. 응?"

"정우 아빠, 무슨 일인데요?"

아버지의 허리 뒤로 숨은 정우가 머리를 빼꼼 내밀었다.

"피자!"

"안 돼!"

생식을 해도 모자란 판에 피자라니, 절대 삼가해야 할 음식이었다.

"엄마, 한 번만. 응? 오늘 연구도 끝냈단 말야. 축하해야지,

축하. 엄마, 엄마, 엉엉, 한 번만. 훌쩍……."

어머니가 입맛을 다셨다. 어느 때는 다 산 노인마냥 애늙은이 같더니 떼를 쓸 때는 미운 네 살이란 말처럼 감당이 되지 않았다. 천재라지만 억지 울음을 내는 모습을 보일 때면 영락없는 유치원생 같았다.

정우가 한번 고집을 피우면 아무도 못 말린다. 약도 안 먹겠다고 버티면 도리가 없었다.

"이번 한 번만이다."

"앗싸!"

언제 울었냐는 듯 정우는 재빨리 자동차에 몸을 실었다.

이래서 오기 싫었다.

사방에서 쏟아지는 따가운 시선들.

동물원의 원숭이도 이보단 나을 것이다. 그래서 모자에 마스크까지 씌웠건만 신기한 물건을 보듯 고개를 빼면서까지 정우를 쳐다본다.

어머니는 손님들이 머리를 맞대고 쑥덕거리는 모습까지도 정우의 흉을 보는 것 같았다.

그녀는 집에서 시켜 먹자고 했지만 정우가 가게로 가자고 성화를 부려 어쩔 수 없이 시내로 나왔다. 이런 일을 한두 번 당한 것도 아니건만 금세 눈가에 물기가 차 올랐다.

정우는 그런 마음을 아는지 모르는지 가게에 온 목적대로 점포 한편에 마련된 놀이 공간에서 미끄럼을 타고 있었다. 조금이라도 격한 움직임을 보이면 심장에 무리가 가지만 마음만은 또래들과 다를 바 없었다. 오히려 더 어리기까지 했다.

피자를 아버지가 받아오자 어머니는 정우를 데려오려 일어섰다. 잠시 눈을 돌린 그사이에 사단이 벌어졌는지 놀이터에 아이 엄마들이 모여 있었다. 그녀의 발걸음이 빨라졌다.

"이런 애를 여기서 같이 놀게 하면 어떡해요!"

놀이터를 관리하는 직원에게 한 여인이 내뱉은 말이었다.

또 다른 여인이 놀이터에서 자신의 아이를 안고는 몸을 돌렸다.

"이상한 사람 옆에는 가지 말라 그랬지. 나쁜 일이라도 생기면 어떡하려고……."

작게 지껄이는 소리였지만 어머니의 귀엔 천둥소리보다도 더 크게 들렸다. 그녀의 눈꼬리가 치켜 올라갔다.

"이봐요! 당신들 지금 무슨 소릴 하는 거예요!"

내 자식이 귀하면 남의 자식도 귀하다는 걸 알아야지 정우 면전에서 내뱉을 말이 아니었다.

보통 이럴 땐 같은 심정의 어머니들이라 쥐 죽은 듯 사라지지만 잔뜩 멋을 부린 젊은 어머니는 오히려 언성을 높였다.

"이보세요, 아주머니. 아이가 아파 보여서 안됐긴 한데요. 다른 아이들도 생각해 주셔야죠."

"지금 그게 무슨 뜻이죠?"

어머니의 목소리가 딱딱해졌다. 정우를 흘겨본 여인이 말을 이었다.

"몹쓸 병에 걸린 것 같은데, 다른 아이들한테 옮기면 어쩌려고 그러세요."

"흥! 그런 일 없어요. 당신 아이나 잘 돌보세요. 가자, 정우야."

어머니가 풀죽은 정우의 여린 손을 잡고 돌아설 때였다.

"에이, 재수없어. 좋은 동네로 이사를 가든 해야지 저런 애들까지 돌아다니니……."

어머니의 발걸음이 뚝 멈췄다. 하루 이틀 겪은 일이던가. 정우를 마치 전염병에 걸린 세균덩어리마냥 대하기도 했었다. 그나마 매스컴을 타고 천재성이 알려지자 동정과 격려의 목소리가 커졌지만 정우를 못 알아보는 사람도 많았다.

전염성이 강한 위험한 병에 걸렸다면 이렇듯 돌아다니겠는가. 젊은 엄마의 생각없는 말에 어머니의 감정이 폭발했다.

"아니, 이 여편네가 보자보자 하니까! 떠든다고 다 말이야! 지금 어디다 대고 함부로 지껄이는 거야!"

"지껄이다니! 이 여자가 미쳤나. 웬 시비야, 시비가. 내가 어디 틀린 말이라도 했어! 아이가 아프면 집에서 보살필 것이지, 왜 딴사람 피해 가게 만들어."

"이년이, 우리 애가 네 잘난 자식한테 무슨 잘못이라도 했어?! 얘가 어떤 애인 줄 알고 그따위로 말을 해!"

　"이, 이년? 이 망할 여편네가!"

　아버지가 뛰어와 말리지 않았다면 머리끄덩이라도 잡고 싸울 태세였다.

　나중에 정우를 알아본 사람에게 말을 전해 들었는지 젊은 엄마가 사과를 건넸지만 오랜만에 함께한 가족 외식은 그걸로 끝이 났다. 손도 대지 않은 식은 피자만 남아 있었다.

　그날 정우는 밤새 낮게 흐느껴 우는 어머니의 슬픈 울음소리를 들었다. 어김없이 밝은 별들이 밤하늘을 아름답게 수놓은 날이었다. 다른 날과 다름없이…….

＊　　　＊　　　＊

　일정하게 흐르는 시간이라도 사람마다 처한 입장에 따라 그 빠름은 다르게 느껴진다. 1분, 1초가 굼벵이마냥 느린 사람이 있는 반면, 빛살같이 지나는 사람도 있다.

　죽음이란 인식을 잊기 위해 주어진 일에 감사하며 매진하던 정우는 어느새 한 해가 훌쩍 흘러갔다는 사실을 믿지 못했다.

　정우 가족의 소망은 남북통일도 아니요, 복권 1등 당첨도 아니다. 정우가 올 한 해도 무사히 넘길 수 있기를 바라는 것뿐이다.

하지만 주어진 운명은 어쩔 수 없음인가. 점점 쇠약해진 정우는 이제 연구실조차 나갈 수 없을 정도여서 외부 출입을 극도로 자제하고 있었다. 도시의 오염된 공기마저도 위험이었다.

한창 또래 친구들과 뛰어놀며 학교에서 공부할 나이인 십사 세, 한참 사춘기를 겪으며 부모 속을 썩여야 할 아이가 타들어가는 초처럼 침대에 누워 있는 모습은 참으로 가슴 아픈 현실이었다.

생명의 빛이 희미해지는 정우에게 벗이라고는 책이 유일했다, 조금만 움직여도 거친 숨을 몰아쉬어야 하는 몸이었기에.

'자본주의의 농업적 뿌리' 라는 두툼한 서책을 침대 한편에 밀어놓은 정우는 텔레비전 리모컨을 들었다. 드라마, 쇼프로, 영화, 스포츠 등은 그의 흥미를 당기는 프로가 아니다. 버릇처럼 다큐멘터리 채널을 찾았다.

[…1947년 미국 뉴멕시코 로스웰에 추락한 UFO는… 미 정부에서는 비행물체의 잔해라 여겨지는 금속을 추락한 기상 관측 기구의 잔해라 발표하며 은폐를…….]

브라운관 속에서 UFO의 목격담을 늘어놓는 사람들의 인터뷰가 끝나고 외계인의 시체라는 사진이 비추어지자 정우는 피식 웃었다.

"내 사진이 왜 저기 나오지? 큭큭큭."

털오라기 하나 없는 민머리에 뼈마디에 피부만 씌운 듯한 앙상한 몸매, 거기에 눈만 뎅그런 모습이 영락없는 그의 모습이었다.

"하긴 내가 외계인 같지……."

어릴 적 외모 때문에 놀림을 받던 기억이 스쳐 지나갔다. 그를 보며 무섭다고 울부짖던 동네 꼬마의 모습이 지워지지 않았다.

미스터리 물답게 결론이 흐지부지 끝나자 정우는 슬슬 졸음이 밀려들었다. 요즘은 잠이 부쩍 늘어, 하루의 반은 잔다.

막 잠이 들려 할 때 귀를 솔깃하게 만드는 내레이터의 목소리가 들려왔다.

[오늘은 세계의 초능력을 찾아가는 시간입니다. 문명 이기의 아무런 도움 없이 수 톤의 무게를 들어올리고 일체 접촉도 없이 가로막힌 벽 건너편의 사람을 쓰러뜨리는 이 놀라운 신기를 여러분은 보시게 될 겁니다.]

초자연적 현상에 관한 내용이었다. 이 분야는 정우도 관심이 있어 건강하다면 연구해 보고 싶었다.

국방부 사람들과 일하면서 들은 이야기 중에 각국 정부에서 비밀리에 초능력에 관한 실험을 진행하고 있다고 했다.

투시, 염사, 염력, 공중 부양, 텔레파시, 유체 이탈 등의 이름이 붙어 있는 초능력, 분명 실존하지만 과학적으로는 설명이 안 되는 현상들이다.

한 초능력자는 과학 기술보다 앞서 달의 뒷면을 찍었다, 머릿속에 떠오르는 광경을 필름에 옮기는 능력인 염사로.

후에 과학이 발달하여 달 뒷면을 확인했을 때 과학자들의 놀람은 상상을 초원했다. 염사로 찍어낸 모습 그대로였기 때문이다.

성우의 목소리가 호기심을 자극했다.

[우주란 신비로 가득 찬 곳입니다. 우리네 인간은 우주의 백만분지 일도, 아니, 티끌만큼도 밝혀내지 못했습니다. 그보다 앞서 그 속에서 사는 우리라는 인간 자체도 아직 확실하게 모르는 신비로운 존재죠. 우리는 자신조차도 모르고 있습니다. 더구나 과학이 아무리 발달하여도 인간의 인식 능력에는 한계가 있고, 분명히 존재하는 현상인데도 과학으로는 설명 할 수 없는 현상들이 부지기수로 많습니다. 우주 속의 한낱 먼지와도 같은 인간의 과학으로 설명하지 못한다고 해서 이 우주에 현존하는 무수한 현상들을 미신으로 취급하는 것은 인간의 오만입니다. …중략……. 이러한 우주의 현상들의 원동력을 고대 동북 아시아에서는 기(氣)라 하고, 고대 로마에서는 스프릿투스(Spirituss), 인도의 힌두교로 가서는 프라나(Prana)라 불렀으며, 그 범주가 헐리웃으로 넘어가 영화 스타워즈 속에서 포스(Force)라 이름 붙여졌습니다. 이것은 보이지는 않지만 항상 존재하는 우주의 생명 에너지를 바탕

으로 초인적인 힘을 내는 것으로서……. 초능력자들은 이 힘을 다룰 수 있다면 생체학적 한계와 물리적 법칙을 넘어…….]

한 문장에 반응하여 정우의 눈동자가 빛났다.

'생체학적 한계를 넘는다!'

정우는 그의 육신의 변화를 너무도 또렷이 알고 있었다. 얼마 남지 않았다. 현대 과학으로 되지 않는다면!

물론 기(氣)라는 말을 들어보지 못한 것은 아니다. 과학도로서 애써 외면하려 했던 건지도 모른다.

하지만 지금이라면 다르다. 물에 빠진 사람이 지푸라기라도 잡는 심정이랄까. 세상에 다가오는 죽음을 아무런 저항 없이 기다리는 바보는 없다.

적막에 싸인 방 안에서 한 남자가 힘없이 침대에 누워 있는 노인의 앙상한 팔목을 잡고 있었다.

"흐으음……."

입 안이 바짝 마른 이 교수가 신음성을 삼킨 중년인을 뚫어지게 쳐다보았다. 긴 머리를 가지런히 묶고 한복풍의 도복을 입고 있는 사내는 윤택이란 자로 기로 병을 치료한다는 기공사였다.

이미 양의학, 한의학의 전문의에게 두루 진찰을 받은 정우는 모두 고개를 가로젓는 동일한 결과를 얻었다. 그런데 갑자기 무슨 생각이 들었는지 정우가 기공사를 찾았다.

황급히 수소문해 윤택을 데려왔지만 이 교수는 그에게 신뢰가 가지 않았다. 정우의 집으로 오는 차 안에서는 암도 치료한 적이 있다며 뻣뻣이 고개를 세우더니 정우의 모습을 보자마자 안색이 변했다.

깊은 생각에 잠겨 있던 윤택이 어렵게 입을 열었다.

"휴우우… 길이 보이지가 않습니다."

뻔한 수작이다. 그래도 물었다.

"길이 보이지 않다니? 그게 무슨 말이오?"

이 교수의 물음에 정우 또한 윤택의 입을 주시했다.

"인체에는 생명 에너지인 기가 소통하는 경락이라는 것이 있는데, 이 아이는……."

윤택이 말을 잇지 못하자 정우가 재촉했다.

"괜찮습니다. 말씀해 주세요."

"커험, 너는 경락 자체가 존재하지 않는 것 같다. 험험, 미안한 말이다만, 수명을 다한 노인처럼 경락이 꽉 틀어막혔는지 찾을 수가 없구나."

겉모습은 영락없는 노인이지만 정우의 나이를 알기에 돌려 말했을 뿐이었다.

윤택의 말이 이어졌다.

"인체의 정상적인 기능을 유지시키기 위해서는 기가 경락을 통해 순행하면서 6장 6부에 에너지를 전달해 주어야 한다.

그런데 너는… 흐음, 내가 수양이 부족한지 전혀 느껴지지가 않는구나. 경락의 움직임을 찾지 못하면 치료를 시도조차 할 수 없는데……."

정우의 눈에서 작은 불빛마저 사라지는 듯했다. 희망의 불꽃을 피웠었다. 역시나 좌절이 밀려온다.

신은 참 공평한가 보다. 범인은 따라올 수 없는 머리를 주시더니 그와 반비례해 머리만큼이나 망가진 육체까지 주셨다. 이젠 허탈한 웃음도 나오지 않는다.

책을 읽을 힘조차 없어 보지도 않던 텔레비전을 보며 생각지도 않은 지푸라기를 발견했다. 거동이 불편하고 책과 친했기에 책을 통해 길을 찾아보려 했다.

토납법(吐納法)이니, 단전이니, 운기니, 조식(調息)이니, 생소한 단어들도 많고 내용이 생각보다 어려워 책만으로는 힘들었다. 그래서 이 교수에게 그쪽 방면으로 정통한 사람을 부탁했다.

그런데 웬 생각지도 않은 기공사를 데려왔다. 부탁을 잘못 알아듣고 치료 쪽으로 곡해했나 보다.

기공사의 어이없는 진단은 지푸라기마저 밟아버렸다.

이 교수는 선의를 베풀었건만 돌아오는 건 예의 같은 결과였다. 작은 희망마저 사라져 버렸다.

정우가 그동안 알아본 바에 의하면 초자연적 능력을 가지는 방법은 크게 세 가지였다.

　손끝으로 숟가락을 구부리는 사람처럼 선천적으로 타고나는 것, 어느 날 자신의 의지와는 상관없이 신 내림을 받아 날이 선 작두를 타는 것, 그리고 부단한 자기 노력으로 수련을 쌓는 방법이었다.

　그에게 해당되는 사항은 마지막 방법밖에 없었다. 무협 영화처럼 하늘을 날고 집채만 한 바위를 바수어 버리는 능력을 바란 것은 아니다.

　단지 지금보다 조금이라도 건강해지기를 바랐다. 물론 그렇게, 그렇게 시간이 흐르면 치유될 수 있을지도 모르는 일이고.

　그런데 가장 기본인 경락 자체가 없는 것 같다니, 하늘이 무너지는 말이었다.

　호흡으로 받아들인 대자연의 기를 단전으로부터 회음을 거쳐 척추, 정수리 등으로 운기를 한다는 것을 안다. 가장 기본이며 시작이다.

　경락이 없다는 것은 그 자체를 아예 할 수 없다는 말이었다. 그럼 하늘에 빌고 빌어 신이 강림하기를 바라야 하나? 이도 저도 아니면 그냥 이대로 죽어버리던가.

　정우는 주체할 수 없이 화가 치밀어 올랐다.

　‘나만! 내가 왜!!’

　푸른 핏줄이 훤히 비치는 창백한 피부에 혈관이 꿈틀거렸다.

　“나가세요.”

너무 작은 목소리여서 이 교수는 듣지 못했다.

"응? 뭐라 그랬니?"

"나가! 나가라구요! 다 필요없어요. 나가요! 왜! 왜! 부탁하지도 않은… 나가요! 제발, 흑흑흑……."

이 교수는 두 눈을 의심했다. 스스로의 처지를 잊고 언제나 남을 배려하는 예의 바른 아이였다. 저런 화내는 모습이라니… 정확히는 모르겠지만 조금 알 것 같기도 했다.

병세가 악화 일로로 치닫고 이를 조금씩 받아들이지 않을 수 없는 상태가 될 때 분노와 시샘과 원망이라는 감정이 드리워진다.

그는 피할 수 없는 죽음이 앞에 있는데도 다른 사람은 건강하게 살아남는다는 사실에 분노가 치밀어 올랐을 것이다.

이 교수는 자신의 남은 시간이라도 떼어주고 싶은 심정이었다. 하지만 진정으로 그럴 수 있을까?

무거운 마음으로 윤택과 방을 나서자 눈물이 글썽이는 정우의 어머니를 볼 수 있었다.

"이해하세요. 요즘 신경이 날카로워져서……."

"아닙니다. 아마 저라면 더했을지도 모릅니다. 어머님께서 고생이 많으십니다."

그때 방 안에서 날카로운 소음이 들려왔다. 분노가 폭발한 것이다. 이 교수는 한숨을 내쉬었다. 죽음의 그림자가 짙게 드리워진 기분이었다.

‘왜! 왜! 나만! 아아아아악……!’

소리칠 힘조차 없었다. 악을 쓰고 싶어도 입이 열리지 않는다. 마음대로 화조차 낼 수 없었다.

바들바들 떨던 몸이 진정이 되고 화내는 감정 표출이 무슨 큰일이라도 되는 양 쏟았던 땀이 마르자 정우는 멍한 눈빛이 되었다.

“큭큭! 이것조차 나인 것을… 내가, 내가 무슨 짓을 한 거야. 빌어먹을!”

다른 사람들은 모를 것이다, 아침에 눈을 떴을 때 오늘도 살아 있구나 하며 안도하는 심정을.

작년까지만 해도 칠십 먹은 노인 같았는데 지금은 팔순이다. 타인의 하루가 그에게는 열흘과 같이 흐른다.

정우의 하루는 늘 마지막과 같다. 내일 눈을 뜰 수 있는가는 하늘만이 알기 때문이다.

그래서 헛되이 시간을 보내는 사람들을 보면 화가 난다. 이 소중한 시간을 저들은 어떻게 저렇게 의미없이 보낼 수 있는 것인가. 그러려면 차라니 자신에게 주던가……

‘아니야, 아니야. 그 사람 말이 백 퍼센트 맞는다고는 할 수 없어. 무언가 분명히 다른 방법이 있을 거야. 그래, 있어. 분명히. 내가 누구야. 난 찾을 수 있어. 아직, 아직 포기할 수는 없어.’

정우는 침대 옆 간이 테이블에 올려져 있던 노트북을 머리 맡으로 끌어놓았다. 손을 들 힘도 없는지 한 손가락만으로 자판을 치기 시작했다.

'모든 책을 다 찾아볼 거야. 책은 유일한 내 벗이니까 너만은 날 위해주겠지.'

그가 입력한 단어들은 초자연적 현상, 기, 초능력, 단전, 기공 등등이었다.

그날부터 정우는 깨어 있는 모든 시간을 할애해서 자료를 찾았다. 기에 관련된 서적이라면 모두 사들였고, 인터넷으로 볼 수 있는 뇌호흡, 단전호흡 등의 강좌도 시청했다.

하지만 한 달이 가고 두 달이 가도 그가 원하는 것을 찾을 수 없었다. 강좌에 따라 호흡하며 기를 느끼려고 하여도 느껴지지가 않았다. 단전이란 존재 자체를 느낄 수가 없는데 어떻게?

정우는 포기하지 않았다. 멍하니 저승사자가 오기만을 기다릴 순 없었다.

대한민국은 참 좋은 나라다. 능력만 된다면 얻고자 하는 정보를 안방에서도 쉽게 찾아볼 수 있다. 정우도 인터넷 속 정보의 바다가 이렇게 넓은지 새삼 경험했다.

그동안 유럽, 아랍, 인디아, 아메리카 등 세계 곳곳을 탐험한 듯했다. 수친 개의 미스터리 사이트들과 마법 입문부터 시작해 백마법, 흑마법, 들어보지도 못한 생소한 종교들, 초능력과 도가, 불가, 선가 등등의 수많은 기공 입문서들, 방대한 자료가 있었다.

그중에 몇 가지가 흥미를 잡아끌었다.

"그래, 기를 아는 게 먼저지. 뭔지도 모르는 걸 어떻게 배우겠어."

대부분의 기공서들은 복식호흡을 통해 단전에서 기라는 것을 느끼는 방식을 취한다. 하지만 단전 자체를 찾을 수 없는 정우로서는 요원한 방식이었다.

"대우주, 대자연의 힘을 마음으로 받아들여 즉시 활용하는 방법이라……."

얼토당토않은 소개 글 같았지만 손이 갔다.

쭉 내용을 살펴본 결론은 마음이었다. 스스로에 대한 믿음. 어느 초능력자의 말에 의하면 한 물체를 바라보며 '움직일 수 있다' 란 말을 수십, 수백 번을 하면 그 물체가 움직이는 것을 볼 수 있을 거라 했다.

너무 과도한 상상력이나 믿음으로 인한 착시 현상이 대부분이지만 극소수의 사람들은 실제 그런 현상을 경험했다고 한다.

어떤 약도 효과가 없었는데 밀가루 환약을 먹고 쾌차했다는 중환자 이야기도 있다. 명의가 희대의 명약이라며 건네준 밀가루 환약. 그 환약이 병을 치료한 것이 아니라 환자의 나을 거라는 믿음이 병을 치료한 것이다.

마음의 힘.

"흐음… 그렇지. 모든 물체는 고유의 자기장을 가지고 있지. 자기장이 그 물체가 가진 생명 에너지의 순환?"

일반적으로 우리가 살고 있는 지구를 생명체라 말하는 사람은 없다. 하지만 나침판으로 북극과 남극을 찾듯이 지구라는 커다란 행성엔 자기장이 존재한다.

'빛과 파장의 생명 에너지학' 이라는 이 자료에서는 자기장을 생명 에너지의 순환이라 보고, 자기장의 파장을 그 물체가 가지는 고유의 본질이라 한다.

"지구나 자석만이 자기장을 가진 것이 아니라, 세상에 존재하는 모든 사물은 고유의 자기장이 있다. 수련을 하든 안 하든 인간도 자신만의 자기장이 있고 파장을 가지고 있다. 파장, 이게 생명 신호? 선천진기(先天眞氣)? 비슷한 것 같은데?"

설명은 이러했다. 호감과 비호감, 어찌 보면 동기감응(同氣感應)과도 비슷했다.

생전 처음 본 사람인데도 아무런 이유 없이 호감이 생기는 경우가 있는 반면, 자신에게 전혀 피해를 주지 않았는데도 괜히 싫은 사람이 있다. 전자의 경우 자신과 비슷한 파장을 소유한 사람이고 후자는 그 반대라 한다.

"후후, 무협 속의 정파와 사파의 관계 같군. 전혀 상반된 기운을 가진 자들이기에 만나기만 하면 피를 튀기며 싸우는… 흐음, 그렇다면 그 자기장이나 파동이라는 것을 느낄 수 있다면 기를 감지할 수 있다는 건데… 잠깐! 잠깐! 이 말은 뭔가 비슷한 게 있는데… 아아!"

정우의 손놀림이 빨라졌다. 이 자료에 상응(相應)하는 내용을 본 기억이 떠올랐기 때문이었다.

인간의 삼성체(三聖體).

인체의 구성 요소를 세 가지로 나누고 있었다.

순수한 그대로의 육체(肉體).

기를 바탕으로 이루어진 기체(氣體).

상념 또는 넋으로 표현되는 영체(靈體).

이중 기체, 기를 하나의 육체처럼 본다는 게 흥미로웠다.

육체를 감싸고 있는 보이지 않는 기체, 운기처럼 내부에서만 순환하는 것이 아니라 육체 외부에 또 하나의 육체인, 즉 기체가 내부와 같이 순환한다는 것이다. 이는 인간을 자석으로 봤을 때 자기장의 원리와도 상통했다.

동양 사상의 정기신(精氣神)과 비슷하면서도 다른 면이 있었다. 인간의 삼보(三寶)인 정기신은 인체의 생명을 유지하는 데 없어선 안 된다.

정은 넓은 의미로는 몸 전체를 좁은 의미로는 생식 기능을 뜻한다. 또한 부모로부터 받은 선천적인 정과 음식에서 섭취한 영양 물질인 후천의 정으로 나뉜다.

기에 의해 태어나고 성장하며 소멸한다는 말처럼 사람이 살고 있는 것은 숨을 쉬기 때문인데 숨 쉬기는 곧 기를 섭취하는 행위이다.

기는 부모의 정으로부터 삶을 얻어서 어머니의 체내에서 선천의 기의 기능으로써 자란다. 탄생 후에는 호흡(하늘의 기), 음식(땅의 기)에 의하여 육체를 성장시킨다. 성숙되면 후천의 기의 일부를 정으로 바꾸어 아이를 잉태한다.

순환의 과정.

신은 정과 기로부터 생성되며 사고와 의식적인 활동을 한다. 신은 인간의 생명 활동을 주재한다. 정으로서의 체(體)와 기로서의 영양분이 갖춰지고 신이라는 사고를 통해 인간이 행동한다.

이렇게 정기신은 무의식의 조화로써 표현되어지지만 삼성체는 조화 속에 각체의 각성을 목표로 하고 있었다.

하지만 궁극적으론 육체가 필요없는 해탈이 최종 종착점인 것은 같았다.

"경지에 도달하면 호신강기(護身剛氣)가 생긴다고 하더니 기체가 저절로 육체의 위험에 반응하는 건가? 호오! 혹시 성자들의 후광과도 비슷한 건가? 아니지, 그분들의 후광은 영체에서 빛이 난다는 쪽에 가깝겠군. 재밌는데……"

정우는 그림으로 표현된 성자의 모습을 떠올렸다. 머리 뒤로 둥글게 그려진 후광은 영체가 초월자의 모습을 대변하는 것과 같다. 육체의 단계를 넘어 기체가 경지에 올랐으며 영체가 보통 사람의 눈에 보이는 정도인 것이다.

인간을 뛰어넘는 초월자들의 모습, 간단히 표현하면 곧 신선이다. 정우의 두뇌가 영민하게 돌아갔다.

"기체까지를 인간이라고 본다면 영체는 신선? 아니, 신의 영역에 도달한 거군."

삼성체에서는 영체가 눈을 뜨면 영계(靈界)에 도달할 수 있다고 기술되어 있었다.

말뜻대로라면 영계는 귀신들의 세상. 하지만 여기서의 영계는 귀신들만 득실거리는 세상이 아니라 절대자의 시험장으로 표현되었다. 과거, 현재, 미래의 모습이 펼쳐진 세상.

삼성체의 세계관은 전체적으로 운명을 받아들이고 있었다. 그렇게 타고났으니 그렇게 살아라라는 의미가 내포되어 있었다. 하지만 예외없는 법칙 없다고 운명을 바꿀 수 있는 방법도 친절하게 설명되어 있었다.

영체가 영계를 뛰어넘어 신의 영역인 선계(仙界)에까지 도달하면 창조주인 절대자, 조물주가 만들어놓은 운명의 수레바퀴에 영향을 미칠 수 있다는 것이다.

말이 쉽지, 절대 할 수 없는 일이었다. 신의 영역에 도달할 정도면 정우는 벌써 환골탈태(換骨脫胎)를 한 후에 수백 년의 건강한 삶을 보장받았을 것이다.

천기를 보았다는 고대 도인들의 경지도 여기서 보면 영계에 오른 것이다.

살아 있는 사람이 영계에 도달하려면 육체에서 영체를 분리하는 것, 곧 유체 이탈(幽體離脫)을 나타낸다.

아주 우연히 유체 이탈을 경험하는 것이 아니라 자신이 원하는 시간과 장소에서 아무 때나 할 수 있는 경지다. 그러한 유체 이탈을 경험하여 영(靈)이 영계로 들어가면 절대자가 만들어놓은 과거, 현재, 미래의 시험장을 단편적으로 엿볼 수 있다.

일반인들도 유체 이탈의 영적인 경험을 자신도 모르는 사이에 하게 되는데, 그것은 꿈을 통해서 이루어진다.

데자뷰(Dejavu) 현상, 살다 보면 분명 최초의 경험인데도 불구하고 당금 닥친 현실이 이미 전에 본 적이 있거나 경험한 적이 있다는 느낌.

이는 꿈의 통로를 통해 영계에서 자신의 미래를 엿본 경험이 무의식의 저편에 숨어 있다가 당장 그 현실이 눈앞에 오자 낯설지 않다고 느끼는 것이라 한다.

로또 복권 당첨자가 꿈에서 본 번호를 적어 1등에 당첨되었다는 이야기가 있었다. 그 사람은 선천적으로 영적 능력이 뛰어나 무의식 속에 묻혀 있어야 할 영적 기억을 현실로 끄집어낸 것이라 생각할 수도 있었다.

정우가 오랜만에 환한 미소를 지었다. 내용이 현실과 간간이 맞아떨어지는 면이 있었다.

"후후, 간절히 바라는 마음이 하늘을 움직였군. 하하! 하늘을 움직인다는 게 이런 건가? 아니지, 아니지. 그 사람은 미래의 시험장에서 자신이 보고픈 미래의 단편을 본 것이지. 하늘을 움직인다는 것과는… 내 의지가 미래에 반영이 되어야 한다. 그게 하늘을 움직이는 건데, 그럼 절대자가 만들어놓은 운명을 일개 인간이 간섭을 해야 한다는 말인데… 으흠, 가능할까?"

다시 원점으로 돌아왔다. 결국은 신선, 초월자가 되어 신의 체계에 끼어들어야 한다는 말이다.

"이래저래 결론은 하나군. 절대자가 만들어놓은 우주의 법칙, 그 원동력인 기를 파악하고 깨달아 인간의 형태를 벗어난 초월자가 되어야만 운명의 수레바퀴에 영향을 미칠 수 있다는 말이네. 휴우… 자격이 없는 것들은 주어진 삶대로 살아라 이건가? 참 대단하신 분이군. 하긴 이 우주를 만드신 분이니. 이 내용대로라면 병을 고치려다가 신이 되겠다. 킥킥킥."

정우가 보기엔 수련 방법은 다른 기공서와 크게 차이나지 않았다. 단지 하, 중, 상단전으로 나누는 방식에서 좀 더 세분화해 아홉 개의 단전으로 나누어져 있는 것과 영성을 단련하기 위한 생각을, 즉 사고를 수련하는 이색적인 부분이 있었다.

정우는 수많은 기공서를 읽다 보니 알게 된 것이 있었는데,

그것은 기본적인 바탕은 비슷하다는 거였다. 똑같은 길을 걸어가며 세부적인 걸음걸이의 차이만 있을 뿐 그 목적지는 같았다.

*　　　*　　　*

봄, 여름, 가을, 겨울.

사계절은 자연의 법칙을 잘 나타내어 준다.

법칙의 순환은 생성, 성장, 존재, 소멸, 재생성 과정의 반복이다.

인간도 마찬가지로 태어나 유소년기를 겪고 꽃이 피는 젊음을 넘어 노년기, 그리고는 자연으로 환원한다.

하지만 여기에 따르지 못하는 정우는 또 한 해가 지남을 감사했다.

새 생명이 태동하는 3월초, 정우는 북한강이 내려다보이는 전원주택에 있었다. 번잡한 도시를 벗어나 공기 좋고 물 좋은 한적한 시골로 이사했다. 겨우 열다섯 살의 나이에 거동이 불편할 정도로 악화되어 조금이라도 좋은 환경을 주기 위해 부모들은 모든 걸 버렸다.

부모란 그런 것인가, 어떤 예감이라도 온 것일까, 좀 더 가족만의 시간을 가지고 싶었는지도 모른다.

정우도 그걸 아는지 서둘러 자신이 맡고 있던 연구를 모두

마무리 짓고는 문밖을 나서지 않았다.

정우는 작은 희망을 붙잡고 있었는데 부모의 눈에는 그렇게 비치지 않았다. 죽음을 준비하는 세상과의 타협 같았다. 타협의 대상은 하느님이다. 조금이라도 생명의 연장과 죽음의 과정에서 겪게 되는 고통이 없기를 비는 모습.

거기에 의식적이라지만 쾌활했던 모습도 사라지고 말수도 눈에 띄게 줄어 우울증까지 오지 않나 싶어 부모의 근심을 더했다.

회복 가망이 전혀 없는 정우의 상실감과 비탄은 옆에서 보아온 부모조차도 헤아리기 힘들다. 모든 것을 두고 떠나야 하는 심정을 그 누가 알리오.

그들은 정우의 그런 모습을 조용히 옆에서 지켜주기로 했다. 자식을 가슴에 묻는 부모의 심정이다. 작은 동작 하나도 놓치지 않고 가슴속에 새겨둘 것이다.

부모의 예상이 어느 정도는 맞았다. 정우는 극심한 우울 증세에 시달리고 있었다. 지푸라기는 지푸라기. 그를 수렁에서 끄집어 올려주기에는 턱없이 부족했다.

아무런 진척이 없었다. 기의 수련은 선천진기를 단련하고 우주의 기운을 받아들이는 과정이다.

하나, 정우의 경우 선천진기라고 불릴 만한 기운이 민망할 정도였다. 사람은 선천진기 하나만으로 살지 못한다. 자연스런 호흡을 통해 후천적인 대자연의 기를 받아 들여 6장 6부에 전달하므로 삶을 영위한다.

그런데 정우는 선천진기만을 소진한 채 연명을 한 것이다. 정확히는 외부의 기를 받아들이긴 하나 너무 미약해 선천진기가 그 자리를 채운 것이다.

선천진기는 가지고 태어난 생명력, 그는 자신도 모르는 사이 급속도로 생명력이 고갈되고 있었다.

정우는 창을 통해 유유히 흘러가는 강물을 하염없이 쳐다보았다.

"난 흐르지 못하는가?"

나이답지 않게 달관한 말투였다. 죽음의 단계를 밟아가는 육신을 남들은 상상도 하지 못하는 어릴 적부터 보아왔기에 정신이 비정상적으로 성숙한 것이다.

또래의 친구 하나 없이 외부에서 만나는 사람들이라고는 저명한 교수나 박사들이었으니 그런 말투와 사고가 나올 만도 했다. 어른과 아이의 마음이 공존한다고나 할까.

정우가 일 년 동안 얻은 것이라곤 기공사의 말을 확인한 것뿐이었다. 숨은 쉬지만 호흡을 통해 기를 받아들이지 못했다.

기의 삼투압(滲透壓), 강자 주위로 사람들이 모이는 것처럼 기는 강한 쪽에서 약한 쪽을 끌어당긴다.

정우는 오히려 기운이 밖으로 빠져나가는 것 같았다. 그 만큼 약했다. 이를 뒤집지 않고는 산다는 것 자체가 불가능했다.

"그래그래, 나는 소멸 단계에 와 있는 거야. 다 부질없는 짓이었어. 대단하신 분이 만드신 법칙에 따라야지 내깟 게 뭐라고, 쓸데없는!"

체념과 원망이 묻어났다. 하지만 곧 마음을 수습했다, 한두 번 겪은 일도 아니니. 우울증 때문인지 요즘 들어 감정 변화도 심했다.

정우의 마음을 아는지 모르는지 유유히 흘러가는 강물을 바라보는 눈에서는 그 어떤 감정도 찾을 수 없었다. 상실감에 젖은 공허한 눈빛이 아니다. 마치 삶을 달관한 고승의 눈빛과도 같았다.

"이제… 시간이 다 되었어. 세상에 이름도 남겼고, 조국을 위해 좋은 일도 했다. 후후후… 부질없는 몸부림이었지만 살고자 노력도 했고, 나는… 내 짧은 인생이…… 만족스럽다."

정우는 미소 지었다. 평온한 것도 행복한 것도 아닌 아무런 감정이 담겨 있지 않은 미소. 그 상태 그대로 세상이 정지된 것처럼 한없이 강물만을 바라보았다.

짹짹거리는 이름 모를 산새의 울음소리, 떠나가는 바람이 대지를 시기하듯 투정하는 소리, 저무는 태양이 아쉬운 듯 잔떨림이 이는 나뭇잎들의 소리. 산이, 강이 전해주는 수많은 자연의 소리들…….

정우는 몰랐다. 자신이 듣고 있는 것인지, 아닌지를. 그저 들리면 듣는 것이요, 부르면 부르는 것이다.

불변의 진리는 흐름의 형태이다. 이 진리를 알기 위해서는 자신의 정신 진화의 궁극적인 원인이 스스로에게 달려 있다는 것을 알아야 한다. 진리는 곧 자유다. 흐름이다. 이것의 순환되는 원동력은 객관(외부)과 주관(내부)의 세계에서 이것을 알고 존재의 현실과 능력, 의지를 명확히 인식하는 이들에게 영향을 준다. 스스로의 존재를 아는 것이 우주에 영향을 주는 불멸하고, 독립적인, 강인한, 유력한 본질을 얻는 과정의 시작이다.

정우는 왜 이런 구절이 떠올랐는지 모른다. 어디에서 본 글귀인지도 모르겠다. 그냥 머릿속을 지배한 것, 자연적인 무의식의 발현이었다.

머리가 시원해진다. 어디서 바람이 부나? 아니다. 머릿속이다. 그 어느 때보다도 머리가 맑다. 이런 날 책을 읽으면 제아무리 어려운 문장도 다 이해가 될 것 같았다.

세상이 달라졌다. 움직이지 않을 것 같은 나무도 몸짓을 보낸다. 굳건한 바위도 어린아이의 그것처럼 숨을 쉰다. 강물이 유연한 춤사위를 보여준다.

정우의 팔이 올라갔다. 강물의 춤사위를 좇은 것인데, 이것은 다르다. 손가락 끝에 찌릿한 느낌이 온다.

‘잔털인가?

손끝이 미세한 투명한 막에 싸여 있는 듯하다. 짜릿한 느낌, 그 막이 대기와 만나면서 일어나는 작용이다. 정우의 시선이 모아졌고 손가락을 오므렸다.

‘정전기?

정우의 지식으로서는 그렇게밖에 설명이 안 됐다. 손가락과 대기가 만나 정전기를 일으켰다.

‘아하! 그렇구나. 이게 기라는 거구나. 나도 기체가 있긴 있었네. 허허허.’

정우는 죽음이라는 커다란 사념을 수용하면서 번뇌에서 벗어났다. 그 순간 의도하지 않은 무념무상의 상태에 들게 되었다. 갖고자 했을 때는 얻지 못하였지만 버리고자 하니 찾아든 것이다.

‘정말 행복한 기분이다. 태어나서 이렇게 행복했던 적이 있었던가. 이대로 시간이 멈추었으면 좋겠다. 이런 기회가 쉽게 오는 것도 아니라던데, 어디……’

정우는 생각인지 마음의 울림인지 구분이 잘되지 않지만 하고자 하는 바를 행해보고 싶었다.

창 너머의 작은 조약돌에 마음이 갔다.

정우는 천천히 느껴보았다. 조약돌도 그만의 파장이 있다. 어떤 형태로 존재하여도 우주를 구성하는 원동력은 기다. 고유의 파장이 우주 에너지인 기로 이루어진 물체란 존재에 의미를 부여하는 것이다. 그 파장, 의미가 사라졌을 때 물체를 구성하는 기가 자연으로 돌아간다.

정우는 조약돌의 자기장을 느끼고 파장에 간섭을 하려 했다. 하지만 마음대로 되지는 않았다.

'어, 안 움직이네. 뭐가 잘못된 거지? 진실한 마음을 필요로 하나? 아니면 움직이려는 의지가 필요한 건가? 그것도 아니면… 아아! 전달체가 있어야 하는구나!'

그 어느 때보다도 뇌가 빠르게 전류를 발생시켰다. 머리의 모든 뇌 세포가 활성화된 것 같았다.

무서운 집중력! 정신력의 확대!

곧 영력의 증대였다.

자신의 의지를 또 다른 존재인 조약돌에 전달하려면 공간이란 제약이 있었다. 2m여의 공간, 그 사이엔 무엇이 존재하는가? 의미를 부여받지 못한 기가 커다란 법칙의 틀에 따라 흐르고 있다.

'실어서 보내야 한다.'

정우는 몸으로 대자연의 흐름을 느끼며 애완견을 타이르듯 부드럽게 속삭였다.

'저 돌을 조금만 움직이게 해줄래?

이것도 아니다. 의미를 부여받은 존재에게로의 간섭이다. 보다 확고한 믿음과 마음이 필요했다.

수없이 되새겼다, 저 조약돌은 꼭 움직이게 될 것이라고.

‘움직여!’

들썩!

착시인가? 분명 미약하나마 움직임이 있었다.

‘하하! 난 분명히 보았다, 나를 둘러싼 기체가 변화하는 모습을. 분명 가느다란 실과 같았어.’

조약돌과 가장 가까운 곳이 손끝이었다. 누에고치에서 명주실을 뽑듯이 마음을 담은 기체가 뻗어나갔다, 대기의 기의 흐름을 방해하지 않으며 연어가 강물을 거슬러 오르듯이.

그리고는 조약돌의 자기장에 닿았다. 그 순간 정우가 조약돌의 파장을 느끼고 그 사이에 끼어들자 들썩거림이 있었다. 만약 정우의 기운이 조금만 강성했다면 조약돌은 들렸을 것이다.

‘어어어… 왜 이리 졸리지. 안 돼, 조금만, 조금만 더…….’

너무나 아쉬웠다. 하지만 육체가 뒷받침이 되어주지 못했다. 정우는 무아지경에 빠져 모르고 있었지만 몸은 온통 땀으로 절어 있었다. 인간이 하루 동안 온몸 근력에 소모하는 에너지와 뇌에서 사용하는 에너지의 양은 같다. 그만큼 정신력을 쓰는 일은 육체적인 노동보다 피곤하다.

정우의 입장에서는 긴 시간이었으나 찰나간의 일이었다. 하지만 그는 그 눈 깜짝할 시간에 엄청난 정신력을 소모했다. 버틸 체력 또한 없었다.

정우는 빠르게 잠으로 빠져들었다. 안타까운 마음과는 달
리 그의 노안(老顏)에는 그 어느 때보다 평온함이 감돌고 있
었다.

Chapter 2

1골드라는 사내

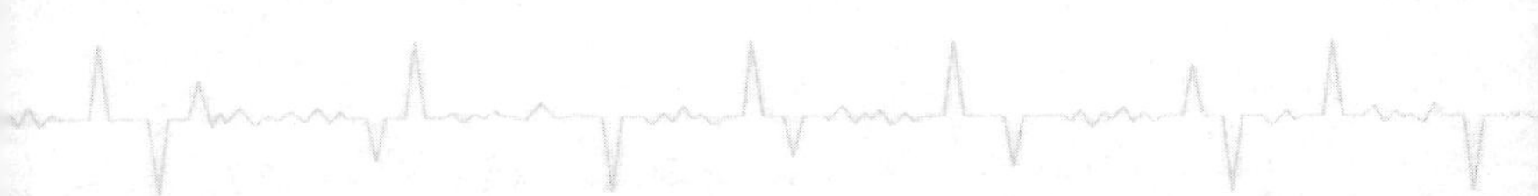

우르르릉……! 쾅! 쾅! 콰앙!

'으어헉!'

오랜만에 숙면을 취하던 정우는 천지를 뒤흔드는 굉음에 정신이 번쩍 들었다.

'헉! 이, 이게 뭐야?!'

벌써 눈까지 침침해졌는지 사위가 가려져 마치 망원경을 통해 보는 듯했다. 그 사이로 보이는 광경이란…….

거대한 나무 벽이 눈앞에 있었다. 게다가 귀가 멍멍해질 정도로 울리는 굉음. 분명 방 안에서 잠이 들었다. 대체 누가 자는 동안에 옮겨놓기라도 했단 말인가? 생소한 이 모습은 뭐란 말인가? 도대체 알 수가 없었다.

정우는 더 이상 생각을 지속할 수가 없었다.

"돌격! 돌격 앞으로!"

"성문을 부숴라!"

알아들을 수 없는 언어로 고함이 난무해 정신이 없는데다 뒤에서 밀어붙이는 힘에 앞으로 쓰러질 듯 몸이 휘청거렸다. 혼자만 있는 게 아니었다. 혼란스런 정신을 차릴 사이도 없이 물벼락이 떨어졌다, 그것도 뜨거운.

'어어엇! 앗! 뜨뜨뜨뜨!'

무언가 잡고 있던 물체를 황급히 놓고 머리로 손을 올렸다. 이건 또 뭔가? 차갑고 미끈한 느낌이다. 얼굴까지 내려오는 쇠 모자를 쓴 듯했다.

"야이! 이 빌어먹을 개자식아! 네가 놓으면 어떡해. 빨리 들어. 어서! 여기서 우릴 다 죽일 셈이냐!"

누군가 귀에 대고 바락 악을 썼다. 쩌렁쩌렁 울리는 고함에 귀가 왱왱거릴 지경이었다. 오만상을 찌푸리고 뒤를 돌아보자.

'이건 또 뭐야?!'

몸을 바짝 숙이고 있다고는 하나 키가 120㎝밖에 안 되 그의 가슴 높이에 오는 사람이라니… 난쟁이? 거기에 영화에서나 봄직한 요상한 투구 같은 걸 쓰고 있었다.

"서이, 우버어버(누, 누구세)……?"

　정우는 너무 놀라 황급히 입을 다물었다. 그조차 알아들을 수 없었다. 게다가 석고를 바른 것처럼 혀가 굳어 잘 움직여지지 않았다.

　'헉! 뭐냐? 말은 또 왜 이래?'

　놀란 건 사내도 마찬가지였다. 이 병신 팔푼이에 바보 벙어리가 말 비슷한 소리를 내는 건 같이 생활한 지 5년 만에 처음이었다. 하지만 지금은 그걸 신경 쓰고 있을 상황이 아니었다.

　"이 팔푼이 자식아! 어서 이걸 이렇게, 이렇게 들고. 아우, 미치겠네. 이 개잡놈의 새끼!"

　사내는 답답한지 말을 하는 와중에도 정우의 팔을 잡아끌어서 자신이 잡고 있는 기둥(?)에 올려놓고는 몸을 앞뒤로 움직여 보였다.

　"이걸 저 성문에다 밀란 말이야! 어서!!"

　정우는 더욱 황당했다. 어느 나라 말인지조차 알 수 없는 이상한 언어를 쓰는 난쟁이였다. 게다가 그의 뒤로 줄줄이 서 있는 난쟁이들은… 소인국?

　"어, 어, 어!"

　비슷한 복장을 한 난쟁이들이 그의 뒤로 빼곡했다. 그뿐만이 아니다. 웬 갑옷을 입고 방패를 머리 위로 들고 있는 자들이 그를 보호하는 모양새로 길게 도열해 있었다.

　시선을 좀 더 멀리하자 번쩍이는 창날이 보였고, 끝이 보이지 않을 정도로 둥글둥글한 투구가 쭉 이어져 있었다. 거기에 하늘에는 화살이 날아다니고 여기저기서 섬광이 일며 폭탄 터지는 소리가 들렸다.

따다다당! 탕탕탕!

"으아아악!"

그때 철판 두드리는 듯한 소리와 함께 비명이 울렸다.

정우도 머리에 충격을 받았다. 팔로 머리를 보호하고 위를 살펴보았다. 하늘을 가린 방패들 사이로 까마득하게 높이 솟아 있는 성벽이 보였다. 그곳에서 자잘한 돌덩이들이 우박처럼 쏟아져 내렸다.

"우어우?! 우어어어(이게 뭐야?! 여긴 어디야)?"

"이 쌍놈아! 뭐가 워우워우야! 어서 성문을 깨란 말이야!"

예의 사내가 소리쳤다. 긴박히 돌아가는 순간이었다.

정우는 뭐가 어떻게 된 상황인지는 나중에 생각하기로 했다. 일단 지금 해야 할 일은 줄줄이 서 있는 난쟁이들과 같은 행동이었다.

정우는 상체를 낮추고는 나무 기둥(?)을 붙잡았다. 앞을 뾰족하게 깎고 철판으로 덧씌운 기둥이었다.

'이걸로 저 나무 벽… 성문을 깨고 있는 중인 것 같은데. 뭐 꿈속이라도 할 건 해야지.'

짧은 순간에 든 생각이 꿈이라는 것이다. 자다가 일어난 일이니 그게 꿈이지 현실이겠는가? 뭔지는 모르겠지만 지금을

즐기면 된다. 몸이 아파 뜀박질 한 번 해본 적이 없었다. 오죽
했으면 꿈속에서까지 전쟁놀이를 하겠는가.

정우는 나름대로 사태 파악을 마치자 오히려 신이 났다.

“우워워! 워우(하하하! 나를 따르라)!”

정우가 파성추(破城椎)의 앞부분을 들자 다른 병사들의 눈
에 안도감이 서렸다.

저 멍청이는 지가 누군지도 모르는 바보다. 게다가 말을 알
아듣지도 못하고 하지도 못한다. 이상하게도 힘은 오거만큼
이나 무지막지하게 셌다. 저 빈 머리통에 조금이라도 생각이
있으면 한자리를 하고도 남을 놈이었다.

정우는 힘을 불끈 주었다. 웬만한 여인네의 허리만 한 팔뚝
에 혈관이 빠직 튀어 올랐다. 정신이 없어 그런 신체 변화조
차 인식을 하지 못했다.

“오오오!”

그래도 기력이 충만함은 느꼈다. 항상 멀건 죽도 못 먹은
것 같은 몸이었는데 힘이 넘쳐 났다. 역시 꿈이었다.

“우어어(으랏차)!”

고정된 다리에서 굳건함이 느껴지고 휘도는 허리에서 탄
력이 샘솟음 쳤다.

쾅!

제법 단단해 보이는 성문이 요동쳤다.

아! 좋다. 소리도 경쾌하다. 푸스스 떨어지는 먼지까지도

좋았다. 방패의 벽을 뚫고 들어오는 돌덩어리, 뜨거운 액체가 신경 쓰였지만 처음 느껴보는 넘치는 육체의 힘에 그따위 건 문제가 되지 않았다. 돌에, 화살에 맞으면 어떠한가. 꿈에서 깨면 그만이다.

뒤로 밀렸던 파성추가 바퀴에서 연기가 날 정도로 무서운 힘에 이끌려 성문에 돌진했다.

콰쾅! 콰앙!

한 번, 두 번. 드디어,

파직!

"우워우. 오오오오(깨졌다. 크하하하)!"

정우는 박사 논문을 마쳤을 때만큼이나 흥분했다. 피부가 땀에 번질거려도 좋았다. 식은땀이 아니라 육체 노동에서 비롯된 땀이었다. 몸에 열이 올라 뿜어져 나오는 냉각수가 아니던가. 그는 그런 땀을 흘려본 적이 거의 없었다.

"다 됐다. 어서 힘을 내, 1골드! 한 번만 더!"

뒤에서 난쟁이가 뭐라 지껄였다. 꿈을 조종할 수만 있다면 지워 버리고 싶을 정도로 시끄러운 놈이었다. 하지만 오늘은 기분이 좋아 봐준다. 아마 저놈도 성문이 깨진 모습에 달가워 소리를 친 것일 거다.

성문이나 약한 성벽을 깨는 데 사용하는 공성 병기 파충차는 조장이 한 명 달라붙어 구호나 신호를 보내는 게 보통이다. 정우가 끼어 있는 조는 그가 신호 역할을 대신했다. 가장 덩치가 좋고 힘이 센데다 말귀를 알아먹질 못하니 그를 따르는 방법밖에 없었다.

정우는 파충차를 뒤로 밀었다. 성문의 깨진 부분을 노려보며 발끝에 힘을 주었다. 날아간다는 표현이 맞을 정도였다. 그가 마지막 고비를 넘기려는 듯 젖 먹던 힘까지 내자 파충차가 이제까지와는 전혀 다른 속도로 성문에 돌진했다.

쿵쾅! 와지끈!

성문을 고정하던 경합이 성벽에서 떨어져 나가며 조각난 나무 파편들이 안으로 밀려들어 갔다.

"아아아악!"

성문 건너에서 고통에 찬 비명 소리가 터져 나왔다.

쿠앙!

"으악! 성문이!"

굳건하게 버티던 성문이 굉음과 함께 들썩거렸다.

"물러서지 마라. 죽더라도 성문만은 지켜야 한다! 저 나무, 어서! 기둥을 더 가져와 받치란 말이다!"

성벽 위까지 적들의 모습이 보이기 시작해 어느새 그 수를 늘려갔다. 이미 성문 수비대의 눈엔 절망이 묻어 나왔다.

"피해! 아아악!"

성벽 위에서 떨어지는 시체에 수비병이 깔렸다. 아수라장이다. 성문 수비병들은 기사들의 살기 띤 호통 소리도 들리지 않았다.

콰앙!

또다시 성문이 굉음을 내며 들썩거렸다.

수장으로 보이는 사내가 더 이상 버티기 힘들다 판단을 내렸다.

"방패수 앞으로! 궁수 대기! 마법사를 보호하라!"

수장의 냉정한 지시에 병사들이 약간이나마 정신을 차렸다. 성문이 뚫리면 다 죽는다. 일사불란하게 움직여 대열을 정비할 즈음.

콰콰쾅!

"으흭!"

거대한 성문이 그 덩치에 맞게 굉음을 내며 박살이 났다. 그와 함께 성문을 몸으로 지탱하던 병사들이 훌쩍 날아올랐다.

"저런!"

파충차의 모습은 보이지 않았다. 다만 두 발을 허공에서 허우적거리는 병사가 보일 뿐이었다.

마법사들은 숨 돌릴 틈도 없이 캐스팅에 들어갔고, 궁수들은 살을 메겼다. 선두에 들어오는 적병들의 시체로 성문을 대신하여야 한다, 단지 짧은 시간만을 지체시키는 의미없는 일일지라도.

　파충차의 역할은 여기까지다. 성문이 깨지면 파충차를 운용하는 병사들과 그들을 보호하던 방패수들이 달려들어 성문을 확보한다.

　하지만 이번은 달랐다. 다른 병사들은 파충차를 놓고 검을 빼 들었는데, 맨 앞의 덩치만 커다란 바보가 밑도 끝도 없이 파충차를 밀고 성안으로 들어가 버렸다, 장정 둘, 셋의 힘으로는 꿈쩍도 하지 않는 파충차를.

　정우의 눈에는 아무것도 보이지 않았다. 제 힘을 주체하지 못했다. 어린아이에게 사탕을 쥐어준 꼴이다. 현실에서는 할 수 없는 일이었기에 더욱 취했는지도 모른다.

　성문을 부수고 그 힘 그대로 밀고 들어간 정우는 의외의 광경에 흠칫 놀랐다. 파충차의 맨 앞부분에 한 병사가 피를 쏟으며 매달려 있었다. 아무리 꿈이라도 기분이 좋지 않았다.

　시커먼 철판 위로 흐르는 붉은 피, 너무나 선명했다. 애들 장난 같은 싸움 한 번 해본 적 없었다. 그의 손가락 끝이라도 다쳐 피라도 나면 집안이 난리가 났었다.

　살려달라는 듯 허우적거리는 병사의 손길이 정우를 잡으려 했다. 삶의 염원을 담은 애절한 눈빛과 시선이 마주쳤다. 희망과 원망이 섞인 눈빛이었다.

　정우는 몸서리가 쳐졌다. 잘은 모르겠지만 그 눈빛은 분명 살려달라 말하고 있었다. 그는 돌덩이가 되어버렸다. 끓어오른 피가 차갑게 식었다. 재밌는 유희의 순간도 끝이 났다.

그 순간 몸의 모든 세포가 발작을 일으켰다. 번쩍이며 뭔가가 정수리부터 들어와 몸을 관통해 다리로 빠져나갔다. 찌릿한 느낌만이 남아 있었다. 사위가 흐릿해지며 눈앞이 새하얗게 변해갔다.

"라이트닝 볼트!"

어딘가에서 희미한 소리가 들린 듯했다. 그리고는 정신을 잃었다.

*　　　*　　　*

한없이 부드러운 손길이 머리를 쓰다듬고 있었다.

"으음……."

기분 좋은 소리를 낸 정우는 이 시간을 만끽하고 싶었다. 그의 기분을 아는지 손길은 떠나지 않았다. 더불어 따사로운 목소리까지 불러왔다.

"우리 정우, 아기가 되었네."

"으응……."

몸을 뒤척여 어머니 품을 찾았다.

"밥 먹어야지, 우리 강아지. 벌써 해가 중천이야."

마지못해 눈을 뜬 정우는 인자한 미소를 머금은 어머니를 눈동자에 담았다. 화장기없는 조금은 초췌한 모습이었다.

"엄마."

“응.”

어머니는 봄의 햇살만큼이나 따사로운 미소를 보여주었다.

“얼마나 잤어요?”

“조금…….”

말을 흐렸다. 정우는 어제저녁에 들어왔을 때도 세상모르고 자고 있었다. 저녁을 먹이려 깨우려고 했지만 자는 모습이 편안해 보여 그만두었다.

그런데 밤이 가고 아침을 넘기자 가슴이 철렁 내려앉았다. 이대로 눈을 뜨지 못하는 것은 아닌가 하는 쓸데없는 생각까지 들었다. 잠이 많아졌다고는 해도 이 정도는 아니었다.

“우리 잠꾸러기 일어나 밥 먹어야지. 아빠가 산에서 백 년 묵은 더덕을 캐오셨단다. 엄마가 맛있게 무쳐 놨으니까 얼른 세수하고 나오련.”

“히히히… 백 년은 무슨. 엄마도 참.”

“호호호! 낸들 아니. 아빠가 그러시는데.”

어머니가 기분 좋은 웃음소리를 남겨놓고 방에서 나가자 정우는 침대에서 몸을 일으켜 창가에 섰다.

‘저 돌이었지, 아마.’

평범한 엄지손톱만 한 조약돌은 말없이 그 자리를 지켰다.

흔한 조약돌이라도 정우에게는 그 의미가 남달랐다. 잊지 못할 경험을 하게 해준 고마운 존재였다.

돌을 쳐다보던 정우는 어제의 느낌을 되살리려 했다. 하지만 아무런 변화가 없었다.

"훗! 아무 때나 되지 않는 건가? 한 번 간 길, 다시 갈 수 있겠지."

아무리 어려운 전공서도 두 번 이상 손길을 뻗지 않는 정우였다. 시작은 어렵더라도 이해를 하고 나면 그의 뇌리 속에서 떠나지 않았다. 괜히 천재 소리를 듣는 게 아니다.

"아이 씨… 기분이 이상하네, 기분 좋게 잠들었는데 왜 이렇게 찝찝하지."

커다란 잘못을 저지르고 숨긴 아이마냥 영 이상했다. 무슨 일인가가 마음에 걸렸는데 도통 생각이 나지 않았다.

사고의 공부(工夫).

공부는 학문이나 기술을 익히고 배우는 것을 뜻한다. 사고는 생각이다. 사고의 공부는 생각을 익히고 배운다는 의미인데, 영 적응이 되지 않았다.

"생각을 배워? 생각에서 어떻게 뭘 배워?"

정우는 다시 지푸라기에 몸을 맡기려 하고 있었다.

어제 경험한 감각이 생생하게 남아 있기에 혹 지푸라기가 튼튼한 동아줄이 될 수 있을 거라 생각했다. 기를 느꼈고 초능력의 염력과도 비슷한 일을 행하였다. 착각이라도 좋다, 희망을 가슴에 새길 수 있기에.

"나를 바라보는 타인이 되라. 흐음, 너 자신을 알란 소린 가? 말 그대로 나와 생각을 별개로 놓고 보란 건가?"

처음부터 난관이었다.

초자연적 현상을 기술한 책들은 말을 어렵게 꼬아놓는 부분이 많았다. 그래야 더 신비롭게 생각되는지 작자들이 원망스럽기까지 했다.

이해와 습득은 다르다. 그대로 따르는 것과 이해하는 것은 분명 차이가 있다. 내용을 알지 못하고 따르는 것은 처음엔 쉬울지 몰라도 어느 정도 지나면 오히려 더 늦다.

그걸 경험으로 알고 있는 정우이기에 한자한자를 머리에 새길 때까지 파고들었다.

"처음부터 너무 고차원적인 것 같네. 삼체(三體)를 객관적으로 보라는 의미 같은데, 동양 사상에서는 조화와 분리의 격을 두지 않고 행하는데, 이건……."

어우러져 경지를 높이는 게 기공이다. 여기서는 각 체를 분리해서 말하고 있었다.

물론 중용의 덕을 잊지는 않았다. 무엇보다 육체, 체력이 우선된다고 분명히 기술되어 있었다.

하지만 정우로서는 요원한 상황이었다. 제대로 활동하는 신체 기관은 머리뿐이었다. 어쩔 수 없이 영체에 집중할 수밖에 없었다.

"생각을 쪼개라. 365일, 24시간, 60분, 1분, 1초를 모두 기억하라. 헐! 그게 사람이야. 어떻게?"

탁월한 머리를 가진 천재라도 그렇게는 못한다. 1시간 전에 한 일을 전부 기억하는 일조차 힘들다.

행동이란 게 생각대로만 움직이지 않는다. 무의식적인 반응도 있고, 인지하지 못하는 습관도 있다.

"하하, 죽갓구만. 뭐 하나 쉬운 게 없으니. 에휴… 좋아, 먼저 생각을 나누고 그 모습을 되짚어보는 것부터다."

자신의 행동을 남이 한 것처럼 여겨 하나하나 빠짐없이 되돌아보는 일. 정우는 머리가 비디오 기능처럼 되감기와 천천히 재생하기가 되었으면 좋겠다는 우스운 생각이 들었다.

"가만, 오늘… 일어나서 뭐 먼저 했지?"

우선은 가까운 일부터다.

"눈을 떴을 때 엄마가 있었고 침대에서 몸을 일으켜 창가로 갔지. 어제 일을 회상하며 약간의 시간을 보냈는데… 약간? 얼마나?"

게다가 무슨 생각을 했는지 전부 기억이 나질 않았다. 큰 줄기는 물론 기억한다. 하지만 자잘한 것 전부를 회상하지는 못했다.

"하. 하. 하… 바보가 된 기분이네. 자기가 한 일도 모르다니……."

설레설레 고개를 저은 정우는 지그시 눈을 감았다. 생각하지 말고 바라보라 했다. 그대로 행했다. 무언가를 떠올리려 하지 않고 생각이 나는 것을 보려 노력했다.

　무차별적으로 떠오르는 영상들이 머릿속을 휘젓고 다녔다. 어릴 적 기억부터, 최근 희망에 부풀었던 일, 언제나 그리던 건강해진 모습까지.

　신경은 오직 하나, 숨 쉬는 일에만 집중을 하고 떠오르는 생각들을 그저 가만히 놓아두었다.

　그렇게 얼마나 시간이 지났을까, 수많던 사고의 조각들이 하나둘 사라지고는 아무런 사념(邪念)도 남아 있지 않았다. 그저 느끼는 것은 자연의 소리들, 그 소리마저 점차 희미해지자 마치 대해에 떠 있는 조각배 같았다.

　흐름에 몸을 맡긴 듯한 기분.

　두둥실 떠 있었다. 몸도 마음도 정신도, 무의식의 발휘였던 것 같다. 어제의 상황이 전면에 등장했다.

　정우는 말 그대로 타인이 되었다. 그 상황을 바라보았다. 자신이 했던 행동 하나하나를 있는 그대로 보며 분석했다.

　하지만 깨달음을 과학적 현상처럼 분석하기는 힘든 일이었다. 말로 표현할 수 없는 느낌만이 남아 있는 것이기에.

　파리한 피부에 주름진 노안(老眼) 위로 석양이 찾아들었다. 미동조차 없이 석상처럼 굳은 모습이 어느새 잠의 마력에 빠진 것인지, 깊은 생각에 잠긴 것인지는 알 수가 없었다.

＊　　　＊　　　＊

짝! 짝! 짜자짝!

'아잉……! 엄마, 조금만, 5분만, 5분만 더…….'

깊은 잠에 취한 정우는 이성이 비몽사몽간에서 줄다리기를 하고 있었다.

짜자작……!

"일어나, 이 몬스터 같은 자식아!!"

쩍쩍 달라붙는 경쾌한 피육음과 고막을 울리는 격앙된 고함이 이성을 현실 쪽으로 확 잡아당겨 주었다.

볼에 화끈한 마찰열이 일자 정우는 화들짝 놀라 몸을 일으켰다. 아니, 일으키려 했다, 세포 단위까지 반항하는 근육의 비명 소리와 삐그덕거리는 뼈다귀의 마찰음이 들리지 않았다면.

눈을 뜨자 산도적도 형님을 삼을 만한 인물이 손을 치켜들고 내려다보고 있었다. 볼따구니가 얼얼한 이유가 저 사내 때문이었다.

"워워어(누, 누구세요)?"

'워어' 이게 입에서 나오는 소리란 말인가!

유아용 영어 비디오로 물 건너온 말을 익힌 그다. 네 살 때 천자문을 뗀 그였으며, 일곱 살 때 대학 시험을 올해 치를까 하다 너무 어리니 내년으로 미룰까를 고민했었다. 아홉 살 때는 단지 그냥 심심해서 본 토익 시험이 만점자 중 한 명이었다.

"봐봐요, 이 팔푼이가 소리를 낸다니까요?"

또다시 알 수 없는 언어가 산적의 입에서 흘러나왔다. 또!

'또' 라는 의미를 금방 깨달았다.

'이럴 수가! 시리즈물이다.'

흥행에 성공한 영화처럼 꿈에서 2탄이 시작된 것이다. 놀랄 노자였다. 하긴 지난번 기억이 워낙 생생하니…….

이상했다. 잠자고 일어나서는 꿈을 떠올린 적이 없었는데, 꿈속에서는 이리 현실같이 생생하게 다가오다니 알 수가 없는 일이다.

이성이 완전히 제자리를 잡자 정우는 일단 상황 파악부터 나섰다.

그는 딱딱한 맨바닥에 거친 천 한 장을 깔고 누워 있었다. 천장을 받치는 나무 막대기가 보였고 팽팽하게 당겨진 천이 하늘을 가렸다. 천막 안이었다.

그를 바라보고 있는 눈동자는 대략 예닐곱 개, 적어도 세 사람 이상이었다. 눈앞에 산도적 한 명, 그 뒤로 신기한 물건을 쳐다보듯 눈동자를 빛내고 있는 노인 한 분, 그 옆에 각진 턱 선이 강인해 보이는 중년인이 있었다.

노인이 턱에 한 가닥 기른 얄팍한 수염을 쓸었다.

"그놈 참, 볼 때마다 신기한 놈이란 말이야."

"어르신, 제가 말씀드렸지 않습니까? 이 새끼는 사람이 아니라니까요. 오거로 태어날 놈이 사람으로 잘못 기어나온 게 아니면 진짜 부모 중 하나가 오거일지도 몰라요."

동의를 구하는 눈빛을 주변에 던졌지만 아무도 호응을 해주지 않았다. 정우의 눈에 보이는 것은 단지 이 세 명이지만 그 주위로 몇 사람이 더 있는 듯했다.

노인이 정우 앞으로 다가서며 몸을 낮추었다.

"마나를 다룰 줄 아는 기사도 아니건만 어찌 살아났을까?"

"봄멜님, 체력이 강하면 하위 마법 정도는 견딜 수 있지 않습니까?"

중년인의 물음이었다. 봄멜이 고개를 가로저었다.

"바론 단장, 성문 수비대를 돕기 위해 파견된 마법사네. 그들의 목적이 뭔가? 성문으로 기어들어 오는 적을 막는 일일세. 당연히 살상력을 갖춘 마법을 사용했을 건 자명한 일. 게다가 이놈이 제일 먼저 뛰어들었다니 준비된 마법 중 가장 강력한 마법을 맨몸으로 받았을 확률이 높으이."

맞는 말이기도 했고 틀리기도 했다. 전장은 광기와 흥분, 두려움이 지배한다. 두려움과 흥분을 억제하기 위해 평상시 훈련을 거듭하지만 실전에서는 꼭 그렇지만은 않다.

기본적인 방어 전술은 적을 사정거리 내로 끌어들인 후에 일제 사격이다. 좁은 성문으로 들어오는 적이 성문 앞 광장을 메운 후 시체로 만들어 담을 쌓는다. 축성 시 성문 앞에 작은 광장을 만드는 이유이기도 하다.

정우가 성안으로 들어갔을 때는 일제 사격이 아니라 대인 공격을 받았다. 적들 중에 당황한 하위 마법사가 있었을 것이다. 물론 살상력을 갖춘 공격이었다, 다른 이였다면 죽었을 정도로.

"저 어르신, 그런데 소리를 내는 것은?"

"응? 아아!"

산적의 말에 봄멜이 정우를 쳐다보았다.

"1골드야, '봄멜님' 해보거라."

정우는 봄멜의 입을 주시했다. 천천히 입을 움직이는 행동이 무슨 의미인지는 알 것 같았다.

하지만 가만히 있었다. 조금 더 사태를 지켜볼 필요가 있었다. 이 시리즈에서의 역할을 아직 몰랐기에 자신부터 알아야 했다.

봄멜은 강파한 인상과는 어울리지 않게 자상한 표정을 짓고 있다가 피식 웃고는 일어섰다.

"홀홀홀, 그저 충격에 목통이 트인 정도였나 보네. 더 시간을 두고 지켜볼 필요는 있겠지만 한순간에 사람 구실을 하길 원하는 건 기적을 바라는 거네."

일개 단원의 일에 용병단장이 마법사까지 대동하고 나타날 정도로 1골드는 화제의 인물이었다.

샤벨 타이거 용병단의 단장 바론은 초점 잡힌 정우의 눈을 주시했다. 분명 변화가 있었다. 전처럼 퀭한 썩은 동태 눈깔이 아니다. 그들의 대화에 따라 눈동자가 움직였다. 이지(理智)가 있다는 반증이다.

바론은 이 정도로 일단 만족하기로 했다. 데리고 있는 5년 동안 전혀 변화가 없던 그에게 어떤 일이 발생한 건지는 모르겠지만 용병단에는 그보다 시급한 일이 많았다.

계약 기간은 28일, 그동안에 파성(破城)을 했으니 연장 계약을 할 것인지 아니면 귀환할 것인지의 여부를 결정해야 한다. 1골드가 어딜 갈 것도 아니고 갈 곳도 없었다, 자신이 유민(流民) 무리에서 1골드(10만원)를 주고 산 아이였으니.

"글렌!"

산적이 벌떡 일어났다.

"옛! 단장님."

"네 아들처럼 돌보도록! 봄멜님, 가시죠."

휘장을 걷으며 나서던 바론은 귓가에 툴툴거리는 소리가 들렸지만 무시하고는 봄멜에게 지나는 투로 물었다.

"달라졌죠?"

"그런 것 같더군. 뭐 마법사가 할 말은 아니지만 떨어지는 돌덩이에 맞아 굳어진 뇌가 아주 조금 풀어졌는지도 모를 일일세. 홀홀홀. 하여간 연구 대상이란 말이야, 저놈은."

바론은 다른 생각을 하고 있었다. 천생의 신력을 가지고 태어난 아이였다. 5년 전에도 일반 성인에 육박하는 덩치를 가지고 있었고 지금은 190cm가 넘는 자신보다 한 뼘은 더 컸다.

저런 신체 조건에서 칼을 잡는다면 그 몫을 충분히 하고도 남는다. 정상인처럼은 바라지도 않았고 말귀를 알아들을 수 있을 정도만 되어도 무식, 용맹의 대명사인 돌격대의 최선봉으로는 적임이었다.

지금이야 적아를 구별조차 하지 못해 무기를 주지도 않지만, 그렇다고 놀고먹게 할 수는 없다. 1골드의 값어치를 해야만 한다. 목숨을 돈으로 환산하는 용병단이기 때문이다.

글렌은 1골드를 끌고 나왔다. 1골드가 영 맘에 들지 않는 그는 1골드의 몸 상태는 알 바가 아니었다.

눈 깜짝할 사이에 목숨이 오가는 전쟁터에서 전우의 중요성은 이루 다 말할 수 없다. 등을 믿고 맡길 수 있는 전우가 필요했다. 아무리 뒤를 돌아보지 않는 돌격대라도 말이다.

그런데 글렌은 오히려 짐을 떠맡았다. 이름조차 없이 1골드라고 불리는 바보천치를 말이다, 뭐 몇 번 도움을 받기도 했지만.

솔직히 몸 하나는 상상을 불허하는 튼실한 바보이기에 화살받이 삼아, 방패 삼아 솔솔한 재미를 보긴 했었다.

지난번처럼 성문을 깨는 일을 명령받았을 땐 유서를 작성하고 전장에 나선다. 거기엔 선봉금이라는 특별 수당이 붙어 목숨을 걸긴 하나 그만큼 살 확률이 현저히 낮은 일이다.

1골드를 앞에 세우면 적들의 공격이 그에게 집중되었다. 한눈에 봐도 한덩치 하기에 당연한 결과일지도 모른다.

평소 1골드를 전장에 잘 세우지는 않는다. 용병단 내에서도 보급품을 나르는 등의 힘쓸 일이 많았고 아무리 생각없는 바보라고 해도 그냥 나가 죽어라고 등을 밀기에는 인간의 도리가 아니다.

이번 하웬 성에서는 공략하는 데 3차례의 실패가 있었다. 그만큼 선봉을 맡은 용병단의 피해가 컸기에 1골드까지 투입했다. 결과적으로 성공을 하긴 했지만 그리 상쾌한 기분은 아니었다.

갑자기 발걸음이 걸리자 글렌은 와락 인상을 구겼다.

"뭐 해, 이 자식아! 빨리 따라와!"

글렌이 아무리 1골드의 솥뚜껑만 한 손을 당겨도 요지부동이었다.

정우는 아직까지도 연기가 솔솔 피어오르고 있는 하웬 성을 쳐다보고 있었다. 사진에서나 봤을 법한 중세 성이었다. 구릉 위에 축성된 전형적인 모습, 그 밑으론 수많은 천막들이 눈에 들어왔다.

'생김새도 서양인들 같더니 문화까지 비슷하네. 거참, 여기 배경이 중세 유럽인가… 왜 이런 꿈을 꾸고 있는 거지? 전생에 서양인이었나?

햇빛에 말리려고 내놓은 갑옷의 형태나 사람들이 들고 다니는 가지각색의 무기들, 천막을 나와 짧은 거리를 걷는 동안에 본 생활양식 등이 중세와 흡사했다.

정우는 또 하나 놀라운 사실을 깨달았는데, 이 세계가 소인국이라는 것이다. 자신보다 큰 사람을 한 명도 보지 못했다.

쓴 미소를 지은 정우는 소인국에 온 걸리버가 된 기분이었다. 현실에서 얼마나 왜소한 모습에 스트레스로 받았으면 꿈 속에서나마 거인의 형상이 되었겠는가.

밑에서 뭐라 꽥꽥거리는 소리에 정우는 발을 떼었다. 산적 난쟁이가 어딜 끌고 가는지는 모르나 지금은 방관자의 입장이었다.

10분 정도 걷자 진지를 벗어나 개울가에 도착했다. 산적이 무릎을 꿇고 그를 잡아당기는 모습이 앉으라는 뜻 같았다. 곧 손에 물을 담아 얼굴에 문지르는 시늉을 해 보였다.

외계인 같은 모습을 보기 싫어 거울 보는 것조차 싫어하던 정우였기에 썩 내키지는 않았지만 그냥 따르기로 했다.

혹시 아는가, 현실과는 반대로 거인이 되었으니 얼굴 또한 눈이 번쩍 뜨일 미소년의 모습을 가지고 있을지.

그 기대는 수초도 지나지 않아 산산이 깨졌다. 정우는 미라처럼 칭칭 감긴 천을 먼저 풀었다. 상처가 꽤나 위중했었나 보다.

먼저 드러나는 손에 놀랐다. 몸을 살펴볼 겨를이 없었기에 몰랐는데 손이 솥뚜껑만 한 게 농구공도 한 손에 잡을 수 있을 정도로 컸다.

거기에 손등과 바닥을 덮다시피 군은살이 울퉁불퉁했다. 여기까지는 그러려니 했다. 눈만 드러낸 천을 풀고 개울물에 일그러진 형태로 얼굴이 비치자 목구멍까지 치고 올라오는 비명을 가까스로 삼켰다.

이건 차라리 현실의 모습이 그나마 나았다. 현실과 똑같이 머리는 민머리였는데 머리카락 대신에 징그러운 화상 자국이 나 있었다.

얼굴의 좌측은 눈만 빼곤 머리부터 이어진 화상 자국에 피부가 쭈글쭈글 흉하게 굳어 있었고 오른 이마부터 시작해 대각선으로 코까지 반쯤 가른 칼자국에, 그나마 멀쩡한 피부는 형이상학적인 도형을 그려놓은 듯 자잘한 자상들이 어지럽게 나 있었다. 다행이라면 밥은 먹을 수 있게끔 두툼한 입은 멀쩡하다는 거였다.

'허어… 이거 참. 죽갓구만. 꽃미남은 바라지도 않았는데, 그저 사람다운 얼굴도 안 되나? 꿈속인데… 젠장할!'

다음엔 자기 전에 주문을 외우듯 얼굴 생각을 꼭 하기로 마음먹었다. 이왕이면 괴물 같은 모습보다는 낫지 싶었다.

딱!

뒤통수에 따끔한 충격이 왔다. 인상을 쓰며 돌아보자 산도직이 바락바락 소리를 질렀다.

"수엔(물)! 수엔(물)!"

물을 떠 올리며 얼굴과 팔에 문지르는 시늉을 했다.

'물을 수엔이라 하나 보군. 근데 이 쪼끄만 놈이 자꾸 건드려? 확 받아벌라.'

정우는 커다란 덩치에 자신이 생겼는지 폭력적인 성향을 보였다. 스스로 생각해도 이런 행태는 의외였다.

'이거 한 방이면… 하하하! 내가 무슨 생각을 하는 거야. 킥킥!'

정우는 팔을 씻으면서 또 한 번 놀랐다. 팔뚝의 두께가 두 뼘도 넘었다. 게다가 근육 위로 불룩 솟은 혈관이 떡하니 자리 잡고 있었다. 웃옷 위로 손을 가져가 보니 딱딱한 가슴 근육이 만져졌다.

'얼굴만이 아니라 몸도…….'

여기까지 생각이 미치자 소인국에 온 것이 아니라 몸 전체가 커졌다는 생각이 들었다. 궁금했다. 의대의 뼈다귀 모형 같던 몸이 어떻게 변했는가 말이다.

벌떡 일어선 정우는 겉옷을 훌훌 벗어버렸다. 구멍이 숭숭 뚫린 허름한 바지와 셔츠 한 벌이 전부였으니 대번에 알몸이 되었다.

수면에 비쳐진 모습이라니, 떡 벌어진 어깨 하며 거기에 반해 잘록하면서도 단단해 보이는 허리 선, 조금 큰 듯하면서도 탄력있어 보이는 근육들이 자리 잡고 있었다. 잘 발달된 몸이었다. 조금 힘을 주자 근육이 순식간에 반응하여 팽팽해졌다.

얼굴처럼 눈살을 찌푸릴 상처들이 많았지만 그것보다는 군살 하나 없이 근육의 섬세한 결까지 드러난 모습이 마음을 사로잡았다. 꿈에서도 그리던 모습이었다.

거기에, 어린애의 그것 같은 게 달려 있던 자리엔 묵직한 놈(?)이 대신하고 있었다. 갑자기 한 남자가 된 기분이 들었다.

병색이 완연한 그도 남자였다. 기분이 좋아진 정우는 덜렁(?) 거리며 개울물로 뛰어들었다.

글렌은 정말 딱 벌린 입에서 침이 떨어지는지도 모를 정도로 놀랐다.

"저, 저, 저!"

1골드는 가축이었다. 먹여주고 재워주고 일시키고. 자발적인 행동을 하는 게 아니라 몇 번, 몇십 번을 행동으로 보여주어야지만 겨우 따라 하는 정도의 지능을 가지고 있었다.

그런데, 스스로 물로 훌쩍 뛰어들어 목욕 비스무리한 것을 하는 게 아닌가! 그것도 시키지도 않았는데.

이젠 글렌조차도 정우의 변화를 느끼고 있었다.

전투 후의 긴장이 풀려 나른함에 몸을 맡기고 있던 용병단원들이 막사 사이의 공터에서 들려오는 소리에 눈길을 주기 시작했다. 그곳에서 벌어지는 일에 훈미가 동한 용병들은 하나둘 자리를 털고 일어나 공터에 자리 잡았다.

"하하하! 글렌, 힘 좀 써보라고!"

"잡히면 넌 죽어, 이놈아! 사지가 뜯겨 나갈지도 몰라. 하하하!"

"내 오늘 1골드에 1골드를 걸지."

글렌은 죽을 맛이었다. 동료들의 비아냥 소리보다도 앞의 상대가 그를 난감하게 만들었다.

어린아이처럼 물장구를 치고 노는 1골드를 겨우겨우 끄집어내어 진지로 데리고 와 대충 깎아 만든 목검을 들고 나타나더니 공터로 끌고나와 이 이상한 대련을 시작했다.

별로 볼 것도 없이 일방적인 구타였다. 십여 년을 전쟁터에서 갈고닦은 글렌이 1골드에게 밀릴 일은 전혀 없었다.

그런데 문제는 1골드의 맷집이 장난이 아니라는 것이다. 게다가 이 상상도 하지 못할 우악스런 힘이라니! 분명 그가 몰아붙이고 있는데도 밀리는 것 또한 그렸다.

글렌은 성난 소처럼 달려드는 1골드를 간단히 허리를 숙여 피하면서 훤히 보이는 복부에 정확히 목검을 쑤셔 넣었다.

푸욱!

소리도 그렇고 손에 전해지는 느낌 또한 상당했다.

그러나 1골드는 끄떡없었다. 어디 모기가 물었냐는 식이었다. 인상 한 번 쓰지 않고 또다시 머리를 들이밀었다. 하는 모양새가 코흘리개들 싸움할 때와 똑같았다.

정우는 정말 아파 죽을 것 같았다. 이런 고통은 태어나 처음 당해보는 것이었다. 꿈속에서 당하는 고통도 현실과 똑같다는 것을 처음 알았다.

나무 막대기를 던져 놓았을 땐 무엇을 의미하는지 몰랐다. 공터에 끌고 와 거리를 벌렸을 때에야 분위기가 심상치 않음을 깨달았다. 그리고 다가오는 무차별적인 폭력.

처음엔 무서웠다. 몇 대 맞고는 정신이 아득해지는 게 그대로 기절하고 싶었다. 하나, 이놈의 멍청한 육신은 너무나 단단했다.

한 대 두 대 고통의 횟수가 늘자 오히려 오기가 치밀어 올랐다. 열이 받는다는 게 어떤 건지도 알았다. 한마디로 눈에 뵈는 게 없었다.

단지 하나, 저 쥐꼬리만 한 산적 놈을 붙잡아 한 대라도 패주어야지 분이 풀릴 것 같았다. 오직 놈의 몸통만 보고 무작정 달려들었다.

퍼퍼퍼퍽!

대충 서너 대는 맞은 것 같았다. 어디를 어떻게 맞았는지도 모르겠다. 그래도 성과가 있었다. 손에 움켜쥔 옷자락이 느껴졌다. 그 다음은… 어떻게 해야 되지?

덜컥!

짧은 망설임의 순간, 턱에 극심한 충격이 오더니 하늘이 보였다. 조금 전끼지만 해도 놈의 머리카락에 긴 비듬까지 보였는데 지금은 푸른 하늘이 펼쳐져 있었다. 정말 아득히 높은 하늘이었다.

"이 병신!"

1골드가 쓰러지기도 전에 글렌이 공중을 날았다. 가볍게 몸을 일 회전하자 매서운 발길이 날았다. 발뒷굽이 정확히 1골드의 관자놀이를 갈겼다. 살의가 담긴 공격이었다.

빠악!

1골드는 머리가 그의 것이 아닌 것 같다. 두개골이 진동하고 눈앞이 하얗게 변하면서 머릿속이 백지장이 되었다.

"이 병신 새끼! 감히 몸에다 손을 대? 죽어버려!"

퍼억 퍽퍽퍽퍽!

쓰러진 1골드에게 글렌의 무자비한 구타가 이어졌다.

정우는 맞는 느낌도 고통도 느끼지 못했다. 격타음마저 희미하게 들렸다.

글렌의 발길질에 1골드의 몸이 들썩였다. 칭칭 감긴 붕대위로 붉은 피가 배어 나왔지만 글렌은 멈추지 않았다. 결국 1골드는 구타를 견디지 못하고 기절했다.

"헥헥헥……."

글렌이 거친 숨을 몰아쉬며 축 늘어진 1골드를 매섭게 노려보았다.

"화악! 죽어 벌라, 이 몬스터 같은 자식! 카악……! 퉤!"

누런 가래침을 내뱉은 글렌은 흠칫 놀랐다. 고급스런 가죽

신이 눈에 들어왔기 때문인데, 신발이 신분을 나타내었다.

"뭐 하는 짓이냐? 이 미친놈!"

용병과는 어울리지 않게 단정한 기사 차림의 중년인이었다. 눈에 띄게 긴장한 글렌이 허리를 숙였다.

"오셨습니까? 제1대대 대장님."

"물었다."

"저, 그게… 검술을… 가르치고 있었습니다."

백 명으로 구성된 1대대의 대장인 유진의 얼굴에 살기가 감돌았다. 적의 간자를 잡아도 저 정도까지는 하지 않을 것이다. 저 불쌍한 놈을…….

용병단은 대략적으로 돌격대, 본대 3대와 치중대(輜重隊)로 구성되어 있었다. 물론 의뢰의 내용에 따라 인원과 구성이 유동적으로 변하지만 장기전에 투입될 경우에는 이 체제를 따랐다.

용병의 특성상 지략보다는 무력순으로 자리를 맡는다. 제 1대대 대장 유진은 단장인 바론 다음으로 실력자란 소리였다.

유진의 목소리가 더욱 차가워졌다.

"그걸 변명이라고 하는 것이냐!"

"정말입니다, 대장님. 제가 오히려 당할 뻔했습니다. 이 팔푼이, 아니, 1골드는 예전의 바보천치가 아닙니다. 확실히 변했습니다. 아까는 혼자서 목욕을……."

"그 결과가 이것이냐?"

유진의 눈엔 1골드는 단원들의 화풀이 대상으로밖에 보이지 않았다. 여러 차례 그런 장면을 직접 보기도 했다.

용병단은 민간인들에게 마법사만큼이나 공포의 대상이었다. 무력을 앞세운 파괴자와 무법자의 집합소가 용병단이었다.

돈을 위해 싸우고 돈 때문에 싸움을 중단하는 그들이기에 그런 악평을 듣는 것이다. 몇몇 용병들의 악행이 더해져 진실처럼 되었지만 용병단의 내부 기강은 일반 군대보다 더욱 강했다.

그들은 모두 직업군인이다. 단지 기사들처럼 충(忠)과 기사도에 목숨을 거는 것이 아니라 그 대상이 돈이라는 차이점이 있을 뿐이다.

1골드가 아무리 식충이라도 이런 행태는 도저히 묵과할 수 없었다.

"따라와!"

글렌은 대자로 뻗은 1골드를 힐끗 한번 쏘아보고는 한숨을 더해 도살장에 끌려가는 소처럼 유진의 뒤를 따랐다.

그는 정말 억울했다. 1골드가 변한 것 같아 시험도 해보고 전투에서 속 썩인 화풀이도 하고 겸사겸사 다진 것인데, 딱 걸려 버렸다. 솔직히 검술을 가르칠 요량도 쪼금은 있었다.

으드득!

‘개자식! 돌아와서 보자.’

＊　　　＊　　　＊

하루, 이틀, 시간이 유수와 같이 흘러 한 달이 지났다.

하루가 마지막 같은 정우다. 그래서 하루를 마지막인 것처럼 치열하게 산다. 목숨만큼이나 귀중한 시간을 헛되이 보내지는 않았다. 시간을 잃은 만큼 얻은 것도 있었다.

침대 위에 올려진 간이 상위로 핀(Pin)이 실에 조종당하는 마리오네트(Marionette)처럼 춤을 추고 있었다. 핀 위에서 핏기가 가신 손가락이 이를 조종하는 듯 움직였다. 그런데 핀과 손가락 사이엔 아무것도 없었다.

정우의 거친 얼굴이 비틀렸다. 남들이 어떻게 볼지 몰라도 그는 미소를 지은 것이다.

핀은 자신이 생각하는 대로, 원하는 대로 움직였다, 손끝에 자석이 달린 것처럼.

정우가 조종할 수 있는 물체는 얇디얇은 핀 정도였다. 그 이상의 무게는 체력적으로 부담이 왔다. 한 번은 물컵을 움직이려 하다가 기절을 한 적도 있었다.

삼체를 아무리 분리하려 해도 서로 유기(有機)적인 관계이기에 결국은 하나다. 기본적으로 체력이 되어야 기체를 수련할 수 있고 영체를 강성하게 할 수 있다.

정우는 신체적인 결함 때문에 어쩔 수 없이 영체만 비정상적인 발전을 했다. 삼체가 다르다 해도 같은 길을 가는 동행이다. 셋은 하나다.

결국 정우는 기적은 없다란 결론에 도달했다. 초자연적 능력으로 신체의 한계를 넘는다는 것은 일반인들의 한계를 나타냄이다. 정상적인 상태에서 출발하여 초월적인 위치에 도달한다.

내심 그런 결론을 내렸지만 마음은 전과 같지 않았다. 그동안의 수련이 헛되지 않아 이젠 자연스럽게 죽음을 받아들일 수 있을 것 같았다.

흐르면 흐르는 대로 가는 것이 자연의 섭리랄까, 포기라기보다는 순응에 가까운 마음이었다. 이젠 다가오는 인생의 막장이 두렵지 않았다. 단지 그때가 언제일지가 궁금할 뿐.

요즘 정우는 눈을 뜨고 있는 시간보다 눈을 감고 내면을 들여다보는 것을 좋아했다. 세상사가 별 흥미를 주지도 않을뿐더러 내면을 보는 게 더 재미가 있었다.

부모님들의 모습에서 초조함과 한없는 슬픔이 묻어 나오는 걸 모르지는 않았다. 하지만 생을 마감하는 그였기에 정리할 시간이 필요했다. 자신만의 시간을 더 갖고 싶은 게 솔직한 심정이었다.

정우는 상을 밀어놓고 천천히 숨을 쉬었다. 내면에 들어가기 위한 준비다. 생각을 멈추었다. 신경을 단지 숨 쉬는 동작

하나에만 집중하였다.

잡념들이 떠올랐지만 곧 사라지고 텅 빈 백색의 망망대해만이 존재했다.

이제부터는 그의 선택이었다. 전에는 한 생각을 보는 객관자 입장이었지만 지금은 뇌라는 메모리에서 원하는 자료를 찾아 읽을 수 있는 주관자였다.

가까운 대학 생활의 기억에서부터 갓난아기 적 모습까지, 빛바랜 사진첩을 보는 것처럼 찾아볼 수 있었다.

정우는 더 이상 볼 것도 없는지 좀 더 깊은 내면으로 가고자 했다. 지금까지가 의식의 세계다. 그 이면의 세계, 무의식도 그의 영역이다. 그곳이 목적지였다.

더욱더 집중하여 내면 깊숙한 곳으로 가던 정우는 흠칫 놀라 멈추어 섰다. 그곳은 온통… 어둠이었다.

두려움과 공포, 원망, 증오, 절망, 대상없는 미움이 가득 차 있었다.

'허……! 내 마음속이 이랬던가? 이토록 세상을 미워하고 있었다니…….'

애써 태연한 척해도 타인과 비교할 수밖에 없었다. 건강한 이들과 꽃도 피워보지 못하고 질 그의 운명, 희망이 없는 삶이었다.

이런 그를 만든 부모님을 원망했고, 건강한 타인들을 저주했으며, 하늘을 증오했다. 그 모습이 이런 어둠을 내면에 드리운 것이다.

정우는 슬펐다. 깨끗하게 생을 마감하고 싶었는데 이런 어둠이 깃들어 있을 줄이야… 감사하고 행복했다던 그 마음은 가식이었던가…….

마음이 울었다.

눈물에는 스스로에 대한 연민과 또 다른 모습을 알았다는 기쁨의 이율배반적인 감정이 녹아 있었다. 의연한 척하는 것도 그였고 세상을 원망하는 것도 그였다.

포용(包容)이다.

사랑이다.

정우는 이제야 진정으로 스스로를 사랑할 수 있었다.

그때 어둠 속에 아주 작은 빛이 깃들기 시작했다. 빛이 편안한 미소를 짓는 듯했다.

어둠이 떨었다. 기쁨의 몸짓일까? 두려움일까?

빛이 하나의 형체를 잡아가는 것만은 사실이었다. 갓난아기 형태의 작은 빛덩이였다. 어둠 속에서 빛은 유난히 밝아 보였다.

빛과 어둠, 상반된 이들은 도저히 어울릴 수 없을 것 같았지만 그렇지 않았다. 어둠에 박힌 듯 떠 있는 빛덩이는 묘한 조화를 이루고 있었다. 원망이 가득 찬 어둠을 타이르듯 빛덩이가 은은한 빛을 발했다.

섞였다. 그렇게밖에 표현이 안 되었다. 빛과 어둠이 어느 순간 하나가 되는 듯했다. 무엇이 빛인지 어둠인지 모르겠다. 원래 그랬던 것처럼…….

일순 모든 것이 사라졌다.

또한 모든 것이 나타났다.

그 순간 정우는 보았다. 광활한 공간 속에 떠 있는 자신을…….

Chapter 3

기억의 저편

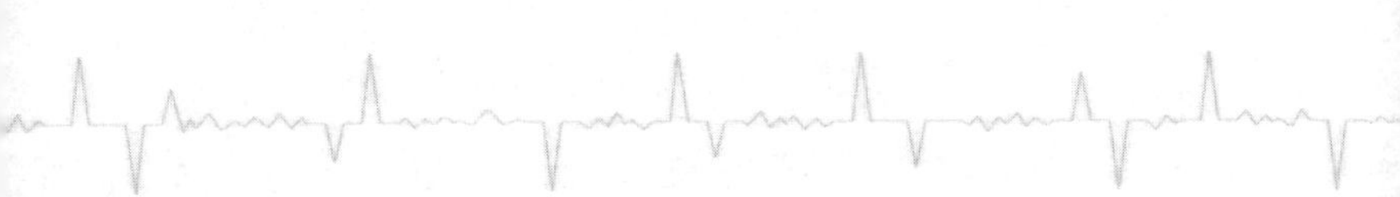

우주를 무한한 시간과 공간이라 표현을 한다.

지금 정우의 느낌이 그랬다. 내면에 이렇게 광활한 공간을 내포하고 있었나 하는 의문이 들 정도였다.

시력의 한계를 넘어 끝없이 펼쳐친 공간 속에는 그야말로 만물이 존재했다, 일상생활에서 흔히 보던 물체는 물론, 그 쓰임새를 알 수 없는 것들까지. 있었다라긴보단 수많은 물체들이 흘러가며 존재했다가 사라지고 다시 만들어지고를 반복했다.

정의를 내릴 수 없는 상황에 직면하자 어리둥절해 있던 정우는 그에게 다가서는 집채만 한 바위를 보지 못했다.

천천히 흘러가는 듯 보였어도 그 빠름은 상상을 불허했다. 멀리 한 점처럼 보이던 것이 순식간에 코앞까지 왔을 때는 2층 건물 크기로 변해 있었다.

화들짝 놀란 그가 반사적으로 팔을 들어 앞을 가렸다. 그 짧은 순간, 별의별 상상을 다했건만 예상하던 일은 아무것도 일어나지 않았다.

어이없게도 집어삼킬 듯 다가서던 바위가 그와 부딪치며 허깨비마냥 산산이 부서졌다. 바위는 해변에 부딪친 파도가 일으키는 포말처럼 현란히 빛의 잔해들을 남기며 산화했다.

그 아름다운 모습에 잠시 넋을 빼앗겨 부서진 바위의 잔해들이 여러 형태로 탈바꿈하여 재생성되는 모습을 보지 못했다.

놀란 가슴을 진정시킨 정우는 몸에 아무런 이상이 없자 고개를 갸웃하고는 아름다우면서도 해괴한 주변으로 눈길을 돌렸다.

우주의 한면이 이러할까? 은하수가 무리지어 어둠에 박혀 있었고 가까운 곳에는 행성같이 보이는 각양각색의 수많은 빛의 구들이 떠 있었다. 그 사이사이를 우주의 먼지처럼 만물이 흘러갔다.

정우는 팔을 뻗으면 닿을 것 같은 빛의 구에 손을 대어보았다. 아무런 감촉이 없었다. 구를 만졌는지조차 알 수 없었다.

이 공간에서는 도통 거리감을 찾을 수가 없었다. 그러던 어느 순간 구에 가까이 가고 싶다는 마음이 일었다.

슈우우욱!

빨려왔다. 갑자기 구와 그와의 거리가 사라졌다. 마음이 일자 실현이 된 것인데, 그의 앞에는 구라기보단 빛의 장막이 드리워져 있었다. 구처럼 보일 만큼 둘 사이에는 엄청난 거리가 있었다.

그는 미지의 세계로 첫발을 내딛는 심정으로 조심스럽게 장막에 손바닥을 대어보았다.

'허어억!'

머리가 터질 것 같았다. 손을 대자마자 머릿속으로 수많은 영상들이 떠오르면서 스쳐 지나갔다. 반사적으로 손을 떼자 거친 숨이 토해졌다. 찰나지간에 본 광경들에는 인간사의 오욕칠정(五慾七情)이 녹아 있었다.

'이, 이, 이게 대체!'

행복해 보이는 남녀에게서 정을 느꼈고 대노(大怒)하는 사람에게선 똑같이 화가 치밀어 올랐다. 그들의 감정이 고스란히 자신에게 전달된 것이다.

이어지는 잔혹한 학살의 현장, 붕괴되는 도시들, 전쟁터의 광기가 몸서리치게 만들었다.

슬픔이 있으면 행복이 그 자리를 대신했고 전쟁의 아픔 뒤에는 희망이 찾아들고 평화를 불러왔다. 마치 한 시대의 영상

기록을 본 듯했다.

얼굴이 굳은 정우는 고개를 돌렸다. 다른 구에 초점을 맞추었다. 순간 방금 전과 똑같은 상황에 놓였다. 몸이 쭈욱 빨려들어 빛의 장막 앞에 섰다.

크게 숨을 내뱉었다. 좀 전은 창졸간에 당한 일이라 뭐가 뭔지 몰랐다. 이번엔 다른 것이다. 역시나 장막에 손을 대자 순식간에 새로운 정보들이 머릿속으로 들어왔다.

여기는 좀… 이질적이었다. 시대가, 환경이, 배경이, 풍습이 전과 차이가 있었다. 그가 사는 세계하고도.

수차례 여러 구와의 접촉을 했다. 이어 깊은 생각에 빠져들었다.

'…영(靈)… 계인가?'

신들의 시험장, 영계의 모습과 흡사했다. 저 수많은 빛의 구들이 하나의 시공간에 대한 시뮬레이션일 수도 있었다.

하지만 의문이 들었다.

'영계라는 단위는 사람들의 세상을 나타낸 말이다. 하지만 내가 본 모습은… 다르다.'

지구를 인간이 주도하는 세상이라면, 그가 본 광경에는 인간이라 할 수 없는 다른 생명체들도 있었다. 그들만의 문화와 생활양식이 갖추어진 지성체들이었다.

'광대한 우주 속에 알지 못하는 외계 족속들일 수도 있고… 다중 우주도 가능하다.'

지금 이 시간에도 확장을 계속하는 그 끝을 알 수 없는 우주에서 지성체가 인간만이 존재하지는 않을 것이다. 우주 어딘가에 우리와 똑같은 생각을 가진 생명체가 존재할 수도 있다.

또한 우리의 우주는 부분집합에 불과하며 우리가 살고 있는 우주 외에 무수히 많은 우주가 존재한다는 다중우주(Multi-verse, 혹은 Multi-universe) 론에서처럼 그가 본 것이 이계의 모습일 수도 있었다.

그도 아니면 단순하게 정우 자신이 원해 만들어놓은 무의식의 가상 공간일 수도 있고. 살고자 희망을 품고 영체에 매달렸으니 그럴 가능성도 높았다.

'이러면 어떻고 저러면 어때. 가보지 않으면 모르는 것을……'

쓴웃음을 지은 정우는 동물원에 처음 온 아이처럼 이리저리 다니며 구경을 했다. 해괴한 물체들을 만져 보기도 하고 그들이 생성되고 소멸되는 과정을 지켜보기도 했다.

더 나가서 직접 만들어보려고 했으나 기를 모으는 일조차 힘들었다.

그때 갑자기 머릿속에 천둥소리가 들렸다.

―이놈! 억겁의 세월 동안 무간지옥 불구덩이 맛을 보고 싶은 것이냐! 창조는 조물주만의 권능이다!

대상이 어디 있는지도 몰랐지만 정우는 급히 변명을 늘어놓았다.

'에?! 예! 저… 창조가 아니라 모방인데요. 하지도 못했고
요.'

―감히! 인간 주제에 이곳이 어디라고 거짓을 고하느냐! 내
네놈이 들어올 때부터 지켜보았거늘!

'허… 참, 이해를 못하시네. 창조는 새로운 피조물을 만드
는 것 아닙니까? 제가 새로운 걸 만들었습니까? 여기 있는 거
하나 흉내 내보려고 한 것에 지나지 않잖습니까?'

―…….

더 이상 잃을 것도 없는 정우는 간이 배 밖으로 나와 있었
다. 이곳이 영계인지 어디인지도 모르고 그가 알기로는 영계
엔 신선과 같은 초월자들이 존재하지 않았다. 그래서 상대가
어떤 존재인지도 모르면서 거침없이 말을 한 것이다.

'…근데 누구십니까?

―… 누군지도 몰랐다는 거냐?

'그런데요.'

―겁을 상실한 인간 놈이구나! 네 진정 우주의 먼지가 되어
사라지고 싶은 게냐!

'벌써 사라질 존재입니다만!'

―허허… 이놈 봐라. 아랫것들이 인간을 어떻게 관리했기
에 저런 오만방자한 종자가 나왔을꼬. 쯧쯧쯧.

미지의 존재가 혀를 차든 말든 정우는 미소 지었다. 새로운
상대를 만나는 건 즐거움이었다.

많은 인간 관계를 맺지 못했다. 건강상의 문제로, 때로는 상대방이 자신을 피해서. 후자 쪽이 더 많았지만.

어느새 긴장하던 마음이 풀렸다. 말본새가 영 초월자 같지가 않았다. 신선 정도 된다면 고승처럼 선문답 정도는 해야 하지 않나 싶었다. 또한 여기에는…….

'…너 잡영(雜靈)이지?'

탈각하지 못한 번데기 같다고나 할까. 영계에는 선계에 들지 못한 이무기 같은 존재들이 있다고 알고 있었다. 아무리 생각해도 이곳은 영계 같았다.

—…끄응!

긍정의 몸부림이었다.

'나와봐. 얼굴 좀 보자.'

대번에 공손한 전언이 들려왔다.

—승선(昇仙)하십니까? 그 정도는 아닌 것 같은데…….

말 몇 마디 섞어보지도 않고 잡영인 걸 알아보자 말투가 싹 바뀌었다. 그래도 말끝을 흐리는 것은 잊지 않았다.

'나와보래도.'

—나왔는데요.

'어디?'

—밑에요.

'……'

무릎 어림에서 황금빛이 나는 손바닥만 한 물고기 한 마리가 정우를 올려다보고 있었다.

'…너냐?

―…네.

둘은 말없이 그렇게 쳐다만 보았다.

정우가 먼저 입을 떼었다.

'넌… 누구지?

똑같은 질문이지만 대답은 달랐다.

―곤이요.

'곤?

―곤도 몰라요? 승천할 분이, 대붕(大鵬)이 되기 전이 곤이잖아요.

날갯짓 한 번으로 9만 리를 날아간다는 전설 속의 큰 새가 대붕이다. 곤은 대붕으로 탈바꿈하는 물고기로 오랜 시간 북해의 빙정(氷精)을 흡수하여 수양을 쌓아야 대붕이 된다고 전해진다.

곤의 퉁망울만 한 눈이 게슴츠레해졌다. 이 인간을 처음 봤을 때, 영성이 뛰어난 물질계의 산 영혼이 가끔 들어오는 일도 있기에 스쳐 가는 영인 줄 알았다.

그런데 시간이 흐르자 영계를 마치 제 집처럼 헤집고 다녔다. 그때쯤에는 자신처럼 선계에 오르지 못한 반등선한 불쌍한 신입 영이라 생각했다.

단지 풍기는 영성(靈性)이 영 아니올시다라는 게 마음에 걸

리긴 했지만. 아니나 다를까,

 '난 승선 안 해.'

 ―…이! 이! 이 자식이! 뒈질라고! 감히 나를 갖고 놀아!

 순간 천지를 쩌렁쩌렁 울리는 노성과 함께 물고기에서 숨
막힐 듯한 무시무시한 기운이 뿜어져 나와 정우를 휘감았다.
이어 형언할 수 없는 광채가 터졌다.

 놀랄 틈도 없이 부리부리한 검은 눈동자가 정우 앞에 자리
했다. 물고기는 흔적도 없이 사라지고 눈부신 황금빛으로 감
싸인 거대한 새가 대신했다. 대붕이었다.

 정우는 이 놀라운 변화에 마른침만 삼켰다.

 잡영도 그냥 잡영이 아니었다. 한이 골수에 맺힌 영처럼 물
질계에 미련이 많은 영들이 순환을 하지 못하고 떠돈다고 알
고 있었는데, 급이 달랐다.

 화가 난 대붕이 정우를 한입에 삼키려 하는지 날카로운 부
리를 쩌억 벌릴 때였다.

 ―야이! 새대가리 자식아! 죽고 싶어!

 ―존만한 새끼가 조용히 찌그러져 있으랬더니!

 ―아주 간을 배 밖에 꺼내놓고 빙빙 돌리는구나. 확 술안주
로 회 쳐 먹을까 보다!

 ―뼈다귀는 날 주게. 이쑤시개가 떨어져서 말이야.

 곤에 버금가는 천둥 같은 소리가 사방에서 들려왔다.

 정우는 귀를 막는 시늉을 했지만 머릿속에 울리는 음성이

었다.

대붕이 눈알을 빠르게 굴리는 것이 당혹스러워하는 것 같았다. 정우도 덩달아 주변을 빠르게 돌아보았지만 눈에 보이는 그 어떤 존재도 없었다.

빛이 확 사라지며 다시금 물고기로 돌아간 곤이 떨리는 마음을 진정시켰다.

—너 조용히 따라와.

'…네.'

빛이라고는 곤에게서 나오는 것밖에 없는 오직 순수한 어둠만이 존재하는 공간이었다.

—너 때문에 소멸될 뻔했잖아, 이 빌어먹을 자식아! 넌 대체 뭐야?

잡영이라도 보통 잡영이 아니었고 그 힘을 조금이나마 느끼자 정우는 공손해졌다. 감히 범접할 수 없는 존재였다.

'…정우인데요, 김정우.'

황당해진 곤이 입맛을 다셨다.

—여긴 어떻게 들어왔냐?

'그게 저도 잘… 근데 여기가 어디예요? 아까 그분들은 누구시고요?

—허허허… 여긴 영계다. 중간계라고도 하고. 물질계와 반물질세의 교착점이라고 할까나. 뭐 이름이야 정해진 것이 아

니니 편한 거로 불러. 그러고 보니 내가 물었잖아. 어떻게 들어왔어?

정우는 이야기를 시작했다. 살고자 하다 보니 신비로운 과정에 이끌려 오게 된 것이 그가 아는 전부였다.

―거참, 묘한 놈이로세. 단지 그런 과정으로 여길 들어와 활보할 수 있었다고?

곤은 황당했다. 인간의 영혼이 영계에 들어올 때는 찰나의 순간밖에 지낼 수 없었다. 순수한 기로 꽉 차 있는 공간이 영계다. 영성을 각성하지 못한 영혼은 순식간에 소멸한다.

인간의 세월로 딱 만 년이었다. 그는 영성을 깨우는 데 만 년이 걸렸다. 그런데 심해(深海)에서 깨달음을 얻고 대붕이 되어 날아오를 때까지는 좋았다.

선계에 들기 전에 인간계에 아주 쪼금 흥미가 생겨 슬쩍 앞발을 내딛는 정도였다. 그 결과가 이것이다. 벌이다. 승선도 하지 못하고 영계에 갇혀 버렸다.

곤은 자신이 모자라다는 생각은 절대 하지 않고 조물주의 벌이라 굳게 믿고 있었다.

'저, 그런데 좀 전에 그분들은?

―응? 응. 나랑 똑같은 놈들이야. 이도 저도 아닌 놈들. 신선도 아닌 반선. 용이 되지 못한 이무기 놈들이지. 영계를 관장하면서 승천할 날만 기다리는 불쌍한 존재. 쩝…….

잡영이 아니라 영계의 관리자들이었다.

그중에서 곤은 신참에 속했다. 최고참은 억겁의 시간 동안 있었다고 하니 천 갑자(千甲子) 정도밖에 안 되는 그는 감히 도전할 수준이 아니었다.

'저, 그런데 저 빛들은……'

―봤으면서도 모르냐? 물질계의 모습들이잖아.

'저 많은 빛들이 다 세상이란 말입니까?'

―세상이라기보단 물질계와 연결된 통로지, 통로.

'시험장이 아니란 말씀입니까?'

곤은 시험장의 의미를 생각하다 피식 웃었다.

―그 말도 맞긴 하네. 시험장이면서 세상이지.

'그게……'

―스스로 깨우쳐. 영계에 발을 들일 정도면 무한에 가까운 순환을 한 존재. 더 이상 내가 해줄 말은 없다.

정우는 좀 전에 보았던 광경을 그렸다, 물체들의 생성과 소멸하는 모습을. 자신도 그와 같은 기로 이루어졌다. 무한한 순환은 그러한 과정을 나타내는 말일 것이다.

눈이 더욱 게슴츠레해진 곤이 은근히 떠보았다.

―그보다 육체가 소멸 직전이라고?

'예, 1년을 넘기기 힘들 것 같습니다.'

―혹 인간 세상에서 더 살고 싶으냐? 내가 조금 도와줄까?

정우는 눈을 부릅떴다. 그가 원한 것이 그것 아니던가. 지금 여기에 있는 이유도 그 과정에서 비롯된 것이다. 순간 세차게 요동쳤던 마음을 다잡았다.

'가는 데로 가야지요. 미련을 붙잡고 있는 것은 어리석은 짓이란 걸 알았습니다. 곤님의 말씀대로 순환의 과정으로 돌아가는 게 세상을 움직이는 법칙인 것 같습니다.'

세상에 미련이 없을 수가 없다. 나오는 말과 마음이 따로였다. 하지만 미지의 존재에게 자신을 덜컥 맡길 수는 없었다.

—허허, 여기 온 이유가 있었구나. 그래도 말이야, 인간 세상에서의 시간과 여기는 엄청난 차이가 있다. 무한의 시간이 존재하는 이곳과 비교 자체가 우스운 일이야. 그래도 미련이 없어? 나에겐 힘든 일도 아니다. 손짓 한 번이면 대충 10년은 더 살게 해줄 수 있는데…….

곤은 솔직히 지루했다. 물질계에 나갈 수 있는 기회가 눈앞에 있는데 놓치기 싫었다.

그가 스스로 물질계로 가려 하면 지금까지의 모든 수련이 물거품이 된다. 다시 빙해 속에 들어가 처음부터 시작을 해야 한다는 말이다.

그러나 저 인간을 통하면 그런 위험은 없다. 영성으로 연결되어 정신적인 체험을 할 수 있었다. 반선이란 존재 자체가 영의 덩어리. 단지 힘의 제약과 육체만 없을 뿐 물질계를 돌아보는 일은 가능했다.

물론 인간에게는 미안한 일이다. 무한의 순환을 거쳐 선계에 올라갈 자질을 가진 자였다. 영계의 존재와 연결되면 그 자질이 점차 사라진다.

곤이 물질계에서 활동하기 위해선 연료가 필요했는데 그게 정우가 가진 영성이었다.

하지만 저 인간이 자신과 같은 경지에 오르려면 얼마의 시간이 더 필요할지는 아무도 모르는 일이다. 곤은 스스로 미안함을 떨치려는 듯 자위했다.

정우는 마음이 흔들렸다. 고맙습니다란 말이 목구멍을 튀어나오려 했다. 아니, 손을 집어넣어서라도 끄집어내고 싶었다. 더 살 수 있다고 했다. 닥쳐올 미지의 죽음에 대한 고통도 두려웠고 살면서 하고픈 일도 많았다. 하지만,

'말씀은 감사드립니다. 확실히는 모르겠으나 스스로의 매듭은 직접 풀어야 할 것 같습니다. 왠지 그래야 할 것 같네요.'

마음 저편에서 계속 거부한다. 그럼 안 되는데도 왠지 그래야 할 것 같았다. 그래서 더 미칠 지경이었다.

역시 만만한 존재가 아니었다. 받아들일 존재가 수용을 해야 힘이 적게 든다. 곤은 최후의 수단이 있었다. 영계에 존재하는 많은 반선들도 알게 모르게 물질계에 간섭을 하는데 자신만 따분한 수련에 매달리고 싶지는 않았다. 가끔 기분 전환이 필요하기도 하니까.

'곤님, 여기를 나가려면 어떻게 해야 합니까?'

─응? 어, 갈 때가 되면 가기 싫어도 가.

'그 방법 외엔 없습니까?'

─이끌림이 있다. 물질계로부터 끌림이 전해져 온다. 너는 지금의 너 하나뿐이 아니지 않느냐. 또 다른 네가 너를 부르는 소리를 듣게 될… 아아아아! 안 돼!

급격히 정우의 존재감이 사라지며 모습이 흐려지고 있었다. 시간이 다한 것이다.

곤은 급히 정신을 집중했다. 그의 미간에서 희미한 빛이 나와 정우에게 쏜살같이 튀어나갔다.

하지만 정우는 이미 사라지고 없었다.

─에잉……! 아까워라… 그래도 흔적은 남겨놓았으니 다음에 만나면 넌 내 것이다. 하하하!

곤이 미친 듯이 광소를 터뜨렸다. 영계에는 자신보다 상위의 존재들이 있다는 것을 그는 잠시 잊고 있었다. 수많은 기운들이 그들을 훔쳐보고 있었고 원래 없었던 것처럼 그렇게 사라져 갔다.

＊　　　＊　　　＊

"잠시 잠에 들었구나."

체력이 약해 수련 중에도 예사로 일어나는 일이었기에 정우는 크게 개의치 않았다. 그는 기분 좋은 미소를 띠며 수련

과정을 답습해 보았다.

오늘은 한 단계 큰 진전이 있었다. 생각을 제어하는 수준을 넘어 의식에서 무의식의 세계까지 정신 영역을 확장했다. 그 속에는 많은 놀라운 것들이 있었다.

"글렌! 이젠 내 차례다. 담에 만나면… 흐흐흐."

장편 드라마가 있었다. 중세 사회를 배경으로 지금과는 전혀 다른 바보 멍청이 용병인 그가 주인공인 드라마가.

사람은 매일 꿈을 꾼다고 하는데 기억하는 것은 사람마다 다르다. 정우의 경우, 거의 없었다.

체력이 워낙 약해 항상 깊은 잠에 빠져드는 줄 알았다. 무의식을 돌아보고 나니 알게 되었다. 이런 기막힌 장편 드라마를 연출하고 있을 줄이야.

그는 꿈을 기억해 내었지만 무의식을 넘어 기억 저편의 영계에서의 일은 전혀 모르는 것 같았다.

재밌는 일거리가 생겨 오랫동안 밀어놓았던 컴퓨터 앞에 앉았다. 신기하게도 매일 이어지는 시리즈물이었다. 좀 더 재미있게 보내려면 준비가 필요했다.

항상 잠을 많이 자는 것이 안타까웠는데, 이제는 기다려진다. 꿈속에 또 다른 정우가 있었기 때문이다.

*   *   *

정우는 눈을 뜨자마자 반사적으로 팔을 들어 얼굴을 가렸다. 이제부터 시작이다. 항상 시작은 글렌이란 산도적의 손찌검으로 출발했다.

"어쭈? 이놈 봐라?"

아니나 다를까, 덥수룩한 수염의 글렌이 손을 치켜들고 있었다.

벌레 씹은 표정이 된 글렌은 콧방귀를 뀌며 손가락을 까닥이고는 별말없이 몸을 돌렸다. 따라오라는 손짓으로 조식 시간이었다. 그는 단장의 명으로 어쩔 수 없이 1골드를 데리고 다니며 일과를 보냈다.

1골드는 대여섯이 누워도 충분하리만치 기다란 침상에서 몸을 일으켰다. 그가 머무는 숙소는 군대 막사 식으로 만들어져 한 방에 다섯 명이 머물 수 있었다. 이리저리 떠도는 직업이 용병인지라 개인 짐이라고 몇 가지 되지 않아 불편함은 없었다.

용병단원들은 이제 모두 1골드가 정상인처럼 변했다는 사실을 알고 있었다. 갑자기 정신을 차린 이유에 대해서는 많은 이견들을 내놓았는데 우습게도 가장 타당성있는 이유가 글렌의 의견으로, 성에 진입했을 당시 당한 공격 마법이 굳어진 뇌를 활성화시켰다는 거였다.

바로 1골드 뒤에 있었기에 글렌은 번쩍이는 섬광을 확실히 보았었다. 전격(電擊)류의 마법이었다.

떠도는 풍문에 의하면 뒷간을 가다 재수없게 날벼락을 맞은 어떤 사람이 천재가 되었다는 둥, 한 검사는 전격의 힘을 얻어 검을 휘두를 때마다 번개가 친다는 둥의 허황된 이야기가 있었다. 그런 이야기가 1골드와 연결이 되자 기정사실처럼 되어버렸다.

1골드는 아직 말귀를 잘 알아듣지 못할 뿐, 기본적인 의식주 생활은 혼자서도 가능했다. 용병들이 보기에 그의 지능 수준은 한 대여섯 살 어린아이 정도였다.

그러나 아직 완전하지는 않아 어떤 때는 예전 상태로 돌아가 인형처럼 멍해 있었고 어떤 때는 만사가 신기한 듯 여기저기 발품을 팔며 돌아다녔다.

용병들은 1골드가 아직도 정신이 오락가락하는 걸로 여겼다. 또한 정신을 차리는 시기 또한 일정하지 않았다.

하웬 성 전투를 끝낸 용병단은 연장 계약이 성립하지 않자 말을 돌려 만유 왕국 북방 오드넬 지방에 위치한 본성으로 돌아와 있었다.

만유 왕국은 아이온 대륙 북방에 위치한 소국으로 국토의 70% 이상이 산악 지형으로 이루어져 있다. 대륙의 주 경제 활동이 농업 위주로 이루어졌기에 평야가 적은 만유는 빈국(貧國)에 속했다.

그 점이 용병단이 이곳에 자리 잡은 이유이기도 했다. 용병단은 백성들이 거리끼는 자신들이 머물 자리가 필요했고, 왕국에서는 국가의 재정을 채워줄 기업이 필요했다.

　용병단은 무력을 사고파는 전문적인 전쟁 기업이다. 무력 집단을 안방에 들여놓기 때문에 꺼리는 면도 없지 않았지만 매출의 일정 부분을 국가에 세금으로 냈기 때문에 빈국의 입장에서는 환영할 만한 일이다.

　스스로 찾아와서 손바닥만 한 땅 좀 내주면 알아서 돈을 벌어다 주겠다는데, 수도를 달란 것도 아니고 한 귀퉁이도 상관치 않으니 용병단이든 산적 집단이든 가릴 처지가 아니다.

　백성들에게 용병단이 원성을 사는 이유를 귀족들은 다 알고 있었다. 그네들의 손에 똥물이 튈까 두려워 더럽고 지저분한 일들은 모두 국가 상비군이 아닌 용병들에게 시키기 때문이었다.

　군량미 조달을 위해 농가를 약탈한다던가, 포로들의 귀환금 협상, 빼앗은 성을 돌려줄 때 받는 보상금 등의 문제, 한 푼이라도 더 받으려고 인상을 바락바락 긁어야 하는 자리에 고귀하신 귀족 대신에 용병을 세우는 것이다.

　물론 이는 국지전에 한정된 상황이고 국가의 총력을 기울이는 전면전에서 발생하는 전쟁 보상금은 일개 용병 따위가 나설 문제가 아니지만 말이다.

　한마디로 종전 후에 욕먹을 만한 짓은 내 식구가 아닌 용병들이 맡아서 한다. 눈 가리고 아웅하는 식이지만 용병들이 벌인 일이라고 발뺌하면 그만이다. 사실이 그랬고.

쏟아지는 비난은 당연히 용병의 몫이었다.

식사를 마치고 막사로 돌아와 검을 손질하던 글렌은 듣기 거북한 컬컬한 음성이 들려오자 인상부터 와락 구겼다. 듣기도 싫은 1골드의 목소리였다.

지겨운 하루가 시작되는 징조로, 1골드가 정신을 차린 시간 동안은 그에게 악몽이었다. 그는 차라리 전이 훨씬 좋았다.

"저게 뭐야?"

역시나 입에 달고 사는 말이었다.

"이 팔푼이 새끼가 어따 대고 반말이야!"

1골드는 듣는 둥 마는 둥 손끝이 가리킨 곳만 보고 있었다.

"저게 뭐야?"

1m가 조금 안 되는 길이의 장검을 내려놓은 글렌이 할 수 없다는 듯 1골드의 손길을 좇았다. 칙칙한 검은색에 끝이 약간 휘어진 원형 철통이 침상 구석에 뒹굴고 있었다.

"뱀 브레이스(하박 보호대)."

"하박 보호대, 하박 보호대."

몇 번을 되새긴 1골드가 주변을 두리번거리면서 예의 같은 질문을 계속 해댔다.

글렌은 살기가 치솟았지만 애써 억누르면서 대답을 해줬다. 가르쳐 주지 않으면 더욱 귀찮게 매달리기에 차라리 한 번에 답해주는 게 속 편했다.

귀찮아서 패보기도 하고 달래기도 해봤지만 꿈쩍도 하지

않고 끝까지 달라붙는 거머리 같은 놈이었다. 차라리 애 하나 키운다는 심정으로 살기로 했다. 다행스러운 건 한 번 답해주면 두 번 다신 묻지 않는다는 거였다.

글렌의 손으로 시선을 옮긴 1골드가 불쑥 손을 내밀었다.

"줘."

"…그래."

장검을 치켜든 1골드는 검을 구석구석 살펴보았다. 길이는 1m 정도에 폭이 3㎝, 무게는 2㎏ 정도였다. 일반적으로 사용하는 보통의 장검이다. 검날이 매끄럽지 못한 게 여러 번 보수한 흔적이 남아 있었다.

휘이잉!

갑작스럽게 검을 휘두르자 글렌이 침상 위로 뛰어 올라갔다.

"이 자식이 누굴 죽이려고!"

'너무 가볍군.'

정우는 근 한 달 동안 글렌에게 당한 시달림을 잊지 않았다.

풀린 뇌를 활성화시키기 위해 충격 요법을 가한다는 얼토당토않은 이유였는데, 그의 말처럼 1골드의 행동이 하루가 다르게 좋아지자 급살맞을 놈이라고 욕하던 주위의 시선이 긍정 쪽으로 급선회하였다.

이후 1골드는 정당성으로 위장한 학대를 무참히 받았다. 현실이었다면 아동복지법 위반으로 콩밥을 먹어도 백만 년은

먹어야 할 것이다. 치료를 빙자한 구타의 나날. 구타는 1골드
가 받는다고 해도 고통은 고스란히 정우의 몫이었다.

휘이잉!

위압적으로 글렌을 향해 검을 휘두른 1골드가 검을 돌려
잡고는 검병(劍柄:칼자루)을 글렌에게 내밀면서 씨익 웃었
다.

"받아, 딴 거."

"이, 이자식이!"

"딴! 거!"

아무리 현실에서 천재라 불린 정우였지만 하나의 언어 체
계를 이해하는 것은 쉽지 않았다. 한 달 만에 이 정도도 굉장
히 빠른 속도였다.

글렌은 이를 바드득 갈았다. 검을 휘둘러 위협을 하다니,
맹수도 그 정도로 다스렸으면 순한 양이 되었을 텐데 이놈은
더욱 기어올랐다. 하지만 훗날 편하기 위해서는 이 정도의 귀
찮음은 감수하기로 했다.

병기고 경비를 서던 크리스는 한 쌍의 흉측한 커플이 다가
오자 커다랗게 웃었다.

"하하하! 몬스터 부자께서 여긴 어쩐 일이신가? 글렌, 아기
오거는 잘 키우고 있나?"

"시끄러! 이 후레자식이!"

"쯧쯧쯧, 아기 앞에서 뭘 배우라고 욕설이야, 이 망할 놈아!"

서로 꽤나 친한지 욕설이 가미된 대화가 한참 되자 1골드는 그들을 무시하고 병기고 안으로 들어가려 했다.

"얘 뭐야?"

"보고 싶단다, 무기를."

"뭐어?"

크리스는 1골드를 막지는 않았다. 값비싼 신병이기가 있는 장소도 아니었고 용병단원들이 쓰는 일반적인 무기들이었다.

1골드는 날이 바짝 서 있는 각양각색의 무기들을 훑어보았다. 무기에 대한 안목이 있을 리 만무했지만 처절한 복수에 나서려면 손에 맞는 무기가 필요했다. 귀하디귀하게 자란 정우가 어디 그런 대접을 받아보았겠는가.

검 하나만 해도 사용법이 다 다른지 여러 종류가 있었고 이는 창, 도끼, 활 등도 다르지 않았다.

가장 듬직해 보이는 도끼부터 들어보았다. 어른 몸통만 한 통 쇠로 만들어진 배틀 엑스였다. 묵직한 게 무게가 맞기는 했으나 길이가 너무 짧았다. 게다가 들고 다니기가 불편해 보였다.

크기별로 쭉 세워진 검으로 눈을 돌렸다. 단검, 소검, 대검순으로 나열되어 있었는데 끝으로 갈수록 그 길이가 길어졌다.

1골드는 목 어림까지 올라오는 장검을 잡았다. 두 손으로 잡게 만들어져 검병이 길었고 검신만 150㎝ 정도는 되어 보였다. 투 핸드 소드였다. 길이는 맘에 들었는데 무게가 한 4㎏ 정도로 1골드에겐 가벼웠다.

다른 사람이었다면 혀를 내두를 일이었지만 그는 힘밖에 없었다.

그는 손에 맞는 병장기를 찾아 병기고 안을 구석구석 살폈다. 창이 놓인 곳 쪽에 예외적으로 대형 검 한 자루가 벽면에 세워져 있었다.

검신만 가슴 높이로 투 핸드 소드보다 조금 길어 보였고 가장 마음에 든 점은 검폭이 20㎝ 정도로 상당히 넓어 그만큼 무게감이 느껴진다는 것이었다. 역시나 대략 7, 8㎏ 정도로 묵직한 느낌이 좋았다. 검날은 세워져 있지 않았는데 그런 건 상관없었다. 글렌을 죽일 마음은 없었으니까.

꿀꺽……!

이를 말없이 지켜보던 글렌과 크리스였다. 무슨 용도로 저 오거 같은 자식이 저만큼이나 무식한 대검을 잡았는지는 모르겠으나 괜스레 마른침이 넘어갔다. 특히 글렌은 더했다.

"이, 1골드야……."

1골드는 대꾸없이 몸을 돌렸다.

크브르르롱……!

대검이 바닥에 끌리는 소리가 유난히 섬뜩하게 들렸다. 크리스가 자신의 위치를 떠올리고는 1골드의 앞을 막아섰다.

"어, 어… 자, 잠깐. 어딜 가, 이놈아! 함부로 무기를 꺼내갔다가는 내가 경을 친단 말이야!"

"1골드 꺼다."

"이 자식이 돌았나? 야! 글렌, 와서 좀 말려봐! 어서! 어어어! 이, 이놈이!"

나가려는 1골드를 붙잡았지만 크리스는 1골드의 힘을 이기지 못해 끌려갔다.

"1골드 꺼다!"

옳다구나 하고 글렌이 뛰어가려 할 때 중후한 음성이 그의 발목을 잡았다.

"그냥 놓아두어라."

조금은 여성스러운 느낌마저 드는 미남형의 얼굴에 말끔한 복장을 한 제1대대 대장 유진이 병기고 앞에 서 있었다.

"대장님을 뵈옵니다."

"대장님을……."

손을 훼훼 저은 유진이 1골드를 쓰윽 한번 보고는 등을 돌렸다.

"따라와."

"…네."

뒷말이 너무 작아 들리지 않았으나 유진은 대답을 들은 것처럼 앞서 걸었다.

크르르르릉……!

1골드는 말없이 유진을 따랐다. 그러나 고개를 돌려 글렌을 매섭게 한번 쏘아보는 것은 잊지 않았다. 두고 보자는 의미가 실린 눈빛이었다.

"자네가 맡아봐."

"…알겠습니다."

단장 바론의 밑도 끝도 없는 말에 유진이 이미 예상했다는 듯 간단히 대답했다. 그게 이유가 되어 1골드는 유진의 종자(從者)가 되었다.

종자는 노예와는 달랐다. 전장에서 기사의 말고삐를 잡고 마구(馬具)와 무구(武具)를 손질하는 잡일을 하지만 엄연히 수련 기사의 전 단계로서 어깨너머로 기사의 모든 것을 배우는 위치다.

한두 수 배우다 가능성이 보이면 정식으로 기사 휘하에 입문하여 수련 기사가 된다. 수련 기사는 말 그대로 기사 수업을 받는 자들. 이러한 과정이 기사들이 보편적으로 제자를 들이는 방식이다.

자유 기사들의 사제 관계는 스승과 제자 사이라기보다는 주군과 신하에 가까웠다. 훗날 세력을 형성한 자유 기사가 작위(爵位)를 받아 녕주에 봉해시던 제자는 자연스레 녕주를 섬기는 가신인 기사가 되어 주종 관계가 된다.

다만 작위를 가진 영주가 종자를 들일 때는 노예였지만.

샤벨같이 중급 규모의 용병단은 단원 수만 오백을 헤아렸고 그에 딸린 부양가족까지 합하면 배가 넘는 수가 부대에 상주하게 된다. 인구 수 천 명이면 작은 소도시의 규모다.

무력 집단인 용병들이기에 당연히 적이 많다. 그래서 진지의 구조는 방어가 용이한 성과 비슷했다. 단원들이 기거하는 외성과 주요 인사들을 위한 내성의 이중 구조로 내성 중심에 궁전 대신 용병대 사령부가 있다는 점이 다를 뿐이다.

부대 대장급 이상의 고위 간부들은 저택이라 부르기엔 조금 손색이 있는 개인 저택이 내성 안에 배정되어 있었다.

그러나 반이 넘는 수가 부대 내에 있지 않았다. 가정을 꾸린 자들은 아이들 교육상의 문제를 들어 부대 밖 마을에 기거했다. 거친 욕설과 모이기만 하면 걸쭉한 음담패설이 난무하는 용병들 사이에서 배울 게 뭐가 있겠는가.

50을 바라보는 유진은 준수한 외모와는 어울리지 않게 홀로 지냈다. 그래서 1골드는 유진을 따라 내성 중심부로 발걸음을 옮겼다.

저택에 들어서자마자 열댓 살 정도 먹은 주근깨 소년이 쪼르르 달려와 유진을 맞았다.

"오셨습니까, 주인님?"

희미하게 고개를 끄덕인 유진이 턱짓으로 1골드를 가리켰다.

"여기서 지낼 것이다. 루지, 숙소를 알려주고 훈련 단계를 밟도록."

"훈련을… 언제부터 시작할까요?"

"지금."

정말 말이 짧은 사람이었다. 오랜 군 생활이 몸에 익어서 그런 면도 있겠지만 천성인 것 같았다.

아직 대화의 의미를 파악할 수 없는 1골드는 멀뚱히 서 있었다.

석탑을 두고 주위를 빙빙 도는 것 같았다. 검이라고 부르기도 뭐한 쇳덩이는 침상 가 벽면에 세워져 있었고 1골드가 양팔을 쫙 벌리면 닿을 것 같은 작은 방 중앙에 1골드가 서 있었고 유진을 맞은 루지란 소년이 주위를 어지럽게 돌았다.

"하아! 이걸 어찌한다. 말귀를 못 알아먹는 놈이니……."

용병단에서 1골드를 모르면 간자다. 귀가 따갑도록 들었고 한때는 흉측 살벌한 용모가 구경거리가 된 적도 있었다.

부대 내에서는 얼굴을 드러내 놓고 다니지만 밖에 나갈 때는 가리고 다녔다. 인간이라기보단 오히려 몬스터에 가까운 얼굴에 덩치이니 주위의 시선을 끌지 않기 위해 어쩔 수 없는 일이었다. 안 그래도 두려움의 대상인 용병단이데, 1골드는 얼굴 자체가 공포였다.

요즘 해괴한 소문이 들려오기 했으나 루지는 믿지 않았다. 바보가 늦은 나이에 정상적으로 변했다는 말을 들어본 적이 없었다.

그가 가르칠 것이 한두 가지가 아닌데 어디부터 어떻게 시작해야 할지 난감해할 때였다.

"해."

"뭐……."

쇠판을 긁는 듯한 듣기 거북한 목소리였다. 고개를 올린 루지가 한참을 올려다보자 커다란 콧구멍 두 개가 보였다. 그 밑에 두툼한 입술이 움직이는 듯했다.

"해."

"…하라고?"

끄덕! 끄덕!

루지의 마음을 들여다본 것처럼 하란다.

"쳇! 몸품을 파는 수밖에 없겠네."

입술을 삐죽 내민 루지가 방을 나갔다가 들어왔을 때는 다른 소년 한 명을 더 데려왔다. 둘이 바리바리 싸 들고 온 짐을 내려놓았다.

땡그랑! 땡땡!

"휴우… 이건 플레이트 메일이란 건데."

던지듯 지나가는 투로 말을 했는데, 바로 반응이 왔다.

“플레이트 메일.”

“호오!”

어눌했던 말투도 점점 또렷해지고 있었다. 안도의 탄성을 뱉은 루지는 포개놓았던 갑옷들을 하나하나 바닥에 풀어놓았다.

“검사님들 갑옷을 입혀 드려야 하니 갑옷 입는 법부터 시작하자… 무슨 말인지 알아들어?”

“…….”

“어휴… 뭘 기대해. 따. 라. 해.”

끄덕끄덕!

“여기 좀 서봐.”

루지는 데려온 소년을 세우고는 갑옷을 입는 법을 보여주었다.

“이것부터 입어야 돼. 아밍 더블릿!”

“아밍 더블릿!”

갑옷 속에 입는 옷으로 갑옷을 고정할 수 있게 많은 끈들이 달렸고 플레이트 아머에서 노출되는 겨드랑이와 팔꿈치 안쪽에 체인 메일이 덧대어져 있었다.

“아래부터 시작이다. 이유는 나중에. 철신발!”

“철신발.”

철신발을 신고 그리브(정강이받이)를 달고 허벅지, 무릎순으로 나누어진 철판을 대자 하체가 끝이 났다. 이어 상체에 블레스트 플레이트(가슴받이), 백플레이트(등받이), 어깨, 상박(上膊), 하박(下膊)… 건틀릿(손보호대)을 끝으로 갑옷 착용이 끝났다.

풀로 갑옷을 착용하자 달랑 남은 구멍이라곤 두 눈밖에 없었다.

'저렇게 입고 어떻게 싸우냐? 그것도 말 위에서…….'

역순으로 갑옷을 벗긴 루지가 손짓을 했다.

"네가 해봐."

비웃음을 머금고 있던 루지는 시간이 흐를수록 입을 떡 벌어졌다. 바보천치의 대명사인 1골드가 한 번에, 그것도 완벽히 해낸 것이다.

감탄도 잠시, 루지는 1골드에게 하체를 뺀 나머지 갑옷을 입혔다, 그 위에 쇠사슬 갑옷을 덧씌워서.

"이제부터 훈련을 시작해야지. 따라와."

철커덩! 철커덩!

쇠 부딪치는 소리와 함께 거친 숨소리가 절로 나왔다.

"헥헥헥……."

"헤에엑… 헥헥헥……."

정말 이놈은 소문대로 인간의 탈을 쓴 오거였다. 루지는 반 바퀴면 1골드가 대자로 뻗을 줄 알았다. 말이 반 바퀴지 내성 외곽을 달리는 것이다. 한 바퀴에 적게 봐주어도 4㎞가 넘는다. 게다가 1골드는 30㎏에 가까운 갑옷을 입고 있었다.

루지는 또래에 비해선 월등한 체력을 가지고 있었다. 그런데 세 바퀴가 넘어가자 오히려 지친 것은 그였다.

자연스레 루지의 발길이 저택으로 돌려졌고 저택 정문 옆에 위치한 마구간 공터에서 숨을 가다듬었다.

"후우……. 후우……. 좀 하는데. 좋아."

마구간 옆 창고에 들어갔다 온 루지는 얍삽한 미소를 띠었다. 그의 손엔 두 개의 봉이 들려 있었는데, 한눈에 보기에도 재질이 달라 보였다.

"섭섭하게 생각하지 말어. 난 힘이 워낙 약해서 이걸로 할 테니까, 넌 이 쇠봉을 써."

손잡이 위로 폭이 널찍한 봉은 베기 동작 단련을 위한 단련봉이었다.

"여덟 가지 베기 동작이다. 첫날이니까 딱 이백 번씩 천육백 번만 하자."

상하, 좌우, 양 대각을 베는 동작으로 평소에 그가 하던 횟수였다.

후우우웅!

1골드의 단련봉이 대기를 가르는 소리가 멀찍이 떨어져 있는 루지에게조차 들렸다.

단련봉도 달리기와 같은 결과를 내었다. 루지는 지친다는 말은 1골드에겐 어울리지 않을 것 같다는 생각이 들었다.

1골드는 체력이 한계점에 두달해 죽을 맛이었지만 그보다 쾌감이 더 앞서 있었다. 몸을 쓰는 일이 이렇게 즐거운 일인지 몰랐다.

심장이 터질 것 같아도 한 걸음만 한 걸음만 하고 넘겼더니 고통이 씻은 듯 사라지고 짜릿한 쾌감이 그 자릴 대신했다. 처음 느껴보는 감각이었다. 터질 것처럼 팽팽해진 근육들.

땅바닥에 널브러진 루지가 망연자실 그를 쳐다보아도 그는 무아지경에 빠진 것처럼 계속해서 대기를 갈라놓았다. 말리지 않으면 계속해서 그러고 있을 것 같았다.

할 일을 다 마친 태양이 뉘엿뉘엿 넘어갈 때쯤에야 1골드는 단련봉을 내려놓았다. 대략 여덟 가지 동작을 오백 번씩은 한 것 같았다. 팔다리가 부들부들 떨렸지만 기분은 날아갈 듯 상쾌했다.

두려움과 경외의 복합다잡한 빛을 띤 루지는 처음 1골드를 부려먹으려고 했던 생각이 싹 가셨다. 만난 지는 얼마 되지 않았지만 듣던 것과는 많이 달랐다.

칠 남매의 형제를 두고 있는 그는 저절로 1골드가 막내와 비슷하다는 것을 알아챘다. 한참 궁금한 것도 많고 세상을 배워 나가는 나이, 루지는 생각을 바꿨다.

'형이 되는 거야. 후후후.'

무식한 힘 하나만으로도 단장의 관심을 받고 있었다. 오락가락하는 정신이지만 생각이 깃든 것 같으니, 필히 후에 한자리에 오를 가능성이 있었다. 베풀어놓으면 돌아오는 것이 반드시 있을 것이다. 세상을 가르친 게 그이니 말이다.

"1골드야, 그만 하고 정리를 해야지."

한껏 다정한 목소리였고 이끄는 행동 또한 부드러웠다. 마구간에 들어가 1골드에게 말 손질하는 법 등을 가르치는 것으로 하루 일과가 끝이 났다.

손바닥만 한 창문 사이로 넘실거리는 달빛이 흘러들어 왔다. 달빛 아래 곰처럼 웅크린 인영이 '끙끙' 소리를 내며 뒤척였다.

피곤에 취해 잠들었던 1골드는 온 근육들이 내지르는 비명에 눈을 뜰 수밖에 없었다. 팔, 다리, 어디 한 곳 찌릿하지 않은 곳이 없었다. 남에게 지고 싶지 않다는 괜한 오기와 육체의 기쁨에 도취된 결과였다.

1골드는 힘겹게 상체를 일으켰다. 눈을 감았을 때와 다르지 않은 주변 환경이었다.

"어떻게 아직도 여기에 있는 거야? 뭔 놈의 꿈이 이리 길지? 허어… 오늘은 연속 방영인가?"

알 수 없는 소리를 지껄인 1골드는 몸이 아픈 것보다 아직도 이 환경 속에 남아 있는 게 신기했다.

현실에서는 잠을 자고 일어나도 그대로 남아 있었던 적이 많았지만 꿈에서는 그렇지 않았다. 비록 기억을 못했던 꿈을 무의식 속에서 끄집어내고서야 알았지만 처음에 하두 시간,

조금씩 늘어나 길어야 하루를 넘기지 않았었다.

"에이! 다시 자면 엄마가 깨워주겠지."

말똥말똥 뒤척뒤척.

너무 피곤해도 잠이 잘 오지 않는다더니 1골드가 그랬다.

"아이고, 왜 이래 또."

할 수 없이 비명이 메아리치는 몸을 억지로 일으켜 창가로 갔다. 휘황찬란한 달님이 웃어주고 있었다. 곰보였다. 분화구가 뚜렷이 보였고 그 뒤로 자그마한 울릉도와 독도가…….

"달이 세 개네."

별 감응 없는 목소리, 달이 세 개든, 백 개든 가상 공간에서 있는 일이니 상관없었다.

멍하니 달만 바라보다가 1골드는 무슨 생각이 들었는지 방 중앙으로 가 털썩 주저앉았다. 현실에서는 하지 못하는 일을 이곳에서는 할 수가 있었다.

머리 쓰는 일은 지겹게 했으니 몸을 쓸 차례였다. 언제까지 이어질지 모르는 꿈이었다. 그동안 못해본 일을 질리도록 하고 싶었다. 죽기 전에 이런 대리 만족이라도 시켜주는 하늘에 아주 조금 감사를 보내곤 호흡에 정신을 집중했다.

빨랐다. 쉬이 기의 흐름을 느낄 수 있었다. 이 세계는 행성이 가진 자기력이 지구보다 큰 것 같았다.

사람도 가지고 태어나는 선천진기에 차이가 있는데 행성이라고 다르겠는가. 그도 아니면 생성과 소멸의 자연법칙에 따라 절정기에 이른 행성일 수도 있다.

삼체 중 육체의 각성은 일반 기공과 별 차이가 없었다. 흔히 내공, 외공이라 부르는 것의 한계점을 넘는 것이다.

육체는 조화다. 내공만 방대하다고 되는 것이 아니다. 순수한 체력이 극점에 달하고 내력이 이와 동조를 할 때 육체가 완성된다.

1골드는 신경을 호흡에 집중하고 의식을 단전이라 부르는 곳에 두었다. 뭉클한 기운들이 하단전에서 느껴졌다. 현실처럼 망가진 몸이 아니다.

고무된 그는 단전 속에 안개같이 뿌옇게 찬 기를 다스렸다. 어느 정도 존재감이 느껴지자 망설이지도 않고 진기를 돌려 보았다. 회음(會陰)을 거쳐 등으로 척추를 타고 올라갔다. 처음엔 경락을 통해 거침없이 나가다가 기혈의 저항에 부딪쳤다. 생각보다 쉽지 않은 길이었다.

단번에 소주천(小周天)을 할 수 있을 줄 알았는데 생각처럼 되지 않았다. 운기도 체력 단련만큼이나 힘이 들었다.

척추 어림까지 올렸던 진기가 거센 저항에 이기지 못하고 다시 돌아갔다. 단전으로 밀려난 진기들은 원래부터 그곳에 없었던 것처럼 사라졌다.

그리 마음에 들지 않는 운기였지만 몸과 마음이 한결 가벼워졌다. 이젠 잠도 잘 올 것 같았다.

"어리! 이게 왜… 발딱 서 있지?"

헐렁한 바지 위로 높다란 천막이 쳐져 있었다. 정우는 민망한 장면이건만 오히려 신이 났다. 이곳에서는 남자 구실도 가능했던 것이다. 어린아이에서 단번에 노인이 되어버려 2차 성징의 경험도 거의 없었다.

운기를 잘못해 회음에서 성기로 정(精)이 빠져나간 좋지 못한 현상인데도 1골드는 좋았다.

"하하하! 이게 남자라는 증거지……."

꿈속에서만이라도.

아무도 없는 방 안을 쥐새끼처럼 두리번거린 1골드는 요상한 표정을 짓고는 재빨리 침상으로 몸을 던졌다.

그리고…….

"오오오……."

시시싯……!

차아아앙!

번쩍이는 섬광, 살 떨리게 휘몰아치는 강맹한 기운.

수건을 팔에 걸치고 석상처럼 서 있는 1골드는 네 명의 사내가 만들어내는 광경에 넋을 잃었다.

유진의 모습이 두세 개로 보이는 것은 기본이요, 그가 만들어내는 검로는 눈으로 쫓을 수조차 없었다. 한 발을 찍으면 수 미터의 거리가 사라지고 어느새 그의 검은 앞선 사람을 양단할 듯 무시무시한 기세로 내려쳐졌다.

차아아앙!

"웃차!"

1골드와 비교해도 손색이 없는 덩치에 흉갑만을 착용한 사내가 겨우겨우 이마 끝에서 유진의 검을 막고는 밀쳐 냈다.

사내의 힘이 보통이 아닌지 유진이 반보 밀려났다. 동료가 만들어준 기회를 놓치지 않으려 오른쪽 사내가 옆구리를 향해 빠르게 검을 찔러 넣었다.

살이 갈리고 피가 튈 상황이건만 유진은 위험을 느끼지 못하는지 담담한 신색을 유지했다. 대신 오른발을 뒤로 밀며 땅에 한 점을 찍고는 축을 삼아 돌았다.

종이 한 장 차이로 기회를 놓친 사내가 다급히 몸을 세우려 했으나 뒤통수에 밀어닥치는 풍압에 눈을 질끈 감았다.

빠악!

팔꿈치로 뒷머리를 내리치자마자 유진은 몸을 띄웠다. 거센 바람 소리와 함께 날카로운 기운이 하체가 있던 자리를 훑고 지나갔다.

휘리리릭!

허공에 뜬 오른 다리가 작은 원을 그리는가 싶더니 허리가 회전을 시작했고 몸이 빙그르르 돌았다. 이어 회전 속에서 불쑥 두 줄기가 튀어나왔는데 때를 노리고 달려드는 흉갑을 향해 검이 하체를 쓸고 간 자에게 채찍 같은 긴 다리가 날아갔다.

챙! 퍼어억!

두 가지 소리가 동시에 들렸다. 발길에 맞아 하늘을 보며 날아간 사내의 입가에 얼핏 붉은빛이 보였고 검첨과 검첨이 맞닿은 황당한 일을 당한 흉갑은 멍한 표정이 되었다.

"쿠헉!"

흉갑이 명치끝부터 치고 올라오는 격심한 통증에 허리를 접고 아침에 먹은 음식물을 확인할 때 호통 소리가 들렸다.

"멍청한 놈! 전투 중에 정신을 어디다 두고 있는 것이냐! 넌 이미 죽은 목숨이다."

"죄, 죄송……."

유진이 뒤통수를 가격당해 개구리처럼 뻗은 사내를 내려다보았다.

"중심! 찌르기는 하체의 중심이 견고해야 한다고 그리 말을 했거늘! 미풍에도 몸을 가루지 못할 정도가 아니냐! 검에 칠이요, 하체에 삼이라 했다. 검에 온 힘을 실으면 시발점이 되어야 할 몸은 무엇으로 견딜 것이며 이어지는 공수의 수발은 어찌할 것이냐! 네 눈에는 내가 그리 가벼이 보이더냐!"

추상같은 불호령이었다. 항상 무표정에 말이 짧은 유진의 새로운 모습에 1골드 또한 긴장했다.

벌떡 몸을 일으킨 사내가 흔들리는 머리를 바로하고는 부동자세를 잡았다.

"아닙니다, 주군! 시정하겠습니다!"

유진은 만신창이가 된 사내들을 앞에 두고 대련 동안에 비친 그들의 잘못을 행동으로, 때로는 말로 가르침을 주었다.

저들의 인간 같지 않은 움직임을 머릿속에 그리던 1골드는 옆구리를 건드는 손길에 정신을 차리고 재빨리 그들에게 다가가 수건을 내밀었다. 어느새 루지는 준비해 둔 물잔을 들고 있었다.

한 수에 목숨이 오가는 무사들이기에 수련하는 모습을 타인에게는 보여주지 않는다. 그러나 종자는 늘 지켜볼 수 있는 위치에 있었다. 종자는 자기 사람인 것이다.

유진의 밑에서 검을 배우는 검사들은 용병단에 속해 있지만 엄밀히 따지면 용병단장 바론의 명령보다는 유진의 명을 따른다. 바론의 검사가 아니라 유진의 검사다.

바론과는 계약의 관계이고, 유진과는 충성 서약으로 맺어져 있었다. 이는 국가 조직과도 크게 다르지 않았다. 국가에 소속된 귀족의 기사라도 기사의 주인은 왕이 아니라 해당 귀족이다.

따라서 왕의 능력은 얼마나 훌륭한 영주들을 거느리고 있느냐로 판단되기도 한다.

이마에 흐르는 땀을 닦은 유진은 뻣뻣이 허리를 세운 1골드를 유심히 관찰했다.

흐릿했던 눈동자가 맑아져 있었고 자연스레 전신에 고루

힘이 퍼져 있었다, 툭 밀어도 반탄력을 보낼 정도로. 이지를 상실한 상태였다면 허깨비처럼 넘어갈 것이다. 정신을 차린 상태인 것이다.

"좋군. 루지, 어디까지 가르쳤나?"

"예, 주인님. 무구 손질법, 갑옷 입는 법, 말안장 정리와 관리법 등은 끝마쳤고 기본 베기 동작과 찌르기, 현재는 용병단의 집단 검술을 연습하고 있습니다."

"너 말고."

"…1골드도 같이 하고 있습니다."

늘 무덤덤하던 유진이었으나 이번엔 눈썹이 꿈틀거렸다. 1골드를 들인 지 보름이 넘어간 시점이었다. 어린 나이에 들이는 종자들이 그 정도까지 가려면 루지처럼 2년 정도는 걸린다. 체력적인 문제도 상당 부분 차지하지만 자연스레 몸에 배일 때까지 연습하기 때문이었다.

"한번 휘둘러 보아라."

1골드가 지체없이 움직였다. 행동으로 보여주지 않았는데도 말귀를 알아들었다는 듯 수련장 한편에 놓인 그의 대검을 들고 왔다.

그 모습에 유진과 대련을 한 세 명의 검사가 눈살을 찌푸렸다. 검이 너무 크고 무거워 보였다. 집단 전투 양상이 점점 발달하는 지금은 검의 길이를 줄이는 게 대세였다. 거추장스런 긴 검이 다닥다닥 붙어 힘을 보태는 전우에게 피해를 줄 수 있었다.

저런 종류의 검은 중갑 기사들의 마상 전투 시에나 사용하는 게 보통이었다. 그런데 저 검은 그보다도 더 컸다.

게다가 무게가 무거우면 체력 소모도 심하다. 언제 끝날지 모를 전투에서는 최대한 체력을 아껴야 한다. 이를 반영하듯 집단 검술 또한 단조로운 찌르기 동작 위주다. 저 검으로는 그런 동작조차 힘들어 보였다.

수련장 가운데 선 1골드는 어깨에 걸쳤던 대검을 한 손에 들고 가볍게 근육을 푸는 모양으로 휘저었다.

부우우웅!

정말 가볍게 흔든 것 같았다. 그런데 풍압을 일으킬 정도로 강한 기운을 담고 있었다.

자세를 바로한 1골드의 오른발이 바닥을 미끄러지며 나섰고 검병을 굳건히 잡은 두 손은 어느새 머리 뒤로 넘어가 있었다. 검첨이 땅에 닿을 듯 내려졌을 때 힘찬 기압 소리가 터졌다.

"햐아압!"

슈아아앙! 후우웅!

크기만큼이나 요란한 소리가 났다. 하지만 그 빠름은 세 명의 검사가 놀랄 정도였다, 그들의 안력으로도 겨우 검의 모습을 쫓을 정도였으니.

만약 자신에게 날아오는 검이라면 검의 무게에 키다란 인

심력까지 더해진 무게라 마나를 더하지 않으면 검이 견디지 못할 것 같았다.

유진은 다른 모습을 보고 있었다. 배꼽 어림에 흔들림없이 멈추어 선 검과 디딤 발인 오른발로 옮겨가는 신체의 무게중심이었다. 한 치의 오차도 없이 정확한 힘의 수발이었다. 저 정도면 첫 공격이 실패를 하더라도 신속히 후속 동작을 펼칠 수 있을 것이었다.

유진의 눈에 이채가 떠올랐다. 짐이라 생각했는데 쓸 만한 인재를 건졌다, 항상 왔다 갔다 하는 정신을 밑바탕에 두어야 하지만.

그래도 가능성이 있어 보였다. 바론이 돌려달라기 전에 선을 그어놓는 것이 좋을 것 같았다.

"루지."

"예, 주인님."

"집사에게 오늘부터 글을 가르치라 해라."

루지는 눈을 껌벅거렸다. 그토록 자신이 듣고 싶어하던 말이었다. 글을 가르치라는 의미는 정식으로 종자에서 수련 검사로 가는 중간 과정이었다.

단지 무력만으로 상승의 경지에 오르기는 어렵다. 이례적으로 돌격대장같이 단순무식의 대명사가 가끔 한 명씩 나오긴 하지만 천부적인 자질을 갖고 있어야 한다.

수련 검사가 되면 마구간 옆방에서 뒤채로 거처도 옮기고

대우가 싹 달라진다. 거기에 의무도 더해져 정식 용병단원이
되어 임무를 맡아야 한다.

　루지가 부러움과 시샘을 던지든 말든 1골드는 언제나 그렇
듯 석상처럼 서 있었다.

Chapter 4

마음이 머무는 자리

아침.

하루의 시작이다.

하루 해가 길어지든 짧아지든 아침은 어김없이 찾아온다. 별다른 느낌 없이 언제나 그렇게 맞이하는 아침이다. 잠에서 깨어나면 늘 기다리고 있는 아침이요, 밤을 지새워도 창문을 훤하게 비추면서 노크한다.

물론 오늘도 누구에게나 어김없이 찾아오는 아침이었다.

창문에 스멀스멀 불그스레한 기운이 번졌다. 어둠을 밀어 낸 햇살이 금세 그 자리를 대신했다. 여름의 초입이라 햇살이 시작부터 기세가 대단했다.

정우는 아침을 정말 무의미하게 맞았다. 하루살이의 아침이 십장생(十長生)의 그것과 같은 기분이었다. 언제나 새로운 하루의 시작을 신비롭게 마주했었다. 그러나 오늘은 별다른 감응이 일지 않았다.

하루가 시작됐구나, 무엇부터 할까, 주어진 한 시간, 1분, 1초를 어떻게 쓸까 들뜬 마음을 가졌었다. 한데, 오늘은 기대보단 아쉬움이 남았다.

몸 상태가 좋지 않음인가. 아니다. 어제와 다름없는 오늘이다. 그럼 무엇이 자신을 이리 축 처지게 만들었을까.

"일어나는 게 싫을 때가 있다니, 오래 살고 볼일이네… 킥킥킥."

스스로 뱉은 말에 웃음이 나왔다. 하긴 이런 모습을 세 달 전에는 상상조차 하지 못했으니. 어제와 같은 아침을 보게 해준 하늘께 감사를 했다고나 할까.

그런데 왜 야속한 햇살이 벌써 찾아왔을까 탓을 하다니 재밌는 세상이었다.

그래도 정우는 자잘한 주름진 피부에 주름을 더했다.

"잠에서 깨어나지 못하면 다 끝나는데 무슨 생각을 하는 거야. 바보. 자자! 오늘도 힘차게. 웃차!"

무거운 마음을 떨쳐 버리고 힘차게 시작하는 의미로 평소에 하지도 않던 기합 소리까지 내었다.

그런데…

꿈쩍도 하지 않았다.

몸이 안 움직인다. 말을 듣지 않는다. 손도 발도 어제와 다름없는데.

정우는 어안이 벙벙했다. 어찌할 바를 몰랐다. 하지만 빠르게 마음을 다스릴 수 있었다.

언젠가 닥쳐올 일, 작은 시작에 지나지 않았다.

눈동자를 움직여 보았다. 움직인다.

손가락에 힘을 주었다. 따라온다.

발가락을 꾹 눌렀다. 느낌이 온다.

그런데 왜 움직이지 않는가? 아직도 꿈속에서 헤어나지 못했는가. 꿈이 꿈을 꾸는 것인가. 그러고 싶었다.

꿈이 꿈을 꾸는 것이기를.

“어… 어… 어… 엄마… 엄마! 엄마! 엄마!”

마음과는 달리 입에선 엄마를 찾고 있었다.

불행은 소리 소문 없이 찾아왔다.

아침이 어제의 아침과 다르더니, 직감이 먼저 알았나 보다.

수명이 다한 기관들 중에서 척추가 먼저 손을 들었다. 인간의 중심인 곳이라 쓰는 일도 많기에 당연한지도.

반신불수, 정우는 별것 아니라 생각했다. 척추보다 심장이 먼저 멈추었어도 전혀 이상한 일이 아니다. 스스로를 너무 잘 알고 있었다. 멀쩡한, 아니, 우수한 정신에 폐차 직전의 육신, 그게 자신이니까.

정우는 웃었다. 여태 그러지 아니했던가. 몸 쓸 일이 뭐가
있어 슬퍼한단 말인가. 지금까지와 다를 바 없었다. 단지 몇
발자국을 걷지 못하는 것뿐이다.

정우는 정말 밝게 웃었다.

"아빠."

"으! 응?"

"컴퓨터 좀 침대 위에 달아줄래요. 움직이기가 조금 불편
하네요."

"…의사 선생님 말대로 병원에 가는 것이……."

"집이 좋아요. 아직은 여기 있고 싶어요."

정우는 억지웃음을 보여주며 평소보다 더 쾌활하게 대했
다.

아버지도 화답을 해주었다. 슬픔이 가득한 얼굴에, 물기가
맺힌 눈으로 마주 웃어주었다.

아버지는 가슴으로 울었다. 그게 아버지이고, 가장이다.

정우는 아버지의 등이 저리 초라한지 오늘 처음 알았다. 모
든 바람을 막아주던 넓은 등이었다. 그는 오늘 생소한 많은
것들을 느꼈다.

주름진 창백한 피부로 투명한 물방울이 흘러내렸다.

"끄윽… 끄윽…… . 흐으으으윽……."

베개에 머리를 파묻었다, 행여 울음소리가 새어나갈까 베
갯잇을 이빨로 물고.

그는 외모완 달리 아직 15세의 소년이다, 더 살고 싶
은…….

*　　　*　　　*

“끼아아악!”

닭살이 꽉꽉 돋게 만드는 소름 끼치는 소리였다.

오늘의 유희는 시끄럽게 시작하나 보다.

정우는 반신불수 상태에 빠진 이후론 주기가 더욱 불규칙
해져서 재빨리 눈을 뜨려 했다.

짜아악!

그보다 먼저 눈에 별똥이 튀었다. 쩍쩍 달라붙는 소리가 경
쾌하기까지 했다. 유진 가에 들어와서는 맞을 일도 없었는데
무슨 일인지?

“어! 뭐, 뭐야?”

둥근 식탁이 놓여 있는 익숙한 모습, 고급 식기들, 저택
내 식당이었다. 그런데 싸대기를 날린 인물이 보이지 않았
다.

“까악! 꺄아아악!”

밑이었다. 하녀 복장을 한 소녀가 바닥에 주저앉아 잔뜩 움
츠리고는 1골드를 향해 국자를 흔들어대고 있었다. 치켜뜰
대로 뜬 눈엔 눈물이 고여 있었고 벌겋게 달아오른 얼굴로 몸

을 부르르 떨었다.

"뭐야! 무슨 일이야!"

"어떤 놈이! 감히 여기가 어디라고!"

문이 부서질 듯 열리고 검을 세운 사내들이 연이어 뛰어들었다. 정우도 잘 알고 있는 얼굴로 같이 수련을 하는 동료들이었다.

"어, 안녕."

비명이 들린 식당 문을 박차고 들어서자마자 커다란 인영이 보였다. 안 봐도 누군지 안다. 유진 사단의 골칫덩어리 1골드였다.

치켜든 검이 민망했는지 스르르 내려지고 사내들이 다가섰다. 그때까지도 하녀는 필생의 적을 상대하는 것처럼 1골드를 향해 국자를 흔들어대고 있었다.

미남이라기엔 조금 모자란 금발 사내가 1골드 앞에 섰다.

"또 너냐? 이번엔 또 뭐야?"

"몰라, 스웬."

1골드는 정말 모른다는 듯 하녀와 스웬을 번갈아 쳐다보았다.

"스웬님… 흑흑흑… 스웬님……."

하녀는 저택에 기거하는 수련 검사들이 다가서자 구슬프게 흐느끼기 시작했다, 평소에 연정을 품고 있는 사람이어서 더 더욱 슬프게.

"야야! 그만 울고, 무슨 일이야?"
스웬이 귀찮다는 듯이 물었다.
"흑흑흑……."
더욱 울음소리를 높였다.
"아휴… 시끄럿!"
"……."
스웬은 고개를 절레절레 흔들었다. 차라리 드래곤을 상대하라면 했지, 여자와 어린아이는 감당이 되지 않았다.
"별일 아닌가 보다 나가자, 브라이언."
스웬이 몸을 돌리려 하자 하녀의 표정이 확 변했다. 연정은 연정이고 당한 것만큼은 돌려주어야 한다. 중요한 것은 지켜냈으니 허물이 될 정도는 아니었고.
"스웬님, 이놈이 글쎄……."
"응? 글쎄……?"
"저를… 덮치려 했어요."
잠시의 정적. 스웬과 브라이언은 덮치다라는 말뜻을 파악하려 애썼다.
"…하하……. 농담이지?"
하녀는 세차게 고개를 저었다. 눈길로 사람을 죽일 수 있다면 지금 그녀의 눈빛이 그럴 것이다. 그녀가 벌떡 일어서서는 1골드를 표독스럽게 쏘아보았다.
1골드는 멀뚱히 하녀를 마주 보았는데, 아직 말은 제대로 하지 못해도 대충 대화 내용을 알아들을 정도는 되었다. 자신이 덮치려 했다는 그 의미가 사뭇 궁금했다.

"덮쳐?"

"그래, 이 오크만도 못한 자식아!"

냉기를 풀풀 풍기던 하녀가 스웬에게로 돌아서서는 애처롭게 변했다.

"글쎄, 설거지를 하고 있는데 몰래 들어와서는……."

스웬과 브라이언이 바짝 다가섰다.

"몰래 와서는?"

하녀는 조금 망설이는 듯하더니 입술을 깨물었다.

"와서는… 제 뒤로 쥐새끼처럼 살금살금 다가왔어요. 전 뒤에 누가 있는 것 같아 돌아보았는데 아무도 없는 거예요. 그랬는데, 그랬는데… 엉덩이에… 흑, 이상한 느낌이 들어서… 저, 저놈이 쪼그리고 앉아서……. 흑흑흑."

"엉덩이에? 앉아서?!"

"…킁킁거리고 있었어요."

호기심이 가득했던 스웬의 얼굴이 일순 굳었고 이어 와르르 무너졌다.

"킁킁? ……풋! 푸하하하하!"

"하하하하하!"

발정난 수캐처럼 하녀 엉덩이에 코를 대고 냄새를 맡고 있있다니, 대충 그림을 그려도 뒤로 넘어갈 일이었다

1골드의 기행에 그들의 웃음소리가 멈추지 않았다. 하녀의 이어지는 말이 없었다면 말이다.

"그러더니……."

"큭큭, 빨리 얘기해 봐. 그래서?"

"벌떡 일어서서 뒤에서 저를 잡고는… 허, 허리를 흔들어 대는 거예요. 세상에! 어흐흑……."

스웬이 쏟아지는 웃음을 겨우 참고는 붉어진 얼굴로 1골드를 보았는데, 정말 아직도 증거가 남아 있었다. 바지 중심이 불끈 솟아 있었다.

"큭큭, 이놈이… 하하, 이거 참."

스웬은 뭐라 할 말이 없었다. 얼마 전까지만 해도 본능만이 지배했던 1골드였다.

지금도 눈을 자세히 봐야지만 정신이 있는지 없는지를 안다. 점점 상태가 호전되어 정신을 차리고 있는 시간이 길어져서 유진이 달가워하고 있었는데 이런 사고를 쳤다.

맨정신에 그랬다면 벌을 받아야 하지만 정신이 있는 상태였는지 아니었는지 알 길이 없었다. 1골드도 민망한지 눈을 피하고 있었다.

스웬이 웃음기를 머금고 명쾌히 판정을 내렸다.

"1골드도 이제 장가갈 나이가 되었나 보다. 내 유진님께 말씀드릴 테니, 이참에 둘이……."

"싫어요!"

“싫다!”

말이 끝나기도 전에 1골드와 하녀가 말을 잘랐다.

“그래, 그럼… 없었던 일로 하던가.”

일을 가볍게 마무리 지은 스웬은 1골드를 데리고 뒷마당으로 나왔다. 안에서와는 달리 표정이 굳어 있었다.

하녀는 미수에 그쳐 그럭저럭 무마가 되었지만 1골드가 계속 성욕이 일 때마다 아무 여자한테나 달려든다면 웃어넘길 일이 아니다.

혹여 백에 하나 성공(?)이라도 한다면 그 책임은 유진에게로 돌아간다. 용병들 간이기에 칼부림이 예사다. 최악의 경우 죗값으로 1골드의 목이 떨어질 수도 있는 일이었다.

“정말 기억이 안 나?”

“…몰라.”

1골드 스스로도 이해할 수 없는 상황이었다.

스웬이 진지하게 물었다.

“솔직히 말해봐. 여자를 안고 싶냐?”

“싫어……. 몰라.”

성에 관한 호기심은 당연한 일이었지만 정우는 사랑하지 않는 여자와는 그런 관계를 갖고 싶지 않았다. 그런데도 마음 한구석에 다가갈 수 없는 미지에 대한 신비로움이 남아 있었다.

꿈속에 빠져 지내는 생활이 점점 길어지는 것을 스스로 ㄴ

끼고 있었다, 현실과 꿈이 완전히 바뀌었다고나 할까.

침대 생활을 시작한 후로는 꿈속에서 잠을 자지 않아도 잠시 정신이 나갔다 들어오는 경우도 있었다. 전엔 잠이 주기였는데 지금은 주로 꿈속에서 생활을 하고 현실에서는 반나절밖에 지내지 않았다.

새로운 생활 속에서 할 수 없던 일을 해나갈 수 있어 즐거움도 커져 갔지만 그만큼 불안감도 늘 함께했다. 이곳의 시간이 늘어나는 만큼 끝이 보이는 것 같았다.

얼마 남지 않은 시간, 이성에 대한 호기심을 충족시켜 보고 싶다는 욕망이 대답을 시원치 않게 했다.

정우는 그보다 1골드가 왜 이런 상황을 만들어냈느냐가 더욱 궁금했다. 자신이 들어오지 않을 때는 움직이는 인형과 다름없었다는데, 성욕을 느껴 행동으로 옮기려 했다니 이해가 가지 않았다.

스웬이 생각할 틈을 주지 않았다.

"야, 오늘 제인 일하냐?

"제인? 혹시 1골드를?"

브라이언이 음흉한 미소로 답했다.

"제인과 1골드? 크크크, 걔가 받아줄까?"

"언제는 사람 보면서 받았냐? 돈을 준다는데. 1골드가 어때서? 좀 모자란 것 빼곤 훌륭하구만."

"누구? 제인? 뭔데?"

눈이 가는 브라이언이 눈꼬리를 둥글게 만들며 답했다.

"전장의 활력소."

무력 집단인 용병단은 대체적으로 남자로 구성되어 있다. 당연히 선천적으로 힘이 좋은 남자에게 어울리는 일인지도 모르지만 그렇다고 여자 용병이 없는 것도 아니다.

오십에 한둘은 여자 용병들이 존재했다. 그런데 체력이 왕성하다 못해 흘러넘치는 건장한 남자들 사이에서 여자가 용병으로 생활하기가 쉽지만은 않은 일이다.

오랜 전장 생활에 지치고 전장의 광기만 남은 자들은 어둠이라는 그늘에 숨어 짐승으로 돌변했다. 동료라 여기고 있던 자들에게 여자 용병들이 겁탈을 당한 것이다. 한 명이 달려들어도 감당하기가 힘든데 눈이 벌게진 떼거지라 당할 수밖에 없었다.

사람의 본능 중 하나인 성욕을 막을 수만도 없었고 그런 일들이 비일비재하게 벌어지자 여자 용병들의 처지가 묘해졌다.

용병단에 여자가 들어오려 하면 미리 위험을 말해주었다. 그래도 하겠다고 한다면 자신 한 몸 정도는 충분히 지킬 수 있을 정도의 힘이 있던가, 모든 걸 감수하겠다는 의미였다.

그렇게 시간이 흐르자 여자 용병은 두 가지 종류로 나누어졌다. 진짜 전사와 말만 용병인 몸을 파는 여인. 제인은 후자에 속한 여인이있다.

용병단 내에서 자체적으로 사내들의 본능을 해소하지 못하면 전쟁에 휘말린 민간인들이 피해를 입는다. 이에 수뇌부들도 암묵적으로 허용하고 있었다.

스웬이 짐짓 비장한 얼굴을 하였다.

"이 스웬님이 결정을 내렸다. 오늘을 1골드에게 역사적인 날로 만들어주기로 말이다. 흐흐흐… 너도 물론 나와 뜻을 같이하겠지?"

"당연하지, 거럼거럼. 반은 내가 쏘지."

브라이언이 크게 고개를 끄덕이며 가슴을 탕탕 쳤다. 흥미로운 구경거리였다. 1골드가 어떻게 나올지 상상이 되지 않았다.

막 저녁 식사를 마쳐 하루 일과도 끝났고 부끄러움을 가려주는 고마운 어둠도 스멀스멀 드리워지고 있는 시간이었다. 집사에게 말해 잠시 시간을 내달라고 하고 1골드를 빼가면 된다.

대강 눈치를 챈 1골드가 조금씩 힘을 풀면서 버티는 척하고 스웬과 브라이언이 모르는 척하며 1골드를 끌었다.

용병단 성내의 대로는 동서남북 문을 연결하는 십자 형태로 연결되어 있었고 그 중심에 내성이 있었다. 내성 북문을 나서 북로로 10여 분쯤을 걷자 대로(大路) 옆 후미진 골목 안에 띄엄띄엄 지어진 간이 막사가 보였다.

그들이 당기는 척 미는 척하며 당도했을 때 두어 명의 사내가 어슬렁거리며 배회하고 있었다. 순서를 기다리는 듯했다. 서로 아는 얼굴이었지만 인사 같은 것은 없었다, 장소가 장소인만큼.

스웬이 헛기침을 하며 그들 중 한 명에게 다가가 귓속말을 전하자 사내가 놀라 1골드를 한번 쳐다보고는 고개를 끄덕이며 킥킥거렸다.

일행을 보고 어깨를 으쓱한 스웬이 막사 안으로 들어갔다 나왔다. 일이 잘 풀렸다는 듯이 빙긋 웃었다.

떠밀려 간이 막사에 들어간 1골드는 덩치에 맞지 않게 안절부절 눈 둘 곳을 찾지 못했다. 어두워 윤곽만 보이는 방 안이었는데, 일반 막사와는 달리 널따란 침대가 한쪽 면을 차지했고 얇은 휘장이 드리워져 있었다. 인기척이 들리는가 싶더니 가릴 곳만 살짝 가린 여인이 등장했다.

꾸울껵!

콩닥콩닥.

본능적으로 마른침이 넘어가고 심장이 벌렁거렸다.

"호호… 네가 여길 다 오다니 내가 죽을 때가 된 것 같네."

교태가 좔좔 흐르는 음성에 풍만한 엉덩이를 사정없이 흔들면서 다가왔다.

뻣뻣.

눈길은 둘 곳을 찾지 못하고 얼굴은 붉어지며 몸이 굳어버렸다.

"아이… 긴장하지 마. 이 누나가 이뻐해 줄게. 몸에 힘 빼고 이리 와봐. 이 누난 얼굴 같은 건 안 본다. 그건 어린애들이나 신경 쓰는 거지. 내 나이쯤 되면… 어머머. 이 단단한 근육 좀 봐. 역시 내 눈썰미는 정확하다니깐."

제인의 손길이 몸을 헤집자 1골드는 통나무처럼 뻣뻣하게 굳어버렸다. 그녀가 어디를 건드렸는지 1골드는 통나무에서 사시나무로 변해 몸을 부르르 떨렸다.

"어머머! 어머머! 세상에 이게 웬일이니. 이 장사 10년 만에 이런 물건은 처음 보네. 어휴… 며칠 문 닫아야 할지도 모르겠다. 에이! 뭐 장사가 대수니, 이런 물건 보기가 얼마나 힘든데……."

뭐라 뭐라 떠들었지만 1골드는 한마디도 알아들을 수가 없었다. 감싸는 부드러운 손길이 느껴지자 정신이 아득해지고 아무런 생각도 나지 않았다. 호흡에 신경을 집중하는 운기처럼 지금은 온통 그곳에 신경이 가 있었다.

그녀가 점점 밑으로 내려가고 그곳에 연하고 따뜻한 느낌이 들자 1골드는 사정없이 무념무상의 상태에 들어가 버렸다. 그리고는…

쿠웅!

통나무가 넘어가 버렸다.

"어머머머머! 애! 정신 차려! 이게 뭐 하는 짓이니? 어머머!

저거 아직도 까딱거리는데, 아쉽게… 에이 씨… 아휴! 재수없
어!!"

*　　　*　　　*

"아휴! 재수없어."

정우가 머리통을 사정없이 두드렸다. 하필 그 중요한 순간
에 기절을 해버리다니. 앞으로는 절대 있을 수 없는 경험이었
는데 정말… 아쉬웠다. 이게 말로만 듣던 몽정 비스무리한 거
였는데.

이 몸에, 이 얼굴에, 이 나이에 어떻게 그런 경험을 할 수
있겠는가. 정말 꿈이니까 가능한 일이었다.

그래도 한 가지 알아챈 것은 있었다. 극심한 정신적 충격을
받으면 유희가 끝난다는 것.

웃지도 그렇다고 울상도 아닌 요상한 표정이 된 정우는 멍
하니 천장을 바라보았다. 천장 벽지의 일률적인 문양들은 눈
에 들어오지도 않았다.

얼굴은 기억나지도 않았다. 단지 도톰하고 뻘건 입술과 바
가지를 엎어놓은 듯한 그렇다고 축 처진 것도 아닌 탄탄한 가
슴이, 사진으로만 보던 여체의 아름다운 S라인이 눈에 선했
다. 똥배가 조금 있긴 했어도. 이상하게도 그 모습은 선명하
게 기억했다. 정신적 충격을 제법 받았나 보다.

"엉덩이는 깔리면 숨 막힐 정도로 너무 컸어. 흐흐흐……!"

살짝 입을 벌리고 눈꼬리가 초승달처럼 변한 모습이 그 다음을 상상하는 듯했다.

"헤……! 킥킥! 뭐 하는 짓이냐, 지금. 돌겠구만. 제정신이 아냐, 제정신이… 큭큭큭!"

쓴웃음을 지은 정우는 무슨 생각이 들었는지 상체를 틀었다. 몸을 움직이려 잠시 힘을 쓰다 허탈한 표정이 되어 자신의 몸을 내려다보았다.

"…아아아! 참! 나는 벼엉신이었지… 하, 하, 하… 제기랄, 정말 병신 지랄하고 있었네……."

스웬의 꼬임에 넘어가 충격을 받고 기절을 해서 저녁 수련을 빼먹었다.

정우는 잠시 현실을 잊고 일어나서 못한 수련을 하려 했었다. 그런데 몸을 일으킬 수 없자 이제야 꿈에서 벗어나 현실 속으로 돌아온 걸 깨달은 것이다.

자신의 몸인데도 타인처럼 느껴지는 정우, 건전지가 다 닳아 움직이지 못하는 장난감처럼 침대에서 한 발짝도 나서지 못하는 정우, 항문조차도 마음먹은 대로 통제가 안 돼 똥오줌을 가릴 수 없어 열다섯 살이나 처먹고도 다시 기저귀를 차야 하는 정우.

그게, 그게 자신의 현실이었다.

심장이 터져라 뛰어다니고, 거대한 검을 젓가락처럼 휘두르는, 2m가 넘는 키에 황소 같은 힘을 가진, 무공의 놀라운 발전에 침이 마르도록 칭찬을 듣는 자는 정우가 아니라 1골드였다.

정우가 아니라 1골드였다. 1골드, 1골드였다. 정우가 아닌.

"…씨발… 씨발… 좆같은 새끼. 개 후레자식, 병신 팔푼이 새끼… 왜 꿈속에 나타나서 지랄이야. 나가 죽어라! 씨발 놈……."

누구에 대한 욕인가. 자신인가, 1골드인가. 모르겠다.

"아이! 이 지랄 같은 눈물은 왜 흐르고 난리야. 씨……! 뭐 잘한 것 있다고 눈물은… 병신 새끼 죽지도 않고 오래도 산다. 빌어먹을!"

너무 생생했다. 어렴풋이 기억이 나도 좋으련만 1골드가 된 자신이 직접 경험하는 것처럼 숨결 하나 행동 하나하나가 머릿속에, 기억에, 느낌에, 감촉에, 그대로 남아 괴롭혔다.

"그 거지 같은 꿈 다시는 꾸나 봐라. 더러워서 안 꾼다."

말은 그렇게 했지만 격렬한 훈련 뒤에 남는 지독한 땀 냄새가 코끝을 괴롭히는 것 같았다.

현실과는 너무나 정반대의 상황, 미칠 것 같았다.

"하아……! 하아……! 뭐야, 이게… 이게 뭐냐고! 왜 난 이러고 있는 거야! 으아아아아악!"

다 버렸다 생각했다. 당장 죽음이 눈앞에 와도 태연하게 받아들일 수 있었다.

하지만, 하지만 말이다. 그냥 죽일 일이지 그따위 꿈을 꾸게 만들어서 고문을 하는 하늘이 너무 원망스러웠다.

경험한 것과 모르는 것은 많은 차이가 있다. 육체의 기쁨을 몰랐으면 그냥 움직이나 보다, 나보단 좋겠다 정도로 넘어갈 수 있다. 그런데 너무나 생생한 경험을 남겨주었다.

콰당!

벌컥 문이 열리고 놀란 부모님들이 뛰어들어 왔다.

"정우야!"

"왜 그래? 어디 아퍼? 엉? 어디가? 어떻게?"

이것도 현실이었다. 그 혼자만 있는 것이 아니다. 항상 그를 보며 눈물짓는 부모님이 계셨다. 그것마저도 잊었다니……

저분들이 무슨 잘못이 있어 이런 고통을 받으셔야 하는가. 단지 꿈일 뿐인데… 죄송스러웠다.

"…아니에요… 창밖에 이상한 게 보여서… 귀신을 봤나 봐요. 헤헤헤."

한참을 정우의 상태를 이곳저곳 살피며 눈물이 그렁그렁하던 부모님이 방을 나서자 정우는 한숨을 쉬며 고개를 저었다. 잠시 감정이 격해졌었다.

감정을 다스리려 그는 눈을 감고 정신 수련에 들어갔다. 머리의 모든 생각을 지워 버리고 무념무상의 세계에 빠져들었다. 한 시간 정도가 지난 후에 정우는 눈을 떴다. 입가에 옅은 미소가 감돌았다.

아무것도 아니다. 전에도 한 번 경험했던 일이다. 현실도 자신이고 꿈도 자신이다. 있는 그대로 받아들이면 된다.

"쯧쯧쯧, 아직도 멀었군."

때늦은 후회는 심력만 낭비할 뿐이다.

마음을 다잡은 정우는 이제 왜 1골드가 발정난 수캐가 되었는지를 고민하기 시작했다. 고민은 오래가지 않았다. 성적 상징이 일어난 시기가 운기를 한 직후부터였다.

운기의 진도가 생각보다 지지부진한 이유도 알 것 같았다. 경락을 돌고 기혈을 뚫어야 할 기가 정(精)으로 변해 엄한 곳에 힘을 쓴 것이다. 당연히 진도가 미진할 수밖에.

내심 알고 있는 일이었지만 그런 성적 변화가 마음에 든 면도 있었다. 마음이 그리로 가니 기도 따라 움직인 것이다.

내공을 수련하는 중에는 금욕적인 생활을 해야 한다더니 다 이유가 있었다.

알면서도 모른 척한 마음이 안쓰러워 쓴웃음이 나왔다.

한 몸인 정신과 마음이라 할지라도 아이러니하게 일치하지 않을 때가 있었다. 몸 따로 마음 따로, 정신 따로 마음 따로인가. 삼성체, 딱 맞는 말이다.

눈물이 마를 날이 없는 부모님도 나가셨고 정우는 할 일을 찾았다. 요즘은 무술에 흠뻑 취해 있었다.

그리 대단한 걸 배우는 단계는 아니지만 미지의 세계는 항상 흥미를 유발한다. 그는 침대 위에 달린 모니터를 내리고 무선 키보드를 가슴에 올렸다.

모니터에는 친근한 얼굴이 떠올랐다. 많이 본 남자 배우가 나와 검도 동작에 대해 설명을 하는 동영상이었다.

정우는 동작을 따라 할 수 없는 몸이라 눈으로만 좇았다.

요즘은 죽기 전에 무술에 관한 논문을 써볼까 하는 생각도 들었다. 깊이 들어갈 만한 경험은 없어도 어느새 이것저것 방대한 지식을 쌓아가고 있었다. 비록 수박 겉핥기식이지만 말이다.

정우의 현실은 이렇게 두세 시간 비디오를 보던가 책을 읽었고 그 이후에는 영체를 수련하다가 그도 모르게 잠에 빠져들었다.

상당 부분 건강 상태 때문이었지만 그보다 더 큰 이유는 마음이 현실을 떠나 꿈속에 있기 때문이다.

*　　　*　　　*

스스슥!

오른발을 축으로 삼아 왼발 끝이 땅을 스치며 커다란 원을 그렸다. 허리를 낮추고 팽이처럼 회전해 다시 전방을 바라보자 돌았던 왼발이 디딤 발로 변했고 축이었던 발이 창처럼 찔러 들어갔다. 무릎 관절이 쭉 펴지자 순간 발끝에 힘을 모았다.

"히이얍!"

파앙!

가벼운 바람 소리가 들릴 때쯤엔 원인을 제공한 발은 어느새 바닥에 닿아 있었다. 땅을 스치며 반보 나가고 무릎을 살짝 구부린 상태에서 왼팔은 접어 귀밑에 바짝 붙였다. 동시에 오른 어깨는 활처럼 구부러져 있었는데 그 탄력을 받은 정권이 흐릿한 잔상만을 남길 정도로 빠르게 뻗어나갔다.

피싯! 팡!

신속하게 팔을 접어 가슴을 보호하고는 허리를 뒤로 살짝 눕히고 앞으로 일 보씩 전진하며 연속적으로 낮게 걷어찼다. 짧고 군더더기없는 동작들이었다.

발차기는 허리 어름 이상을 올라가지 않았고 정권의 타격점은 목과 얼굴 단 두 곳이었다.

"으하아압! 찻!"

쿠웅!

힘찬 기합 소리와 함께 한 번 도약으로 2m 가까이 거리를 좁히고는 거대한 진각 소리를 만들어내며 한껏 젖혀진 두 팔을 쭉 밀었다.

후아아앙! 파파팡!

"후우우우…… 흐읍!"

열두 가지 동작의 기본 권각술을 마친 1골드는 호흡을 바로 하고는 어떻냐는 듯 유진에게 눈길을 보냈다. 얼핏 고개가 살짝 끄덕여지는 듯했다. 나쁘지 않다는 의미였다.

1골드는 유진의 밑으로 들어온 후부터 규칙적인 시간을 보냈는데, 오전에는 체력이라면 한 목소리 내는 1골드도 입을 다물어 버릴 정도로 강도 높은 체력 훈련을 받았다.

전투의 필수 요소인 지구력을 높이는 유산소 훈련은 장난이었고 검을 잡는다는 이유로 어깨, 팔, 손목, 심어지 손가락 마디마디까지 근육 훈련을 받았다.

또한 갑옷을 짊어진 채 토악질을 하게 만드는 하체 단련, 남자는 모든 힘이 하체로부터 온다는 유진의 지론 때문이었다.

그렇게 오전을 보낸 후 잠깐의 휴식을 갖고 용병단원들 전체가 참가하는 집단전 훈련에 들어간다. 집단전 훈련은 공격 대형과 수비대형의 견고한 유지와 빠른 전환에 중점을 두어 실시되었다.

이어지는 검술 훈련은 검술이라 부르기도 뭐한 그저 방패의 운용과 그 사이사이로 검을 쑤셔 넣는 동작을 연습하는 것이다. 또한 공격하는 대상이 기마대냐 보병이냐에 따라 병과 병들의 운용이 바뀌는 훈련이었다.

집단전 훈련은 짧게 몸에 익히는 정도로 행해졌다. 용병대는 국가에 귀속된 국토방위군의 형태가 아니었기에 국가 간의 전면전에서는 선봉을 피했고 참가를 하더라도 주로 기습 작전을 선호했다.

국가 상비군에 비해 개개인의 능력이 뛰어난 용병들이라

머릿수만 채우는 화살받이보다는 후방의 보급창을 치던가 원군의 합류를 방해하는 등의 후방 교란 작전에 더 용이했기에 대부분의 고용주 또한 이를 수긍하였다.

오후의 두어 시간을 용병단과 보낸 후 유진 사단은 저택으로 돌아와 검사 수업을 받았다. 크게 두 가지로 마상 훈련과 검술이었다.

하루 종일 지겹게 이어지는 훈련이라 지칠 만도 하건만 1골드는 스웬이 혀를 내두를 정도로 정말 열심히 했다. 점심 자유 시간까지 검을 잡고 놓지 않았다. 꼭 부모님의 복수를 해야 한다던가 하는 숨긴 사연이 있는 사람처럼 말이다.

이후 석식을 마친 후엔 자유 시간이 주어졌다. 이 시간만큼은 철저한 자유로 직속상관이라도 부하들을 건들지 못한다.

세상에서 구르다 굴러 돈에 목숨을 파는 용병의 길까지 들어선 사람들이라 대부분 한 가지씩 남모르는 사연들이 있었다. 고향에서 먹고살기 힘들거나 필연적으로 정착하지 못하고 떠날 이유가 있는 자들이었다.

고향을 등지고 떠나야 했던 자들, 그들이 원하는 것은 돈도 아니요, 권력도 아니요, 그저 인간답고 자유롭게 사는 것이다.

1골드는 이 시간까지 반납을 하고 집사에게 갔다. 특별한 일이 없으면 매일 두 시간씩 글공부를 한다. 귀찮을 만도 하건만 집사가 오히려 신이 나 열을 올리며 가르칠 정도였다. 학생이 뛰어나면 선생이 신이 나는 법이다. 집사는 1골드를 물통에 퍼지는 먹물 같다고 표현했다.

1골드의 일과는 여기서 끝이 아니다. 유진의 개인 수련장으로 뛰어가 유진 가(家)의 검술을 전수받는다. 아직 정식 서(誓)를 받은 관계가 아니기에 기초적인 것만 수련했다.

"그만, 검을 잡아라."

예의 대검을 들고 섰다. 다른 검사들이 본다면 멋만 잔뜩 든 놈이라도 손가락질을 할 것이나 유진은 내버려 두었다.

사람의 살과 뼈를 베는 일은 생각처럼 쉽지 않다. 힘만으로는 절대 벨 수 없다. 마음을 담아야 한다. 내가 사람을 벨 수 있을까 하는 망설임이 거대한 벽으로 존재한다.

그전에 다가오는 난관이 근력이다. 검을 자신의 신체 일부분처럼 사용하려면 당연히 근력이 우선되어야 한다. 적어도 1만 번을 떨쳐 내고도 변함없는 자세가 될 때까지 말이다.

그래서 평소에 검보다 훨씬 무거운 것을 들고 훈련을 쌓아야 한다. 그 점에서 1골드는 아주 훌륭한 연습 검을 가지고 있었다.

붕붕붕…….

1골드는 검술을 배울 준비를 마친 상태였다. 검을 펼치는 수발이 자연스러웠다. 이미 검에 끌려 다니는 수준을 벗어나 다음을 보여달라고 몸으로 말하고 있었다.

몸을 풀라고 한 사이 1골드는 연결 동작이 매끄럽지 못하고 뭔가 어설픈, 중심을 잡아야 할 다리에 퍼지는 힘의 분배가 엉망인 검술을 펼치고 있었다. 집단 훈련장에서 지나가던 용병들이 하나둘 가르쳐 준 동작들이었다.

"하아……!"

유진의 입에서 절로 한숨이 나왔다. 저런 검술이 몸에 익으면 절대 절정의 경지에 도달할 수 없는데…….

그는 1골드를 놓고 망설이고 있었다. 이미 체력이 갖추어진 상태로 출발했었다고는 하지만 타고난 무재(武才)였는지 받아들이는 속도가 너무 빨랐다. 하루가 다르게 늘고 있는 모습에 흐뭇한 마음도 들었지만 걱정도 늘어갔다.

오락가락하는 정신이 가장 문제였고 아직 바론이 확답을 주지 않아 확실한 관계를 정립할 수가 없었다. 바론은 맡으라고 했지 거두라고는 하지 않았다.

바보 아이를 유민에게 산 것이 바론이었다. 돈을 주고 샀으니 노예나 다름없었다. 바론이나 유진이나 하위 귀족 출신이어서 공식적으로 노예를 가질 수 있었다. 가문의 검술까지 전수한 상태에서 다시 달라고 하면 1골드뿐만 아니라 검술까지 넘어가는 우스운 꼴이 된다.

하지만 너무 아까웠다.

"1골드, 검이 좋으냐?"

그냥 답답한 심정에 나온 말이었다.

"예, 좋다. 재밌다."

푼칭과 빈말이 같이 나왔다. 저게 문제다 그래도 많이 좋아져 알아듣고 대답한다.

"왜 좋은데?"

"…좋다. 그냥."

긴 대답이어서 설명을 잘 못하나 보다.

"검이 뭔지 아느냐?"

물어놓고 아차 싶었다. 자신도 아직 깨닫지 못한 것이다. 아니 영원히 모를지도 모른다. 검사는 검을 놓는 순간까지 늘 검에 질문을 던진다.

"검… 나쁘다. 그래도 좋다."

이도 저도 아닌 어리버리한 대답이었지만 유진의 얼굴엔 미소가 퍼졌다. 유진이 부드럽게 덧붙였다.

"검을 만든 목적은 살상이다. 경지에 오른 이들이 아무리 검을 통해 높은 곳을 추구한다고 미화해도 변하지 않는 진리란다. 그럼 검을 통해 자신을 알고 세상의 진리를 추구하는 자들도 결국은 검의 목적에 부합하여 길을 가는 수밖에 없다. 네가 검을 좋아한다면 네 검에는 피가 마르는 날이 없을 거란 소리다. 그래서 검은 네 말대로 나쁘다. 알아들었느냐?"

"예."

"믿겠다. 하지만 인간이 단순히 강함을 얻고자 만든 도구에 지나지 않는 검에 우주의 진리가 숨어 있다. 그걸 깨우친 자들은 산을 쪼개고 하늘을 날며 인간의 한계를 넘어 더욱더 높은 곳으로 가려고 한다. 그러니 좋다."

“예.”

묻지도 않았는데 대답을 한다.

유진은 망설이는 마음을 잡을 수 있었다. 아니, 이미 내심 정했는지도 모른다. 세상의 찌든 때에 물들지 않은 아이니 순수한 마음을 간직하고 있을 것이다.

순수함은 곧 열정이 된다.

길만 잘 인도해 주면 그 끝이 기대되는 아이였다. 정확한 나이는 몰라도 성장기에 데려왔으니 스물은 넘지 않았을 것. 조금 늦은 감이 있긴 해도 체력이 거의 완성되었기에 크게 거슬리진 않았다.

마음을 굳히게 하는 데 일조한 집사의 말처럼 머리가 백지 상태라 가르치는 대로 다 받아들인다.

유진은 1골드를 똑바로 쳐다보았다. 결단이 서린 표정이었다.

“오늘부터 넌 스왈츠라는 성을 써라. 내가 허락하겠다.”

이 시대에서 이름이 갖는 의미는 대단했다. 노예는 부르는 게 이름이고 평민은 성조차 없었다. 그런데 스왈츠라는 성을 쓰라니, 가문의 일원으로 받아들이겠다는 뜻이었다.

1골드 입에서 엉뚱한 소리가 나왔다.

“스왈츠가 뭔데?”

성이라는 뜻을 몰랐다.

“…내 이름의 성이디.”

1골드의 얼굴에 난 긴 검상이 지렁이처럼 꿈틀거렸고 화상
으로 굳어진 피부가 움찔거렸다. 상당히 놀란 표정이었다.

유진 그라우드 스왈츠가 유진의 풀 네임이었다. 유진은 실
수하는 게 아닐까 하는 생각을 잠시 가졌다가 곧 털어냈다.
그러고 보니 1골드의 이름도 지어주어야 한다.

“허허허… 1골드를 양자로 들이겠다니, 자네 진심인가?”

“예, 단장님. 그리고 1골드가 아니라 유진 2세입니다.”

바론이 바로 입을 열지 않자 희미한 기합 소리가 들려왔다.
그들 대화의 주 내용인 1골드는 한참 연병장에서 뒹굴 시간
이었다.

“하. 하. 하. 진심이구만. 그래도 말일세, 아무리 가세가 기
울었다고는 하나 스왈츠 가는 이름 높은 무가(武家)일세. 그
런데 출신 성분도 모르는 아이를 양자로 삼겠다니, 자네는 후
계 또한 없지 않은가? 1골드에게 자네의 모든 것을 물려주겠
다는 말인데…….”

다른 사람이 이 대화를 들었다면 경악할 것이며 만약 검에
뜻을 둔 사람이라면 유진의 바짓가랑이를 잡고 늘어질 것이
다. 무가로서 스왈츠 가는 그만큼 이름 높았다.

진중한 어조의 바론과는 달리 유진은 쓴웃음이 나왔다. 가
세가 기운 것이 아니라 아예 유명무실해졌다는 말이 맞다.

몰락한 가문. 귀족이 용병단에 몸을 담았다는 자체만으로

도 뒷이야기는 뻔한 것이다.

　서로 알고 있는 사실이건만 저리 낯간지러운 소리를 하다니. 그깟 귀족이란 허울이 뭐가 중요하단 말인가.

　"가진 것도 없습니다. 그러니 아까울 것도 없죠. 1골드를 보고 있으면 즐겁습니다. 그보다 더 큰 이유가 필요합니까?"

　"즐거워? 하긴 그렇군. 그래도 말이야. 자네 가문은 위대한 마스터를 배출한 가문 아닌가?"

　"까마득한 웃어르신 때의 일입니다."

　무려 3백 년이나 지난 일이었다. 국가 간의 힘의 재편이 치열했던, 전 대륙을 황폐와 빈곤으로 몰아넣었던 대륙전쟁 당시 스왈츠 가는 무가로서 이름이 높았었다.

　그러나 아무리 한 가문이 뛰어나다고 해도 국력이 뒷받침되어 주지 못하면 국가와 같은 운명을 걷는 게 봉신(封臣) 가문이었다.

　강대국이라도 열 명 안팎밖에 보유하지 못한 마스터를 그 당시 스왈츠 가는 한 시대에 무려 세 명이나 배출했었다. 소속된 국가가 패전의 길을 걷자 당연히 점령군의 모든 눈은 왕가 보다는 스왈츠 가로 쏠렸다.

　갈가리 찢어졌다. 가문을 지켜야 할 어른들은 모두 이름 모를 전장에서 산화한 후라 여인네와 아이들밖에 없었다.

　아무리 패전국이라도 귀족은 대우받는다. 패전국민들이 노예로 팔려도 귀족이라는 허울은 지켜주는 게 귀족 간의 예의다.

그러나 스왈츠 가는 달랐다. 구들장 하나까지 뜯겨져 나갔으며, 여인네들은 겁간을 당해 혀를 깨물었고, 검을 잡을 수 있는 사내라면 나이를 가리지 않고 모진 고문당했다. 탐욕에 눈이 먼 적국의 기사들이 마스터를 배출하는 스왈츠 가의 검술을 원했기 때문이다.

화장실에서 쓰는 천 조각 하나까지 약탈을 당한 후에야 스왈츠 가에 닥쳐온 시련이 끝이 났다. 남은 건 허울 좋은 이름밖에 없었다. 후대를 이어갈 인재들은 후환을 두려워한 적들이 악독하게 손을 쓰는 바람에 다시는 검을 잡을 수 없는 몸이 되었다.

무가의 전통은 단지 책으로만 이어지는 것이 아니다. 입으로 몸으로 전해져 내려오는 것이다. 그런데 보여줄, 전해줄 사람이 없었다.

전통의 단절.

그때부터 스왈츠 가는 그저 그런 무가로 전락했다.

그러나 이름값은 해야만 했다. 부자는 망해도 3대는 간다는 말처럼 혹시 남아 있을 저력을 찾아 불청객들의 발걸음이 끊이지 않았다.

결국 스왈츠 가는 수백 년 동안 갈고닦은 터전을 버릴 수밖에 없었다. 울분을 참고 떠나는 가문의 일원들은 빠른 시일 내에 돌아올 것이라며 하늘에 맹세를 했지만 벌써 수백 년이

나 지난 일이었다.

유진은 알고 있었다, 자신의 검술이 가문의 것이라고 부르기엔 모자라다는 것을. 단절된 검술을 복원하려 수십 대에 걸쳐 부단히 노력을 했지만 결과가 말해주었다, 부족하다고.

그는 자신의 대에서 가문의 염원을 끝내고자 했다, 자신이 절정의 경지에 오르든 스왈츠란 성을 땅에 묻든.

결론은 후자 쪽으로 기울어지고 있었고 자유를 찾아 용병 생활을 하던 와중에 무한한 잠재력을 가진 1골드를 만났다. 그 끝은 알 수 없지만 작은 희망은 남아 있었다.

용병 간에는 서로의 사연을 묻지도 않고 듣는 것도 싫어한다. 용병단 내에서 유진의 풀 네임을 아는 이가 단장 한 명뿐인 이유이기도 했다.

유진은 1골드의 자질을 높게 평가했다.

체계적으로 검을 익힌다면 못해도 검에 마나를 실을 수 있는 중급 검사 정도는 충분히 오를 수 있을 것이요, 조금 욕심을 부리면 자신처럼 검에서 무형의 마나, 오러를 뽑을 수 있는 특급에 이를 것이다.

진실한 마음은 가문의 검술을 복원해 주기를 바랐다. 절정의 경지, 마스터에 오를 수 있기를. 자신의 아버지가, 아버지의 아버지가 그랬던 것처럼.

"여기."

탁!

짙은 갈색 탁자 위로 반짝이는 금화 하나가 놓여졌다.

"뭔가?"

"1골드입니다."

"……."

유진이 바론의 멍한 표정을 보며 짐짓 주머니에 손을 넣는 척했다.

"더 필요하십니까?"

"…됐네."

당연한 대답이고 더 꺼낼 생각도 없었다.

솔직히 바론은 조금 아까웠다. 1골드의 상태를 전해 듣고 있어서 돌려달라고 말을 할까도 싶었다. 유진이 자신의 휘하로 데리고 있겠다고 하면 쓸 데가 있으니 달라고 할 작정이었데, 양자라는 강수를 두고 나오니 어쩔 도리가 없었다.

유진과 사이가 나빠져 그가 용병단을 떠난다고 하면 손해가 이만저만이 아니다. 그뿐만 아니라 그를 따르는 용병들까지 빠져나간다.

1골드보다는 당연히 유진이 우선이다. 이왕 주는 거 관계를 돈독히 하려면 선심을 쓰는 게 낫다.

"1골드, 아니, 유진 2세의 상태가 많이 좋아졌다고 하던데."

아직 이름을 짓지 못해 엉겁결에 말했는데 아예 이름이 되

어버렸다. 후대에게 이름을 물려줄 정도로 명성을 쌓은 것도
아니어서 유진의 얼굴이 조금 붉어졌다.

"예, 요즘은 일상생활을 하는 데 크게 지장이 없을 정도입
니다."

가끔 이상한 짓을 하긴 했지만 틀린 말은 아니었다. 그 정
도야 시일이 더 흐르면 고칠 수 있다.

"호오!"

바론은 모르는 척했지만 연병장에서 보이는 행동이 일반
용병들과 다르지 않았다. 오히려 더 열심히 한다고 할까.

"자네가 양자를 들이겠다니 내가 가만있을 수 있나. 내 봄
멜님께 특별히 말해놓을 테니 한번 보이도록 하게나."

유진이 허리를 꺾어 감사를 표했다. 1골드를 용병단의 마
법사 봄멜에게 보내 치료를 받게 해주겠다는 말이었다.

마법사의 치료, 아무나 받을 수 있는 것이 아니다. 작위가
높은 귀족이던가, 혹은 창고에 돈이 마르지 않을 정도로 많던
가 해야 마법사의 얼굴 한번 볼 수 있다. 평민들은 언감생심
꿈도 못 꿀 일이고.

1골드가 유진의 양자가 된다는 소식은 석식 때쯤엔 식당
잔반을 처리하는 꼬부랑 할아버지까지 다 알았다. 성 밖 산
속에서 뛰노는 코볼트까지도 알 정도로 대단한 사건이었
다.

그날 코볼트는 언덕에 올라 울부짖는 한 사람을 볼 수 있었
는데 산과 굉장히 잘 어울리는 용모, 글렌이었다.
“어무이!”

Chapter 5

지성의 이미지

봄멜은 가는 숨을 들이켰다. 1골드의 얼굴을 모르는 바는 아니었으나 코앞에 맞대고 보니 여간 흉측스러운 게 아니었다. 그래도 1골드의 눈은 그의 얼굴이 담겨 있을 정도로 맑았다.

"몸을 스캔해 봐도 배꼽 밑에 마나의 흐름이 활발한 것 정도 빼놓고는 특별한 이상이 없고, 마법적인 정신 강제를 당한 흔적도 나타나지 않고, 흔들림없는 눈동자를 봐도 정신은 바른 것 같고, 혈압도 정상, 호흡 기관에 이상도 없고⋯ 어디 한 군데 흠잡을 데가 없구만."

"마나가 뭐냐?"

급작스런 1골드의 물음에 봄멜이 눈을 껌벅거리자 유진이 나섰다.

"아직 말이 서툽니다."

반말 때문에 봄멜이 놀란 것이 아니었다. 세 달 전과 확연히 다른 모습 때문이었다.

"마나 말이냐?"

"예."

짐짓 근엄한 표정을 지은 봄멜이 답했다.

"세상을 구성하는 생명 에너지를 마나라 한다. 무슨 말인지 알겠느냐?"

"예, 안다."

예의 유진이 덧붙였다.

"집사에게 글공부를 하고 있습니다. 들었나 봅니다."

"진짜, 안다. 기가 마나다."

"기이?"

머릿속이 백지장 같을 텐데 안다고 하다니, 봄멜은 어린 치기라 여기고 대수롭지 않게 넘기려 했다.

"나 마나, 너도 마나다."

순간 봄멜의 눈이 반짝였다. 그냥 넘길 일이 아니었다. 집사한테 배우는 글공부 따위에 마나는 어울리지 않는다. 세상사 정도나 배웠을 것이다.

한데 자신의 설명을 단번에 알아듣고 더 나가 고차원적인 대답까지 내놓았다. 바론의 부탁만 아니라면 이런 하찮은 일에 나서지도 않았을 봄멜이었다.

그래서 대충대충 시늉만 하고 넘겼는데… 글을 배운다니?

"글을 배워?"

"예, 봄멜님. 무섭게 파고든답니다."

유진의 얼굴에 흐뭇한 기색이 어렸다.

"말도 제대로 못하지 않나?"

말도 못하면서 글을 배운다는 것은 어불성설이다.

"간단한 대화는 가능합니다. 글도 쓰는 것은 아직 못하지만 짧은 문장 정도는 읽습니다."

봄멜의 눈이 가늘어졌다. 1골드의 정체가 의심스러웠다. 바론이 데려올 때부터 외양은 저 상태였다. 머리를 덮은 화상 자국이며 온몸에 난 상처가 심한 학대를 당한 듯했는데 유민들도 주웠다고만 해서 그의 과거를 알 수가 없었다.

가난한 농민들은 입에 풀칠하기가 어려워 부모가 자식을 팔기도 하는 세상이기에 기형적으로 태어난 아이들은 버려지는 일이 허다했다.

1골드는 정신적인 결함이라 갓난아이 때는 드러나지 않아 부모의 품에서 자랄 수 있었을 것이고 조금 나이가 들어 문제가 드러나자 버려졌을 확률이 높았다.

거기에 천운이 더해져 곳곳에 위험이 도사리는 문명사회 밖에서 살아남았다 쳐도 야생 짐승과 다름없는 상태였을 것이다. 말문이 막히고 이지를 상실한 모습은 그런 이유라 설명할 수 있었다. 처음 본 1골드의 모습이 그랬으니까.

여기까지는 정말 더럽게 운 좋은 놈이려니 하고 넘어갈 수 있다.

그런데 지금 드러난 학습 성취 속도는 너무 빨랐다. 아무리 육체가 다 자랐다고는 하지만 정신은 별개의 문제다.

정신은 육체적 발육과는 전혀 상관없다. 몸이 큰다고 머리도 깨이는 것이 아니다. 교육을 통해야 한다. 지금 1골드는 막 태어난 아기와 다름없는 수준이어야 했다.

모두를 속이고 바보 행세를 했다고 치면 절정에 다다른 검사 바론이나 그의 눈을 그리 오래 속일 인사는 없다.

멀쩡한 아이를 정신 강제를 통해 바보로 만들었다면 마스터 급 마법사가 관여를 했을 것이다. 아니면 6써클 마스터의 그를 속일 수 없으니까.

이 세계, 아이온에서 열 명도 안 되는 마스터 급이 나섰다면 1골드의 신분이 왕족 이상이라는 말이고…….

봄멜은 고개를 저었다. 마스터가 직접 나서 손을 쓴 강제가 풀릴 일은 없다. 실수? 마스터가? 말도 안 되는 소리다.

그럼 저 정체를 알 수 없는 1골드는 도대체 뭔가? 타고난 천재? 우습다. 정신박약아에서 뇌전 마법 한 대 맞고 일순 천재로 변했단 말인가. 그렇다면 그는 수만 대라도 맞을 용의가 있다.

"알 수가 없어. 알 수가… 넌 뭐냐? 도대체?"

"1골드… 스왈츠다."

"스… 왈츠?"

"험험! 제가 양자로 삼기로 했습니다. 바론님께 허락을 받았습니다만."

봄멜이 덤덤한 표정으로 유진에게 고개를 돌렸다. 그도 스왈츠 가의 비사를 알고 있었지만 특별히 와 닿는 게 없었다.

"그랬나? 몰랐네. 축하하이. 그런데 자네가 스왈츠 가였나?"

안타까움이 묻어 나왔다. 마법사들도 마법서 한 권에 목숨을 걸기에 유진의 마음을 충분히 이해할 수 있었다.

"어쩌다 보니… 부끄럽습니다."

"아무튼… 어디까지 얘기했더라… 아! 이놈은……."

말꼬리를 흐리고 유진을 쳐다보았다.

"괜찮습니다. 편하신 대로 부르십시오."

"며칠 더 봐야 할 것 같으니 저녁 시간에 데려오게. 자네가 직접 올 필요는 없고."

"바쁘신데 괜한 시간을 뺏어 죄송스럽습니다."

봄멜은 서책이 수북이 쌓인 책상으로 몸을 돌렸다. 그만 나가보라는 표시였다.

"오늘내일하는 늙은이라 찾아오는 놈들도 없고 심심하던 차에 잘되었어."

말은 그렇게 했지만 유진은 알고 있었다.

마법사들은 한곳에 꼭 틀어박혀 연구하고 공부하는 족속들이라 사람을 만나 시간을 뺏기는 것을 극도로 싫어한다. 그래서 절로 허리가 숙여졌다.

1골드가 완전히 정신을 차리면 유진은 그보다 더한 기쁨이 없을 것이다. 그의 걱정거리가 그것이었기에. 완전히 정신이 든 1골드는 호랑이에게 날개를 달아준 격이다.

화학 약품 냄새가 가득 찬 노인의 방을 찾아온 1골드는 방 안에 흐르는 공기가 심상치 않음을 느꼈다. 강팍한 인상의 노인네 하나만 있는 것이 아니라 수도사 비슷한 복장을 한 청년 둘이 더 있었는데 마치 맹수를 앞에 대한 것마냥 긴장한 기색이 역력했다.

스스슥.

청년 둘이 좌우로 갈라져 1골드를 사이에 두고 포위하는 듯 위치를 잡았다.

"왜? 뭐냐? 무슨?"

문장이 잘 연결이 되지 않았다. 그래도 의미는 알아듣기에 충분했다. 봄멜이 상황과는 어울리지 않는 친근한 미소를 지으려고 애썼다.

"1골드, 너를 치료하려고 하는데 순순히 따르겠느냐?"

봄멜은 분명 1골드에게 뭔가가 있다고 생각했다. 그도 한

때는 악명을 날리던 마법사였고, 단장 바론도 하극상을 벌인 기사로 아직도 수배가 풀리지 않은 상태였다. 뒤가 켕기는 게 있어 닥쳐온 작은 위험도 파악을 해야 했다.

"지, 치료, 치료, 치료해라."

1골드는 뭔가 께름칙했지만 반항할 이유가 없었다.

1골드가 순순히 따르자 청년들에게서 안도의 빛이 스쳐 갔다. 불상사가 생기면 이런 근접 거리에선 마법사가 제대로 힘을 쓰지 못한다. 스승이 옆에 있어서 크게 걱정하진 않았지만 몸 쓰는 일은 아무래도 둔했다.

1골드의 키에 맞는 탁자가 없어 잠시 소란스러웠지만 곧 탁자 두 개를 붙여 해결을 하고 1골드는 수술대에 오른 환자처럼 누워 있었다.

한쪽에서 중얼거리던 봄멜이 수인을 맺고는 다가왔다.

"너는 누구냐? 지금이라도 순순히 실토하면 목숨만은 살려 주겠다. 만약 조금이라도 반항할 시에는 죽지도 살지도 못하는 키메라로 만들어 버리겠다."

엷은 빛이 나는 수인을 맺은 손을 슬쩍 내밀었는데 캐스팅이 끝났으니 말 한마디면 죽는다는 위협이었다.

"키메라가 뭐냐?"

한껏 공포 분위기를 조성하려 지은 험악한 인상이 말 한마디에 풀려 버렸다.

"…네 사지를 뜯어 거시기는 오크에게 붙이고, 머리통은 개새끼에게, 다리는 오리에게 붙인다는 말이다. 자, 이제 말해라. 넌 누구냐?"

"1골드 스왈츠다. 나 바쁘다. 의사 빨리 해라."

"의, 의사?"

너무 허탈해 봄멜은 수인이 풀린지도 몰랐다. 의사라니? 1골드는 그를 의사로 알고 있었다.

"이놈아, 난 마법사야."

"마, 마법사. 마법사. 그게 뭐냐?"

"…됐다."

이젠 완전히 긴장이 풀려 버린 봄멜은 한쪽에서 킥킥거리는 제자들을 흘겨보고는 배치했던 마나를 풀어버리곤 다른 설정을 위해 캐스팅에 들어갔다. 수초간 이어진 주문의 영창이 끝나자 주위의 마나가 요동쳤다.

"마나다."

순간 봄멜은 너무 놀라 마나의 배치가 엉켜 버릴 뻔했다. 1골드는 놀랍게도 마나를 느끼고 있었다. 그는 풀어버린 익스플로전이 아까웠지만 준비된 것은 그것 하나뿐이 아니었다.

마법사들은 기사에 비해 상대적으로 느린 마법 시현 속도 때문에 일 대 일의 싸움에서 당하는 일이 많았다. 봄멜 같은 전투 마법사들은 그 약점을 보완하려 애를 썼다. 캐스팅이 필요없는 하위 마법으로 몰아치는 방법에 더해 결정타를 날릴 수 있는 고위 마법이 필요했다.

그래서 반지나 지팡이, 무구 따위에 마법을 새겨 넣기도 하였고 지금처럼 미리 캐스팅을 준비해 놓고 시동어로만 발현이 되는 방법도 찾아내었다. 간단히 표현하면 마나 배치 설계도를 미리 그려놓고 필요할 때 재빨리 꺼내 펼치는 메모라이즈 마법이다.

눈에 보이지 않는 마나로 이루어진 도형이 봄멜 앞에 나타났다. 도형의 힘에 의해 마나가 급속도로 모여들었다. 이제 봄멜이 시동어만 외치면 불의 화살이 1골드의 심장을 관통할 것이다.

멀뚱멀뚱.

막 입을 떼려고 할 때 때마침 1골드와 눈이 마주쳤다. 공포도, 두려움도 없었다. 단지 호기심이 가득 찬 눈이었다. 코앞에 자신을 죽일 공격 마법이 준비되었는데도 저런 표정이라니.

"하아… 돌아버리겠군. 내가 왜 이 자식 때문에 골머리를 앓아야 하지? 허허허……."

1골드는 정말 무슨 일이 일어났는지 몰랐다. 정신을 집중해야만 느낄 수 있는 마나를 저 노인의 손짓에 확연히 느낄 수 있을 정도로 파동을 치는 게 신기할 뿐이었다.

두 번이나 마나 배치를 풀어버린 봄멜은 1골드의 말처럼 의사가 되기로 했다. 조금 귀찮더라도 저놈이 어떤 놈인지 직접 알아내면 된다.

봄멜은 그냥 허공에 손을 내저었다.

"슬립."

수초도 지나지 않아 1골드의 숨소리가 규칙적으로 변했다. 깊은 잠에 빠져든 것이다.

봄멜은 다시 1골드의 몸을 스캔해 보았다. 몸에 일반인보다 조금 많은 마나가 흘렀고 배꼽 밑에서 유난히 활발하게 움직였다. 배꼽 밑의 움직임이 조금 거슬렸지만 마나량은 검술 훈련을 받았으니 이유가 충분했다.

"마법 탐지(Detect Magic)!"

1골드에게 혹시 걸려 있을지도 모르는 마법 흔적을 찾는 것이다. 아무것도 없었다. 다시 손이 분주히 움직이고 주문의 영창에 들어갔다.

"질문(Commue)!"

1골드의 머리에 싸인 빛이 사라지자 봄멜이 물었다.

"이름이 뭐냐?"

"……."

"아버지가 누구지? 어머니는? 집은? …빌어먹을 자식아! 넌 누구야!"

묵묵부답. 있을 수가 없는 일이었다. 질문 마법은 일종의 최면을 거는 것이다. 전문적인 첩자 훈련을 받지 않은 이상은 실토하기 마련인데, 더군다나 그는 대마법사 전 단계인 6써클 고위 마법사가 아닌가. 아무리 훈련을 쌓았어도 그 앞에서는 굴복해야 정상이었다.

"후우… 이것까진 쓰지 않으려 했는데……."

잠시 뜸을 들인 봄멜이 결심이 섰는지 빠르게 손을 놀렸다.

"절대명령, 지성의 이미지(Lore Image)!"

6써클의 정신계 마법이다. 정신 방어가 뛰어난 마스터 급이 아니라면 지성체는 시현자가 원하는 그림을 보여준다.

이럴 수가!

아무것도 없었다. 텅 빈 깡통이었다. 하물며 바로 전에 몇 번이나 되새기며 외웠던 마법사란 단어조차 남아 있지 않았다. 말 그대로 백지장. 어떻게 사람의 머릿속에 아무것도 없단 말인가? 본능만이 지배하는 육신이란 말인가!

"허허. 허허… 이런 말도 안 되는!"

외부에서 뇌 세포를 자극하는 정신 마법이라 쓰지 않으려 했다. 3개월 만에 말을 배우고 글을 쓰고, 난해한 마나를 알고 느끼는 놈이 정신박약아였다니 믿을 수가 없었다.

그래서 이런 일을 벌인 것인데… 더 혼란스러웠다. 아무것도 없다니 상상도 할 수 없는 일이다.

이미 6써클의 마법을 사용해 마나가 바닥이 났지만 봄멜은 오기가 치밀어 올랐다.

"좋다. 누가 이기나 해보자. 머리는 몰라도 몸은 알 터!"

엄청난 정신적 충격을 받으면 기억이 내면 깊숙이 숨어 찾을 수 없는 경우도 있고 강제적으로 지워질 경우도 있었다.

그게 정답이라면 1골드는 대마법사가 손을 썼을 것이다.

봄멜은 1골드의 얼굴 화상 자국에 손을 대었다. 피부 세포는 어떻게 다쳤는지 기억을 하고 있다. 그걸 알아내려는 것이다.

봄멜의 머릿속으로 영상이 떠올랐다. 닳고 닳아 번들거리는 허름한 옷을 입은 사내가 그릇을 집어 던지는 모습이었다. 이걸론 알 수가 없었다.

손이 얼굴을 가로지른 자상으로 향했다.

전장의 모습, 이것도 아니다. 가슴으로 옮겨갔다. 숲이 펼쳐져 있었고 날카로운 이를 드러낸 살쾡이가 보였다. 다른 상처들도 맹수에 당한 것들이 대부분이었다.

1골드를 뒤집고 등에 거미줄처럼 난 상처에 가서는 채찍에 맞는 영상이 떠올랐는데, 농장 관리인으로 보였다. 그게 전부였다. 야생 동물과 몇몇 사람들, 그리고 전장의 모습. 전장은 용병단에 들어온 후였고 앞서 본 자들에게서 권력자의 모습은 찾을 수 없었다.

"후우우… 그냥 그대로의 모습이라는 건가? 본능만 남은 육체가 가능한가? 허허허……."

고위층과 연관된 점을 찾으려 했지만 전혀 없었다. 처음 생각대로 버려진 아이가 천운으로 여태 살아남은 것이고 어이없게도 전격에 맞아 머리가 트인 것이란 말인가?

마법사는 집칙에 병적으로 매달리는 종자였다. 목표한 마법 연구 한 가지에 평생을 매달리는 마법사도 비일비재했다.
그래야 발전을 할 수 있으니 당연한 일이지만.

1골드에 대한 의문은 집착으로 변했고 봄멜은 자신이 동원할 수 있는 모든 방법을 다 사용했다. 아니, 마법사란 족속들이 사용 가능한 모든 힘을 사용했다, 마법사들조차도 꺼리는 정신 마법까지.

"하하… 이거 나도 비 오는 날엔 미친놈처럼 번개 치는 곳만 싸돌아다녀야 되겠네… 허허허……."

공허한 웃음소리가 연구실을 메웠다. 그 속에 세상모르고 잠든 1골드가 있었다.

1골드를 바라보는 봄멜의 눈엔 의혹도, 집착도 사라지고 없었다. 조물주가 행사하는 기적은 지식을 탐구하는 마법사도 알 수가 없는 일이다.

기적이었다. 그렇게밖에 결론을 내릴 수 없었다.

신의 어떤 뜻이 이 아이에게 이어졌는지는 신만이 아실 것이다.

*　　　*　　　*

"아이! 씨… 영감탱이가 재우고 지랄이야. 검술 훈련받아야 하는데… 근데 어떻게 재웠지?"

정우는 용병들 사이에 섞여 말이 험해진지도 모르고 갑자기 잠든 이유에 대해서만 고민했다.

*   *   *

삐쭉삐쭉!

쓰윽!

"뭐냐? 영감탱이!"

"여, 여… 영감탱이?!"

봄멜은 치솟는 혈압을 진정시키려 부단히 애썼다. 감히 대륙에서 누가 6써클 마법사에게, 목숨이 서너 개가 아니고서야 영감탱이란 호칭을 사용할 수 있단 말인가. 하지만 참아야 했다. 볼일이 있어 찾아온 건 자신이었다.

"커, 커험! 나처럼 나이 든 사람한테는 어르신 하는 거다. 알겠냐?"

"어르신, 알았다. 영감탱이."

알면서 그러는지 몰라서 그러는지 1골드가 내뱉는 말에 봄멜은 뒷골만 땡기고 있었다.

"커억! 휴우… 1골드야."

"1골드 스왈츠다. 나 이름 생겼다."

화폐 단위의 개념이 서지 않아 1골드는 1골드를 이름으로 알고 있었다.

봄멜은 더욱 확신을 했다. 정말 기적이라고밖에 할 수 없는 놈이라고 말이다. 날카로운 얼굴과는 어울리지 않게 봄멜은 어색한 미소를 지었다.

"너 어제 말이다."

"싫다. 자기 싫다. 할 일 많다. 나 영감탱이 싫다."

강제로 쫓아낸 장본인이었다.

"그래그래, 네 치료는 끝이 났으니 안 해도 되고… 그보다 어제 마나라고 소리치던데 기억하느냐?"

정신을 집중하면 밥을 몇 숟가락 떴는지, 숟가락 위에 놓인 밥알 모양까지 기억해 내었다. 사고 수련으로 정신 영역이 무의식까지 확장된 지금, 기억력은 그야말로 발군으로 2만 권의 책 내용을 기억한다는 사람과 자웅을 겨루어볼 수 있을 정도였다.

1골드가 고개를 끄덕이자 봄멜의 얼굴에 화색이 돌았다. 잘못 들은 게 아니었다.

"그, 그럼 말이다. 어떻게 마나를 느꼈는지 말을 해줄 수 있겠니?"

"눈 감는다. 느낀다."

"……."

봄멜은 마법사 특유의 편집증적 행태에 빠져 외부와의 연결을 끊고 자신만의 생각에 빠져들었다.

눈을 감고 느낀다. 그 말 그대로라면 마법계의 영재를 찾은 것이다. 선천적으로 마나를 느끼는 이들이 있었고 마법사들은 그런 영재를 제자로 받아들이는 게 꿈이었다.

스승을 뛰어넘는 제자를 길러내 스승이 끝마치지 못한 연구를 후대에 물려주고 죽어서나마 그 끝을 볼 수 있다면 마법사로서 얼마나 행복하겠는가. 봄멜의 심장이 두근거렸다.

"호, 혹시 말이다."

"말해라, 빨리. 할 일 많다. 나 싫다."

"그래그래, 알았다. 고놈 참, 성질 급하기는."

빠르게 주변을 훑은 봄멜은 거친 종이 위에 놓인 펜을 들었다.

"이 펜을 움직일 수 있느냐?"

"나 바보 아니다. 줘라."

1골드는 글을 써보라는 뜻으로 알아듣고 손을 내밀었다.

"허! 그게 아니라 손을 대지 않고 그저 생각만으로 말이다. 이렇게."

봄멜의 손바닥 위에 놓여 있던 펜이 둥실 떠올랐다. 염력이었다.

1골드는 눈이 동그래졌다. 펜의 움직임에 놀란 게 아니라, 그와 같은 능력을 가지고 있다는 것을 간파해서였다. 한편으론 이곳 사람들도 같은 능력을 가지고 있지 않을까 하는 생각이 들었다.

후에 안 일이지만 꿈을 꾸기 시작한 시기와 염력을 얻은 때가 우연찮게 일치했다. 그 일로 인해 꿈을 꾸는 건지도 무르는 일이었다.

그런데 이 노인이 어찌 그 사실을 알았을까. 꿈속에서는 검에 정신이 팔려 한 번도 해본 적이 없었으니 당연히 보여준 적도 없었다.

아픈 몸으로도 핀을 움직였다. 정상적인, 그보다 더 우수한 체력이라면 펜 정도야 어렵지 않을 것 같았다. 1골드도 궁금했기에 한번 해보기로 했다.

딱히 숨길 이유도 없었다. 내 마음대로의 세상이고 하고 싶은 대로 하면 그만이었다. 살날도, 유희의 나날도 얼마 남지 않았고.

펜이 놓여 있는 봄멜 손바닥 위로 손을 가져갔다. 그리고는 펜의 파장을 느끼려 했다. 역시 체력이 바탕이 되니 펜의 파장을 감지하는 속도가 현실과는 비교도 안 되게 빨랐다.

마음이 동하자 펜과 가장 가까운 부분에서 마음을 실은 가는 기가 뻗어나갔다. 곧 펜이 가지고 있는 기의 파장에 별 거부감 없이 섞여들었다.

둥실!

봄멜이 보여준 것처럼 펜이 중력을 느끼지 못하는 듯 떠올랐다. 손끝을 휘휘 젓자 펜도 손끝의 일부분마냥 움직였다.

"히익!"

"이거? 했다."

봄멜은 1골드의 목소리가 들리지 않았다. 심장이 목구멍으

로 튀어나올 것 같았다. 초점은 펜에만 맞추어져 있었고 그도
모르는 사이 두 주먹을 불끈 쥐었다.

"오오오! 최상급이다! 스승님! 스승님! 드디어 이 엘 카 보
몬트 메른이 찾았습니다. 오! 신이시여!"

줄여서 봄멜이라 불리우는 엘 카 보몬트 메른이 격동에 차
몸을 떨었다. 마나를 느끼는 데다 정신력만으로 물체를 움직
이는 선천적 능력까지 가지고 있었다. 이 정도면 하위 마법사
인 3써클까지는 날로 먹고 들어간다.

물체를 움직이는 능력은 5써클의 중급 마법사가 되어야만
생겨나는 능력이었다. 저렇게 자연스럽게 하려면 상급인 6써
클은 되어야 한다. 그런데 이미 능력을 가지고 태어났으니 그
자질을 논해 무엇 하랴.

마법은 곧 정신력의 발현!

선택된 소수만이 마법사의 길을 걸을 수 있는 이유가 이것
이다. 마법사는 복잡한 마법진을 외우고 상황에 따라 마나의
4대원소 간의 배합과 배치 등을 빠르게 계산할 수 있는 머리
가 있어야 한다.

마나를 느껴도 머리가 받쳐 주지 않으면 마법사가 될 수 없
다. 그들은 무사라는 바람직한 길로 가야만 한다. 그러나 머
리가 나빠도 정신력이 강하면 가능하다. 써클이 올라갈수록
머리 또한 영특해지니까.

정신력은 물, 불, 공기, 땅, 마나의 4대원소에 더해 마법의

5대원소라고도 불린다.

봄멜은 죽은 어머니가 돌아온 것마냥 기뻤다. 1골드에게 한 짓도 의문도 싹 잊어버렸다. 무슨 일이 있어도 이놈을 잡아야 했다.

"험험! 1골드… 스왈츠야."

"그냥 1골드라고 해라."

"너는 내가 누군지 아느냐?"

봄멜의 어깨에 잔뜩 힘이 들어갔다. 6써클 마법사면 어느 나라에 가서도 한자리 할 위치였다.

"의사, 마법사, 영감탱이."

봄멜은 영감탱이란 말을 1골드에게 가르쳐 준 놈을 꼭 잡아 주리를 틀고 싶었다.

"…마법사 어르신으로 불러다오. 아니, 그냥 줄여서 스승님 해도 된단다. 그리 알고… 마법사가 되면 억만금의 돈도 벌 수 있단다. 대륙의 미녀들을 다 부인으로 얻을 수도 있고, 이 용병단만 한 성도 가질 수 있단다. 그것뿐이냐. 나 정도 되면 귀족도 될 수 있단다. 적어도 백작은 되지 암. 그렇고말고. 혹시 마법사가 되고 싶지 않느냐?"

"마법사가 뭔데?"

일단 관심을 끄는 데 성공했다. 이럴 때는 주절주절 떠드는 것보다 한 번 보여주는 게 훨씬 나았다. 준비 시간도 캐스팅도 없었다.

"파이어 에로우(Fire Arrow)!"

후확!

작은 태양이 생겨났다가 봄멜의 미소 속으로 사라졌다. 눈 깜박할 사이에 태양 대신 얼음 화살이 나타났다. 이어 빛의 화살, 물의 화살 등등이 패션쇼라도 벌이는 것처럼 등장했다가 바삐 사라졌다.

처음엔 놀라는 듯하더니 침착한 눈으로 변했다. 1골드는 기 흐름을 느끼고 있었다. 영감탱이가 소리를 지르기도 전에 주변의 기들이 한 점으로 모여들었다. 이어 말을 하기 무섭게 형태를 갖추었다. 이후로 계속 모습이 변했지만 모여든 기는 거의 흐트러지지 않았다. 단지 가지고 있는 성질이 변하는 것뿐이었다.

'마치 기에 물체가 가지는 존재의 의미를 부여하는 것 같군, 생명력처럼.'

만물을 이루는 원료가 기다. 자유의 성질이 강한 기를 모아주는 울타리가 자기장이고, 거기에 존재의 의미, 고유의 파장을 부여하면 물체가 된다. 1골드는 원료와 의미를 부여한다는 뜻을 어렴풋이 알고 있었다.

저 마법사란 사람은 1골드가 몰랐던 자기장의 성질과 형성을 알고 있었고 마음대로 조종하는 단계까지 올라 있었다.

'역시! 이 꿈은 보통 꿈이 아니었어. 스스로 알면서도 모르고 지나쳤던 부분을 지의식에서 깨우쳐 주고 있는 거야. 그런

거야.'

"그런 거야."

1골드의 변화를 뚫어지게 보고 있던 봄멜이 물었다.

"응? 뭐라 그랬느냐?"

"아니다. 실수."

1골드는 대기 중에 흐르는 기를 모아볼 생각을 해본 적이 없었다. 기가 가진 자연력에 위배되는 행동이라 생각했기 때문이다. 단전에 모여든 기도 운기 후에는 약간의 후천진기만을 남겨놓고 대부분 다시 자연으로 돌아간다.

기는 자유이기에 묶여 있지 않고 흐른다.

그래도 잠깐 동안이라면.

순간 1골드 주위로 마나의 자연적인 흐름이 틀어지기 시작했다. 펜에 그랬던 것처럼 대기 중에 흐르는 기를 움직여 한 지점에 모았다.

거기까지였다. 잠시 모였던 기들은 귀찮다는 식으로 정우의 강제를 털어내고는 다시 흘렀다.

1골드의 이마에 땀방울이 맺혔다. 기의 자유를 빼앗아 속박하는 것은 보통 힘든 일이 아니었다.

주변의 변화에 봄멜은 더할 수 없이 놀랐다. 뭔지는 몰라도 1골드가 마나들을 움직인 것이다. 마법진의 도움도 없이 마나를 움직이다니, 더욱 탐이 났다.

게다가 더 더욱 속이 탔다. 말을 조금만 더 유창하게 할 수 있으면 좋으련만. 시간이 해결해 줄 문제였다.

"어, 어떠냐? 멋있어 보이지 않느냐? 네가 배우고 싶다면 내 특별히 가르쳐 줄 의양도 있다마는."

"그거 어떻게? 해?"

"아아! 어떻게 배우냐고? 마나를 느끼고, 성질을 배우고, 구성의 특징과 대기를 구성하는 각 원소들과 마나의 유기적 관계를 파악하고 원소들 간의 구성 비율을 배합……."

"나 바쁘다."

말이 잘렸다. 한참 신이 나 떠들던 봄멜은 찬물을 뒤집어쓴 기분이었다. 바쁘다니, 조금 과장을 해서 그가 제자를 뽑는다고 하면 이 세계 아이온을 한 바퀴를 두르고도 모자랄 정도로 줄을 서서 그만 바라보고 있을 텐데, 바쁘다니.

"검을 모른다. 아직. 그거 먼저. 나중에. 머리 나쁘다."

배우고는 싶었지만 땀 흘리는 무공 수련이 더 좋았다. 이제 겨우 육체의 기쁨을 조금씩 알아가고 있었다. 어려운 단어들이 많아 다 알아듣지는 못했지만 대충 공부하자는 내용 같았다. 공부를 더 할 수 있으면 좋겠지만 남은 시간이 짧아 우선순위에서 밀렸다.

연구실로 돌아온 봄멜의 얼굴이 눈에 띄게 상해 있었다. 무려 하루 반나절을 매달려서야 1골드를 연구실로 불러들이는 데 성공했다. 6써클의 고위 마법사기 마법을 가르쳐 준다고

쫓아다니고 말도 제대로 못하는 바보… 바보였던 놈은 귀찮
다고 꺼지라는 식이었다.

유진이 나서 집사가 가르치던 글공부를 봄멜이 대신하는
걸로 해서야 1골드가 고개를 끄덕였다. 노인네가 그토록 애
원하면 예의상 들어줄 만도 한데 똥고집도 이런 똥고집이 없
었다.

봄멜은 어찌 되었든 하루 두 시간은 보장받은 셈이니 1골
드의 마음을 돌리는 것쯤이야 아무것도 아니라 생각했다. 마
법의 탐구라는 마귀가 1골드를 가만두지 않을 테니까.

오늘도 한 사내가 뒷산으로 향했다. 산을 찾을 수밖에 없는
글렌이었다. 1골드의 소식이 들릴 때마다 어머니가 보고 싶
음은 왜일까?

"어무이!"

산은 글렌만 오른 게 아니었다. 1골드도 수련 검사 스웬,
브라이언과 함께 뒷산을 올랐다.

북부의 지붕이라는 스칼라이드 산맥의 끝자락이라 지세는
높지 않아도 사람의 발길이 닿지 않아 꽤 험했다.

"아이 씨! 지금 뭐 하는 짓인지 모르겠네."

가는 눈에 주근깨투성이 브라이언이 입술을 댓발은 내밀
고는 앞서 가는 1골드를 노려보았다.

산에 먹을 게 풍성한 계절이라 짐승들도 인가에 내려오지 않았고 몬스터들도 마찬가지였다. 실전 연습과 주변 백성들에게 환심을 사기 위해 겨울철에는 몬스터들이 내려오기 전에 역으로 올라가 가끔 사냥을 한다.

지금은 딱히 땀을 뻘뻘 흘리며 산맥에 들어갈 이유가 없었다, 1골드만 아니었다면.

"저 바보 팔푼이에 겁쟁이 새끼 때문에 이게 뭔 고생이야. 씨발!"

"야! 너는 처음에 안 그랬냐? 칼만 잡으면 다 사람을 죽여? 그게 사람이야, 인간백정이지."

"누가 사람을 베라고 했어? 짐승 한 마리도 못 잡으니까 그러는 거 아냐? 지가 무슨 귀족가의 도련님이야, 뭐야? 오거 같은 새끼가 우습지도 않게."

스웬이 뭐라 하려다가 그냥 묵묵히 걸었다. 맞는 말이었다. 평민 아이들은 열 살만 돼도 작은 가축들은 다 잡는다.

닭 정도야 손가락 하나로 목을 비틀고, 개 대가리를 몽둥이로 내려치는 일쯤은 예사로 한다. 좀 더 크면 돼지 멱따는 것쯤은 즐거움이었다. 연례행사로 고기를 먹을 수 있으니 말이다. 그런데…

1골드는 들어올린 검을 내려치지 못했다, 자신의 운명을 아는지 눈물을 글썽거리는 돼지 한 마리한테.

"쳐! 너 바보냐!"

스웬이 답답하다는 듯 재촉했다. 브라이언도 눈살을 찌푸리고 있었다. 돼지 한 마리도 잡지 못하면서 검사 수련을 쌓다니 있을 수 없는 일이었다.

간단한 동작이었다. 그냥 눈 딱 감고 후려치면 끝난다. 그런데도 1골드는 굳어 움직이지 못했다.

아무리 꿈이라지만 생명을 빼앗는 일이었다. 식탁에 올라오는 고기를 먹지 않는 것은 아니지만 이것과 그것은 달랐다. 숨 쉬고 있는 생명이었다.

마음을 다 잡은 듯 1골드가 질끈 눈을 감고 팔에 힘을 주었다.

"에잇!"

땅!

어이없게도 바닥을 내려쳤다. 힘이 워낙 좋아 땅에 검이 깊숙이 박혔지만 그까짓 건 문제가 아니었다. 돼지 목이 멀쩡했다.

어제 있었던 일이었다.

그런 이유로 셋은 산에 오르고 있었다.

산맥 안으로 깊숙이 들어가자 찾는 것들이 하나둘 기어나왔다.

먼저 슬며시 모습을 보인 것은 난쟁이 몸에 개와 도마뱀을 반쯤 섞어놓은 머리를 가진 코볼트였는데 슬쩍 일행을 보더니 그냥 사라졌다. 워낙 영리한 놈이라 상대가 안 된다 여겨 몸을 피한 것이다.

"젠장!"

브라이언의 투털거림을 뒤로하고 일행은 발을 떼었다. 찾지 않아도 잘만 튀어나오던 놈들이 오늘은 단체 야유회라도 갔는지 보이지 않았다. 기껏해야 앤트 자이언트(거대 개미) 몇 마리밖에 없었다.

두어 시간쯤 주변을 헤매다 보니 어느새 태양이 슬슬 산봉우리 위까지 와 있었다. 산속의 낮은 짧다. 돌아갈 시간이었다.

막 몸을 돌리려 할 때였다.

푸드득!

산새가 높이 날아오르고 미미한 진동이 느껴졌다.

쿵! 쿵! 쿵!

불길했다.

후두둑! 쿵쿵!

역시나 불길했다. 중량감 넘치는 발걸음, 몇 종류가 되지 않는다. 최악이면 상급 몬스터인 오거나 미노타우로스, 한 방에 죽기를 바란다면 트롤이요, 재수없으면 샤벨 타이거, 살기를 희망하면 리저드맨이었다.

"오오오! 젠장! 튀어!"

2, 3m 높이의 나뭇가지를 젖히는 푸르스름한 손에 창날 같

이 기다란 손톱, 브라이언은 뒤도 돌아보지 않고 뛰었다. 뛰어봤자 결과는 같다는 것을 모르지는 않지만 그래도 본능이었다. 단거리에서 트롤은 말보다 더 빠르다. 하물며 인간이…….

스웬은 떨리는 다리를 진정시키고 이를 악물었다. 원래 목적은 1골드에게 무리에서 떨어진 오크나 몇 마리 몰아주어 상대하게 하는 것이었다.

실전을 겪다 보면 살상에 대한 망설임이 없어진다. 오크는 키워진 가축이 아닌 마성에 젖어 투쟁심으로 똘똘 뭉친 종자여서 일단 달려들고 보는 놈들이었다.

그럼 1골드도 자연스레 위협을 느껴 검을 쓰는 것에 망설임이 사라질 것이다. 그한테도 그랬지만 유진은 검을 쓸 마음의 준비가 되어야 가르침을 내린다.

그랬는데, 여기까지 트롤이 내려오다니 운도 더럽게 없었다. 몬스터 간에도 영역이 있어 깊이 들어갈수록 오거 같은 상위 종족이 차지했고 이런 산맥 언저리는 오크보다도 못한 고블린 정도였다.

1골드는 무슨 생각을 하는지 트롤만 쳐다보고 있었고 스웬이 그 앞을 막아섰다.

"어차피 죽을 목숨이다. 1골드야, 그래도 검을 든 전사로서 할 만큼은 하고 가자."

3m에 달하는 녹색 괴물, 몸통보다 팔다리가 유난히 긴 체

구에 1골드의 얼굴만큼이나 일그러진 모습이었다. 마치 거울을 보고 있는 듯했다. 피부가 번들거리는 비늘로 덮여 있지만 않으면 큰형이라 해도 믿을 것 같았다.

기세 좋게 다가서던 트롤도 1골드를 보고는 잠시 주춤했다. 고개를 기우뚱하는 모습이 넌 뭐냐 하는 것 같았다.

인간 몬스터와 괴물 몬스터가 서로를 바라보고 있었다. 먼저 트롤이 기선 제압이라도 하듯 날카로운 이빨을 드러내면서 안면을 비틀었다. 1골드도 만만치 않게 구겼다. 헛웃음을 지은 것이다.

자신을 보고 몬스터, 몬스터 하기에 생김새가 인간 같지 않아 괴물이라고 부른 것이라 생각했었다. 그런데 신화 속의 괴물이 진짜 등장했다. 당황스럽기도 하고 황당한 꿈이었다.

"죽어? 저게 사람 죽여?"

"식인 괴물이야. 몬스터는 대부분 사람을 잡아먹는다. 그동안 즐거웠다, 1골드. 다음 세상에는 똑똑하게 태어나라. 사람들한테 무시당하지 말고, 임마."

1골드는 묘한 상황에서 자신만의 세계로 빠져들었다. 꿈속에서 죽으면 어떻게 될까? 그대로 꿈이 끝나는 것일까, 아니면 없었던 일처럼 그전으로 돌아갈까. 현실보다 먼저 죽음을 경험하다니, 죽음에 대한 강박관념이 상당했었나?

"브라이언 저 개자식!"

"내 저 새끼 저럴 줄 알았다니까."

골짜기가 내려다보이는 산중턱에 네 명의 사내가 수풀 사이에서 몸을 숨기고 있었다. 수련 검사 일행을 따라온 유진과 그의 대련 상대이기도 한 유진 사단 상급 검사 세 명이었다.

1골드와 버금가는 덩치 터커가 당장 나설 것처럼 어깨를 들썩였다.

"내버려 둬라."

"아니, 대장님, 저 호로자식을 내버려 두다니요? 내 당장 발모가지를 분질러서."

"버려."

축출이었다. 살아남는다면 유진 휘하에서뿐만 아니라 용병단 자체에서 떠나야 한다.

유진은 등 돌린 비겁자보다는 앞의 상황이 더 중요했다.

"저희가 나서겠습니다."

수풀로 사라지는 브라이언에게서 시선을 돌린 터커가 나섰다. 상급 검사 세 명이면 트롤은 충분히 상대가 되었다. 유진에게는 식후 간식거리도 정도. 그만큼 검에서 형태를 가진 마나인 오러를 뽑을 수 있냐 없냐의 차이가 컸다.

유진은 말없이 돌아가는 사태를 지켜보았다. 트롤이 움직이면 수련 검사 두 명 정도는 순식간에 어육이 된다. 그걸 알고 있었지만 상황이 이상하게 돌아갔다.

트롤의 기세가 광포한 건 변함이 없었다. 그런데 그의 경험과는 다른 면이 있었다.

좀 더 지켜보기로 마음을 굳혔다. 심심해서 몬스터를 찾아 산에 들어온 게 아니다. 자질밖에 없는 1골드에게 강인한 전사의 마음을 심어주어야 한다.

"활을!"

만일을 위한 대비였다. 위급한 상황에 처하면 마나를 머금은 화살이 잠시의 틈을 벌어줄 것이고 그사이에 구하면 된다. 1골드의 목숨이 위험할 때까지 시위를 놓지 않을 생각이었다.

먼저 움직인 것은 스웬이었다. 공포심을 없애 버리려는 듯 악에 받쳐 소리쳤다.

"냄새 나는 괴물 자식! 죽어라!"

번뜩이는 검을 앞세워 힘차게 땅을 박차는 모습이 사뭇 당당했다. 세 번의 도약으로 십 보의 거리를 없애고 한 치의 오차도 없이 트롤의 목을 향해 검을 휘둘렀다.

"이야야얍!"

캉! 크리릭!

하지만 거기까지였다. 달려든 기세와는 달리 너무 쉽게 막혀 버렸나. 목젖과 검 시이엔 어느새 손톱이 끼어 있었다. 트롤의 시선은 이까짓 것쯤은 신경도 안 쓴다는 투로 여전히 1골드에게 있었다.

스웬을 슬쩍 내려다본 트롤이 귀찮다는 듯 팔을 휘둘렀다. 스웬의 검보다 더 빠른 동작이었다.

하지만 스웬도 어린 나이부터 검으로 단련한 몸이었다. 검을 앞에 세우고 십자 형태로 다른 팔을 붙여 상체를 보호했다.

카앙!

“우왁!”

정말 무식한 힘이었다. 스웬이 줄 끊어진 연처럼 훌훌 날아가고 토막난 검이 허공을 빙글 돌아 바닥에 떨어졌다. 땅에 떨어진 스웬이 바닥을 구르곤 큰 타격을 받지는 않았는지 벌떡 일어서 부러진 검을 고쳐 잡았다.

괴성을 토해낸 트롤이 어느새 1골드 앞에 서 있었는데 머리를 움켜잡아 부숴놓으려는 듯 손을 뻗었다.

“안 돼! 야! 이 자식아, 정신 차려!”

넋 빠진 놈처럼 멍하니 있는 1골드가 답답했다. 일반인들도 1골드와 똑같은 반응이지만 검을 든 검사로서 헛된 반항이라도 할 줄 알았는데.

스윽…….

“엥? 쓰, 쓰다듬어? 허…….”

날카롭게 벼른 칼날 같은 트롤의 손톱이 1골드의 얼굴을 쓰다듬고 있었다. 혀를 낼름거리며…….

발정기에 힘의 논리에 밀린 트롤은 영역에서 밀려날 수밖에 없었다. 그래서 화풀이 대상을 찾아 돌아다니고 있는데 우연찮게 인간에게 끌려가는 암컷(?)을 만났다.

가슴 정도로 키는 조금 작아도 유난히 뽀얀 살결에 얼굴은 바라볼수록 빛이 나는 미녀였다. 그녀도 자신이 싫지만은 않은지 수줍은 미소를 보여주었다. 하찮은 인간 정도야 볼일(?)을 보고 잡아먹어도 된다. 그보다 다른 게 더 급했으니.

부우욱!

인간이 씌운 거추장스런 겉가죽을 벗겨 버렸다. 그런데 가슴은 민망할 정도 밋밋했고 밑은…….

크워어어어어어!

1골드는 옷을 찢어발긴 트롤이 죽음을 내리려 하는 듯 흉폭한 괴성을 질러도 움직이지 못했다. 거기에 매섭게 몰아치는 이 따끔따끔한 기운이 살기라는 것을 처음 알았다.

기절하고 싶었다. 너무 무서워 꿈이 끝나기를 바랐다. 그런데 번들거리는 타액에 젖은 날카로운 이빨이 변함없이 앞에 있었다. 꿈이 끝나지도 않았다.

죽기는 싫었다. 꿈을 끝내고 싶지 않다는 마음보다 생존 본능이 앞섰다.

뮤아아잉!

퍼퍽!

어떻게 했는지 모르겠지만 정신을 차렸을 때 대검의 검날이 트롤의 어깨에 반쯤 파묻혀 있었고 놈의 머리를 관통한 화살이 보였다. 가슴 어름이 화끈거렸다. 가슴에 붉은색으로 사선지가 그려져 있었다. 손톱이 스쳐 간 것이다.

끝났구나 하고 잠시 마음을 놓았다. 그때였다. 꺼져 가던 트롤의 눈에서 태워 버릴 듯한 광망이 터져 나왔다. 이어 트롤의 팔이 움직였다.

카앙!

손에 전해져 오는 엄청난 진동에 검을 놓쳐 버렸다. 이어 세찬 풍압이 머리를 향해 몰아쳤다.

1골드는 아무 생각도 나지 않았다. 여태 배워온 검술과 격투술은 어디로 갔는지 그저 본능적으로 달려들었다. 때마침 머리 위로 트롤의 손톱이 스쳐 갔다.

"우아아아!"

덩치에 비해 상대적으로 얇은 트롤의 허리를 두 팔로 감싼 1골드는 트롤만큼이나 괴성을 지르며 팔 근육이 터져라 젖먹던 힘까지 쏟아 부었다. 이를 악문 입술 사이로 피가 흘렀고 눈에서 굵은 눈물이 흘러내렸다.

우워워어어억!

퍼퍽! 퍼퍼퍼퍽!

등에 격심한 고통이 왔다. 1골드는 각지 낀 손에 더욱 힘을 주었다.

우드드득!

뼈가 어긋나는 소리가 들리는가 싶더니 트롤이 한쪽 무릎을 꿇었다. 1골드는 정신없는 와중에 언뜻 갑옷처럼 단단한 몸과는 달리 연약해 보이는 트롤의 얇은 목이 눈에 들어왔다. 망설임도 없었다. 입을 최대한 벌려 트롤의 목을 물어버렸다.

창칼로도 베지 못한다는 비늘이었다. 이빨이 목을 파고들지 못하고 두꺼운 벽에 막혔다. 1골드는 포기하지 않았다. 마치 생명수가 저 비늘 안에 있다는 듯이 이를 세차게 갈았다.

어디서 그런 힘이 나왔을까. 알지 못하는 초인적인 힘이 발동했는지 아니면 트롤의 편린인지 비늘 한 개가 뜯겨졌다.

시궁창의 썩은 냄새가 이러할까. 트롤의 살결에서 심한 악취가 풍겨왔다. 그러나 조금씩, 조금씩 이빨로 살을 물어뜯어 내고 더욱더 안으로, 안으로 입을 놀리자 곧 비릿한 액체가 터져 나왔다. 생명수다. 피다. 비릿한 피가 목구멍 속으로 마구 넘어갔다.

꿀꺽! 꿀꺽!

어느 순간 거칠게 반항하던 트롤의 몸이 힘이 빠지는 듯한 느낌이 들었다. 하지만 1골드는 입을 더욱 크게 벌리고 입놀림을 더욱 빨리했다. 그저 죽기 싫다는 생존 본능만이 그를 지배했다.

우적우적.

유진을 비롯한 모든 이들의 동작이 멈췄다. 트롤의 등에 칼질을 하던 스웬도, 트롤의 머리통을 반쯤 날려 버린 유진도, 뒤쫓아오던 터커와 검사들도.

1골드의 모습이 트롤의 피를 빠는 뱀파이어 같았다.

"… 골드… 1골드."

유진의 목소리였다. 1골드는 멈추지 않았다. 피를 넘기는 목젖의 움직임이 더욱 빨라졌을 뿐.

쭈읍! 쭈읍!

"1골드! …유진 2세!"

멈칫!

그때서야 1골드의 동작이 멈추었다. 흐릿한 1골드의 눈에 유진이 가득 들어왔다. 눈물이 더욱 쏟아져 앞을 가렸다. 유진에게로 가고 싶었지만 깍지 낀 손이 풀리지 않았다. 몸이 사정없이 떨려왔다.

"어버버, 어흑흑흑……."

무슨 말인가를 해야 하는데 말이 나오지 않았다.

입가에서부터 흘러내린 진녹색의 피가 전신을 덮은 채 펑펑 눈물을 흘리는 1골드에게로 유진이 말없이 다가갔다. 숨이 끊어져 축 처진 트롤의 시체를 잡고 있는 1골드의 손을 풀어주었다.

1골드는 갓 태어난 어린아이와 같다는 것을 그는 잠시 잊고 있었다, 모든 것이 새로 시작인 것을.

유진은 이제야 진짜 양자를 들였다는 것을 실감했다. 산만
한 덩치의 어린아이를 말이다.
"으앙앙앙앙앙!"
1골드가 아이처럼 울었다. 유진은 그저 그런 1골드를 가만
히 안아주었다. 울음이 멈출 때까지…….

Chapter 6

생명 연장의 꿈

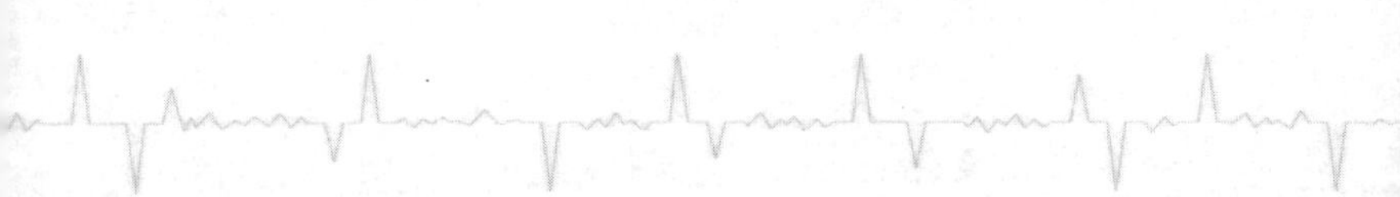

유진의 저택 2층에 마련된 1골드의 방이다.

일반 용병의 막사에서 마구간 옆 종자의 거처로, 다시 유진의 저택으로, 짧다면 짧은 반년 만에 1골드의 위상이 어떻게 변했는가를 단적으로 보여주는 것이다.

한번 연구에 몰두하면 하늘이 무너지기 전까지 엉덩이를 뗄 줄 모르는 봄멜조차 헐레벌떡 뛰어올 정도였다.

"봄멜님, 어떻습니까? 곧 일어나겠지요?"

오만상을 찡그린 봄멜이 유진을 쏘아보았다.

"흥! 아들로 삼기까지 했으면서 이게 무슨 꼴인가! 트롤과 육박전을 벌이다니. 자네 지금 제정신인가!"

얼굴이 붉어진 유진이 고개를 숙였다. 입이 열 개라도 할 말이 없었다. 그의 욕심 때문에 벌어진 일이었다.

"휴우… 면목없습니다. 생명엔 지장이 없겠지요?"

열이 펄펄 끓어오르는 1골드에게 봄멜이 눈길을 돌렸다.

"허허, 내 살다 살다 트롤을 잡아먹었다는 놈을 볼 줄이 야……."

"잡아먹은 게 아니고, 목을……."

"시끄럿! 그 말이 그 말이지! 아이구… 이놈아! 얌전히 내 옆에서 마법이나 배울 일이지, 저런 머리에 똥만 찬 놈들이 하는 짓거리가 뭐가 좋다고 칼을 들고 설쳐, 설치긴. 쯧쯧쯧, 에잉!"

"저기 봄멜님, 1골드는……."

"몰라! 나도. 몬스터 피를 냉수 처먹듯 벌컥벌컥 들이마셨 다는 놈들을 본 적이 없으니."

세상에 누가 마물인 몬스터의 피를 마실 생각을 하겠는가. 트롤의 피가 약으로 쓰이기는 하지만 마법사의 손을 거쳐 정 제되어야 한다.

"겉에 난 상처는 치료가 되었으니 보름 정도면 깨끗하게 아물 것이야."

치료 마법으로 자상을 치료할 수는 있으나 그건 벌어진 살 만 붙여주는 것이다. 마법의 치유력은 손상된 세포에 기운을 북돋아주는 역할이다. 아무리 마법이라도 내상과 정신병은 치료가 불가능했다.

"그럼 열은 왜 나는 걸까요?"

유진을 흘겨본 봄멜이 혀를 찼다.

"충격을 받았겠지. 아무리 강심장인 놈도 트롤의 아가리에 머리가 들어갔다 나오면 멀쩡하겠나? 제정신을 차리고 있는 게 더 이상하지."

일반 백성들은 트롤을 만나면 털썩 주저앉아 오줌을 지린다. '나 잡아 잡수' 하는 꼴이지만 공포에 질려 정신이 공황 상태에 빠져 몸이 굳어버리는 것이다. 맹수에게서 자연적으로 뿜어져 나오는 흉성이 그리 만든다.

1골드가 비록 검을 수련했다고는 하나 미천한 수준이었다.

한편에 서 있던 터커가 뒷머리를 긁으며 나섰다.

"저기, 봄멜님, 트롤은 비늘도 단단하고 재생력도 장난이 아닌데요. 어떻게 1골드가 목줄기를 물어뜯었을까요?"

상황 파악을 전혀 하지 못하는 황당한 질문에 봄멜이 한마디 하려 했으나 유진이 먼저 눈을 부라렸다.

"이노옴! 지금 그걸 말이라고 하는 것이냐! 네 눈엔 내 아들 모습이 보이지 않느냐! 네놈이 감히 나를 능멸하려 들다니!"

1골드를 양자로 들인 것은 알고 있었으나 유진 휘하 검사들은 수긍을 하지 못한 상태였다. 주군의 후계는 곧 주군과 같다.

주군인 1골드. 영 받아들이기가 힘들었다. 잠시 유진이 뭔가에 홀려서 잘못된 결정을 내린 것이라 생각했고 얼마 지나지 않아 내칠 것이라 믿고 있었다.

"주군, 죽을죄를 지었습니다. 제가 실언을 했습니다. 용서해 주십시오."

터커가 한쪽 무릎을 꿇고 용서를 빌자 나머지 두 검사도 같은 동작을 취하곤 동료의 선처를 구했다.

"험험."

주위를 환기시킨 봄멜이 말했다.

"이해하게. 아직 익숙지 않아서 그럴 것이니. 그보다 나도 그 생각을 해보았는데, 천운이 겹쳤다고 보네. 인간도 그렇지만 단련하지 못하는 곳이 몇 군데 있지 않나. 사타구니나 눈 같은 곳 말일세. 트롤도 다른 곳보단 목이 약했을 테지. 거기에 1골드가 죽음에 직면해 상상도 하지 못할 힘을 발휘했을 거고. 자네들이 알지 모르겠지만 신체 중 가장 근력이 뛰어난 곳이 여기 입일세. 게다가 트롤의 재생력은 피를 근원으로 해서 빠르게 피부 조직이 자라는 것인데 피부를 재생할 여유조차 없이 1골드에게 피를 빨렸으니 그렇지 않겠나?"

그 당시를 회상하니 맞는 말 같았다. 며칠은 굶주린 들짐승처럼 목을 마구 물어뜯고 있었다. 괜스레 오한이 든 터커가 부르르 떨었다. 꿈에서도 다시 보기 싫은 장면이었다.

사람이 죽음에 직면하면 두 가지 반응을 보이다고 한다. 잊으려 하거나 공격하거나. 1골드는 공격을 선택했다.

"유진."

"예, 봄멜님."

봄멜이 자리에서 일어서며 말을 붙였다.

"트롤의 피가 어떻게 작용할지 모르니 한시도 눈을 떼서는 안 될 것이야."

"예, 알겠습니다. 터커를 밤새 옆에 붙여놓도록 하겠습니다."

"쯧쯧쯧, 붕대도 갈아주고 식은땀도 닦아주어야 하는데, 저런 산도적 같은 놈에게 간호를 맡기겠다니."

"험! 간병인을 구하겠습니다."

말은 했지만 그도 쉽지 않은 일이었다. 1골드를 항상 보는 하녀들도 1골드가 나타나면 슬금슬금 자리를 피했다. 얼굴에서 풍기는 분위기도 그랬지만 지난번에 발생한 식당 미수 사건이 용병단 전체에 퍼져 알 만한 사람은 다 알고 있었다.

그런 하녀들이 정성껏 1골드를 돌봐준다고는 믿기지 않았다.

주변을 물리고 한 시간여가 흐르자 집사가 한 소녀를 데리고 들어왔다.

"주인님, 간병인을 구했습니다."

십칠, 팔 세 정도의 소녀로 미인도, 그렇다고 못생겼다고도 할 수 없는 평범한 용모였다. 살짝 머금고 있는 친근한 미소가 어울린다고나 할까. 나이답지 않게 포근함이 느껴지기도 했다. 그런데 눈의 초점이 허공에 머물러 있었다.

"누군가?"

"안녕하세요. 성 밖 마을에 살고 있는 그란델이라고 하옵니다."

집사가 덧붙여 설명하였다.

"이 아이의 아버지가 마을에서 의사 노릇을 하고 있습니다. 환자를 돌본 경험도 많고, 험험, 눈이 불편하긴 하지만 차라리… 도, 도련님을 간병하는 데는 제격입니다."

집사는 보지 않는 게 차라리 낫지 않겠냐는 말을 할 뻔하다가 실태를 깨닫고는 급히 말을 흐렸다.

유진도 내심 맞다 싶어 아무런 말도 하지 않았다. 스쳐 가는 이야기로 소녀에 대해 들어본 적이 있었던 것 같다, 마음씨 착한 장님 소녀가 고아가 된 아이들을 돌본다는 이야기를.

*　　　*　　　*

"으아아아악!"

목청 높여 비명을 지르고 있었다.

하나, 그것도 자신만의 생각, 목울대를 울리며 나오는 비명은 재채기 소리만큼도 되지 못했다. 그나마 이불이 흠뻑 젖도

록 흘린 식은땀이, 비명이 악몽에 의해 터져 나왔다는 것을
알려주었다.

상체를 일으키려고 발버둥 치던 정우는 어머니의 손길에
의해 겨우 진정되었다. 정말 끔찍한 광경이었다.

쥐가 파먹은 것마냥 파헤쳐져 있는 트롤의 꺾인 목, 갈기갈
기 찢겨진 피부로 언뜻 뼈다귀가 보이고 진녹색의 피가 쿨럭
쿨럭 넘쳐 나는 목에 뚫린 구멍. 게다가 그것과 똑같은 것을
들이마셨으며 마시다 못해 흘러넘쳐 앞섶을 다 적시고 있었
다.

그 광경을 만든 장본인이 그였다.

"우웨에엑!!"

먹은 음식물도 없건만 정우는 구역질을 해댔다. 깜짝 놀란
어머니가 그릇을 대었으나 이미 쏟아진 멀건 액체는 이불을
적셨다.

정우는 이미 음식물을 소화할 능력을 상실해 영양 주사로
연명하고 있어 나올 토악물도 없었다.

"하아… 하아… 하아……."

"정우야! 아이구, 내 새끼! 제발… 흑흑흑……!"

"허억… 허억… 괜찮아, 엄마. 별일 아니야. 악몽을 꿨어.
그냥 악몽 말이야. 악몽……."

생각하기도 싫은 일이었다. 다시는 보고 싶지 않은 광경이
었다. 그런데 자꾸 목을 물어뜯던 감촉이, 입 안을 가득 메운

비릿한 액체의 노린내가, 목구멍을 꾸역꾸역 넘어가는 몸서
리쳐지는 느낌이 생생히 떠올랐다.

그동안의 수련도 한순간에 물거품이 된 듯했다. 마구잡이
로 떠오르는 생각들을 지워 버리고 선택해서 볼 수 있는 그
능력이 이 순간만큼은 사라지고 없었다.

아직도 이빨 사이에 질기디질긴 괴물의 살덩이가 남아 있
는 것 같았고 천장에는 광기에 휩싸인 눈이 매섭게 째려보는
것 같았다.

"헉헉… 헉헉. 허어어억!"

가슴을 움켜쥔 정우가 거친 숨을 쉬다 일순간 급히 숨을 몰
아쉬며 얼굴빛이 더할 수 없이 창백해졌다. 급속한 산소 결핍
이었다.

망연자실 정우의 몸을 흔들고만 있는 어머니를 밀친 아버
지가 달려들어 침대 옆에 준비해 놓은 산소 마스크를 급히 정
우의 입에 씌웠다.

트롤의 피를 마신 후유증이 현실에서 일어나고 있었다.

삐… 삐… 삐…….

침대가 들썩일 정도로 요동치던 정우가 점차 진정이 되었
다. 부모를 바라보는 그가 눈으로 무슨 말인가를 건네는 것
같았다.

미안하다는 말을…….

눈물을 머금은 정우의 눈이 스르륵 감기고 급박했던 장소

엔 아무 일도 없었다는 듯 정적이 찾아들었다.

그날 정우는 구급차에 실려 짧지만 강렬했던 기억을 만들어준 장소를 떠났다.

생명 연장의 꿈을 꾸던 그곳을…….

*　　　*　　　*

생명 연장의 꿈.

정우만 바라고 있는 것은 아니다. 모든 인간의 소망이다.

특히 죽음을 목전에 두고 있는 사람이면 더욱더 애절할 것이고, 그 사람이 막강한 권력과 써도 마르지 않는 금력이 뒷받침된다면 그 노력은 상상을 불허할 것이다.

"헉. 헉. 허억! 여, 여봐라. 뭣들 하느냐! 나를, 나를. 나는 아직 죽을 수 없다."

눈이 번쩍 뜨일 정도로 크고 화려한 방이다. 세상의 진귀한 보물은 죄다 모아놓은 듯 눈길이 닿는 곳마다 휘황찬란한 빛을 뿌리는 장신구들이 가득했다.

두터운 휘장이 쳐진 커다란 침상에 누운 한 노인이 거친 숨을 몰아쉬고 있었다. 퀭하게 파인 두 눈과 검버섯이 피부를 온통 덮은 모습이 임종을 코앞에 두고 있는 듯했다.

노인이 떠나가려는 영혼을 붙잡기라도 하려는 듯 앙상한 손을 휘저었다. 부들부들 떨리는 손길에 삶의 미련과 죽음에 대한 공포가 짙게 배어 있었다.

"왕세자! 세자야, 어디 있느냐? 이 아비를 이렇게 보낼 것이냐. 이노옴! 내가 너를, 너를 어떻게 키웠는데… 허억!"

그나마 남은 미력한 기력을 짜 모아 의미없는 외침만 쏟고 있었다.

"저, 전하!"

"밥… 밥은… 어디 있느냐! 밥 쿠르겟 공작을 불러라. 어서!"

일국의 후계자를 옆집 아이마냥 부르고 만유 왕국의 유일한 6써클 마법사를 찾는 노인은 만백성의 생살여탈을 손짓 한 번으로 결정짓고 만조백관이 고개를 조아리는 드미트리 국왕이었다.

60세를 갓 넘긴 드미트리, 왕국 역사에 커다란 획을 긋는 명왕도 아니고, 만백성의 사랑을 받는 왕도 아니었다. 피도 눈물도 없는 힘의 논리가 지배하는 국제 정세 속에서 욕심 부리지 않고 국가를 유지한 정도에 지나지 않았다.

국제 관계에서는 발언권조차 희미한 그였지만 왕국 내에서는 누가 뭐래도 최고의 권력을 움켜쥔 절대 권력자였다. 그가 떠나려는 육체를 부여잡고 좀 더 살아보려고, 좀 더 권력을 만끽하려고 젖 먹던 힘까지 쥐어짰다.

"으헉……! 이, 이놈들! 뭣들 하느냐! 이 죽일 놈들. 네놈들이 나를 이렇게 만들었으렷다. 근위대장, 저놈들을 다 잡아

목을 쳐라, 목을 쳐!"

대상없는 분노였다.

비통한 표정의 왕세자 올란도나 밥 공작, 그 누구도 대답할 수 없었다.

침상 주변에는 왕의 마지막 순간을 지키기 위해 최고위 귀족들이 모여 있지만 왕의 마지막 삶에 대한 집착을 충족시켜줄 수 없었다. 그저 임종 순간에 목 놓아 울고 빠르게 재편되는 힘의 역학 관계에 편승해야 한다.

연방에 줄을 대고 있는 왕세자에 붙을 것인가, 그 자질과 카리스마로 왕국 내 기사들의 신임을 얻고 있는 이왕자 포리암을 따를 것인가를 결정해야 한다.

대세는 왕세자에게 기울고 있었지만 이왕자의 세력도 만만치 않았다. 마지막 남은 북방의 오드넬 영주의 선택에 따라 기울던 정세가 팽팽하게 유지될 수도 있었다.

"이왕자 전하와 오드넬의 영주 알폰소 공 듭시오!"

시종의 목소리가 어수선한 방 안을 환기시켰다.

포리암과 알폰소라니, 침울했던 왕세자의 얼굴이 급격히 굳어졌다. 알폰소에게 중립을 유지할 거라는 언질을 은밀히 받아놓은 상태였다. 임종이 경각에 달려 있는데도 포리암이 보름 동안이나 왕궁을 비운 이유가 이것인 것이다. 왕의 상태 따위는 이미 그의 안중에서 사라졌다.

스르르.

소리없이 문이 열리고 두터운 콧날에 꽉 다문 입술에서 강인함이 풍기는 포리암이 들어섰다.

하지만 중인들의 시선은 그에게도, 그 뒤를 따른 알폰소에게도 있지 않았다. 포리암과 어깨를 나란히 하고 들어서는 청년.

"오오!"

"허업!"

분위기와 어울리지 않는 찬탄이었다.

일생에 한 번 볼까 말까 한 엘프의 모습이 이러할까. 청년은 눈부시게 아름다웠다. 인간이 흉내 낼 수 없는 천상의 아름다움. 사람들은 자신들의 처지도 잊은 채 넋이 빠졌다.

순금으로 만들어진 것 같은 윤기나는 금발에 손대면 묻어날 것 같은 새하얀 피부와 하늘 높은 줄 모르고 솟은 오똑한 콧날, 수정처럼 반짝이며 그 깊이를 알 수 없는 맑은 두 눈에 자르르 윤기가 감도는 입술이라니. 천상의 아름다움이다. 너무 아름다워 소름이 돋을 정도였다.

"네 이놈! 아바마마가 위중하시거늘 어딜 그렇게 싸돌아다니는 것이냐!"

제일 먼저 정신을 차린 것은 왕세자 올란도였다. 이왕자에 비해 자질이 떨어지긴 하지만 왕권을 다툴 정도의 재능은 가지고 있었다.

대꾸도 없이 올란도를 한번 흘겨본 포리암이 침상으로 향했다.

"아바마마, 소자 다녀왔습니다."

"네, 네 이놈. 허억!"

파리했던 국왕의 안색이 급격히 창백해졌다.

"저, 저언하!"

"어어어! 신이시여. 저언하!"

때마침이라던가. 기다렸다는 듯이 귀족들이 무릎을 꿇고 목소리를 높였다.

그때였다. 피부만큼이나 하얀 백색의 옷을 입고 있는 청년이 왕에게로 다가섰다.

"뭐 하는 짓이냐!"

"신관입니다. 놓아두시지요."

올란도가 청년의 앞을 막아서자 포리암이 나섰다.

올란도는 속으로 비웃음을 흘렸다. 겨우 데려왔다는 인물이 신관이었던가. 그것도 갓 스물이나 먹었음직한 어린애를.

신관의 힘은 신에 대한 사랑과 믿음으로부터 온다. 저런 어린애가 한평생을 신을 모신 고위 신관들보다 나을 리는 없었다. 이미 각 교단에서 고위 신관들이 왔다 간 후였다.

가슴을 부여잡고 헐떡거리는 왕에게 다가간 청년이 백옥같이 가늘고 긴 섬섬옥수(纖纖玉手)로 왕의 손을 잡았다.

꽃이 만개하는 순간이 이러할까. 청년이 부드러운 미소를 지었을 뿐인데 어두침침했던 방 안이 환해졌다. 침울하게 가라앉았던 분위기가 화사함으로 바뀌었다.

그때서야 올란도는 긴장했다. 보통 청년이 아니다. 순간 그의 뇌리에 번개처럼 스쳐 간 한 단어가 있었다.

어린 성자.

이웃한 신성 투실바 왕국으로부터 조금씩 퍼지기 시작한 소문으로 죽은 사람도 살린다고 했다.

웃어 넘겼다. 왕세자에 오른 지 너무 오래되어 인내가 바닥이 났다. 포리암은 마지막 희망을 그에게 건 것이다. 실책이다. 말이 안 되는 소문이지만 시도는 해봤어야 했다.

후우웅!

"헉!"

순간 엄청난 기운이 방 안을 휘돌았다. 마스터 급인 근위대장이 자신도 모르게 검병을 잡을 정도로 어마어마한 양의 마나가 청년에게로 모여들었다.

이어 눈부신, 찬란한 서광이 미청년과 왕을 휘감았다. 가슴을 부여잡고 있던 왕의 손이 천천히 내려가고 창백했던 얼굴에 핏기가 돌기 시작했다. 거칠게 몰아쉬던 숨이 규칙적으로 변했고 어느새 편안한 얼굴이 된 왕이 깊은 잠에 빠져들었다.

만면에 미소를 지은 포리암이 청년에게 물었다.

"크라우치님, 어떻습니까?"

일국의 왕자가 존칭을 쓴다. 소년의 위치가 예사롭지 않음이 있다.

"급한 불만 끈 상태입니다."

듣는 사람이 절로 기분 좋아지는 맑은 목소리였다. 그 누구보다 아름답고 고귀한 청년이 목소리까지… 남자라는 것도 믿기지 않았다. 여신이다. 여신의 재림이다.

"다행히도……."

모두의 시선이 크라우치의 입에 모였다. 안 그래도 그러고 있었지만.

"늦지는 않은 것 같습니다."

"오오오!"

"정말이오!"

믿기 힘든 말이었다. 6써클의 마법사도, 다른 교단에서도 손을 들었다. 벌써 국장을 준비하고 있었다. 그런데 살 수 있다니 믿기지 않는 말이었다.

턱을 치켜든 포리암이 올란도에게 비웃음을 흘렸다. 이제 신세가 뒤바뀌는 것이다. 드미트리 국왕의 살고자 하는 처절한 몸부림을 모두 보았다. 생명을 연장해 준 포리암이 후계자의 자리에 오를 것은 자명한 일이다.

힘겹게 눈을 뜬 드미트리는 잠시 동안 정신을 차리지 못했다. 천상에서나 있을 법한 아름다움이 눈앞에 있기 때문이었다.

포리암이 청년을 소개시켜 주지 않았다면 그는 정말 자신이 죽어 천국에 온 줄 알았을 것이다.

"아바마마, 라미안 교의 크라우치 사제(司祭)이옵니다."

사제라면 주교 바로 아래의 직위였다. 드미트리의 노안에 놀람이 가득했다.

"불민(不敏)한 제가 무거운 짐을 맡고 있습니다. 위대한 유일신 카뮤님의 종 크라우치가 인사 올리옵니다, 전하."

일체 미사여구가 빠진, 어찌 보면 불경한 언사였지만 그가 보여준 미소 하나만으로도 상쇄하고도 남음이 있었다.

"…내, 내가 진정 살아 있는 것이냐?"

"그렇습니다, 아바마마. 여기 계신 크라우치 사제께서 손을 쓰셨습니다."

"오오! 사제가 나를."

"그렇습니다, 아바마마. 투실바에서는 이미 성자라고 불리고 계시는 분입니다. 카뮤 신께서 강림하셨다고 하여 크라우치님을 보기 위해 성 밖까지 백성들이 가득합니다."

"부끄럽습니다. 와전된 소문이니 개의치 마시옵소서."

드미트리는 크라우치를 신이라 해도 믿을 것이다. 바로 그가 기적의 증거였다.

"크라우치 사제, 내가 완전히 나은 것이오? 얼마나 더 살수 있겠소?"

노고의 치하 따위는 없었다. 드미트리는 더 사는 게 가장 중요했나. 크라우치가 한껏 부드럽게 답했다.

“죄송스런 말씀입니다만, 아직 완치되신 것은 아닙니다. 국왕 전하, 하지만 늦지 않았습니다.”

드미트리는 오늘 놀랄 일이 너무 많았다.

“오오! 정말이오. 정말 살 수 있단 말이오? 오오! 감사합니다. 하늘이시여.”

“국왕 전하, 하늘이 아니라 카뮤님이십니다. 저는 유일신 카뮤님의 권능을 행하는 종에 불과합니다.”

크라우치는 신관답게 선을 분명히 했다.

아이온에는 크게 다섯 개의 교단이 존재한다. 한때는 가장 위세를 떨쳤던 라미안 교, 제국의 국교가 되어 교세를 무섭게 확장하는 프라이스 교, 3개국이 모여 연방을 형성한 밀리언의 중심에 자리 잡은 브리언 교, 또한 남대륙의 이니스 교와 네베르 교다.

“제가 카뮤님께 부여받은 권능으로 국왕 전하에게 새 생명을 드릴 수 있습니다. 하나.”

꿀꺽!

드미트리는 마른침을 삼켰다. 이제 겨우 60세, 나라를 달라는 조건만 아니면 무엇인들 못 들어주겠는가.

“이건 신의 섭리를 어기는 행동입니다.”

“알고 있소. 그렇겠지요. 하지만.”

다급했다. 저 아름다운 입술에서 무슨 말이 나올까 두려웠다. 제발!

"카뮤님께서 제게 말씀하셨습니다. 국왕 전하께옵서는 이 아이온을 올바른 길로 인도할 아주 중요하신 분이라고 말입니다."

"감사합니다. 감사합니다, 카뮤님."

노안에 격동의 빛이 어렸다, 평소엔 찾지도 않던 신까지 찾을 정도로.

"카뮤님께 제사를 올리기 전에 한 가지 약조를 해주셔야 합니다."

당연한 말이다. 고위 신관에게 축복을 받기 위해 억만금을 교단에 갖다 바치지 않던가. 대가가 없을 순 없다.

"무엇이든 따르겠습니다. 말씀해 주시지요."

그의 말투가 어느새 극존칭으로 바뀌어 있었다.

"카뮤님의 종들인 저희 라미안 교를 지원해 주십시오."

드미트리는 생각할 여지도 없다는 듯 흔쾌히 응했다.

"그리하겠습니다. 왕가 차원에서 전폭적인 지지를 하겠습니다."

밀리언 연방과 신성 투실바 사이에 위치한 만유에서는 브리언 교의 교역(敎域) 안에 들어 있었다. 교세도 뒤에서 받쳐주는 국가의 힘에 따라 그 세가 달라지는 법이다.

연방의 눈치를 봐야 하는 만유 입장에서는 브리언 교를 관대하게 대할 수밖에 없었다.

드미트리가 국가 차원이 아니라 왕가라고 한 이유도 여기에 있었다. 미묘한 말장난 같지만 내포하는 의미는 달랐다. 백성들에게 강제는 할 수 없으니 교세 확장은 알아서 하라는 의미였다.

자신의 목숨이 경각에 달려 있다 해도 일국의 국왕이다. 한 목숨 살리려 나라에 커다란 피해를 줄 수는 없었다.

이는 라미안 교에서도 예상한 일이었다.

소기의 목적을 달성한 크라우치는 만면에 미소를 띠었지만 속마음은 편치 못했다. 죽음이 예정된 자에게 생명력을 불어넣는 일, 쉽지만은 않은 것이다. 신의 섭리를 어긴 벌로 그에 따른 형언할 수 없는 고통은 자신이 짊어져야 한다. 교를 위해서라면…….

지상을 굽어보는 카뮤의 눈이라는 왈카가 새겨진 순백의 갑옷을 입은 기사들이 대전을 빙 둘렀다. 정사를 돌보는 자리에 때아닌 신탁이 차려지고 그 가운데 드미트리 국왕이 자리했다.

라미안 교의 성기사들은 성스러운 의식을 하는 동안 악마의 침범을 막는다는 이유로 근위 기사대를 밀어내고 그 자리를 대신했다.

죽어가는 생명을 되살리는 일, 라미안 교의 행사가 과한 면도 없지 않았지만 그만큼 어려운 일이라 제지하는 자도 없었다. 드미트리가 벌건 눈으로 쏘아보는데 반대할 인물은 왕궁에 없었다.

왕가에서 의식에 참석을 한 이는 왕비 바넷과 이왕자 포리암, 그리고 마스터의 경지에 오른 근위대장 트라제였다.

젊은 신관들이 분주히 움직이고 오랜 품위와 성스러움이 묻어나는 교구(教具)들이 질서 정연하게 신탁에 놓여졌다.

육망성을 보는 듯한 진의 꼭지점에서 초들이 불꽃을 피우자 크라우치가 드미트리를 진의 중앙으로 인도했다.

"국왕 전하, 외람된 말씀이오나 카뮤님께 기도를 드려야 하니 무릎을 꿇으셔야 합니다."

일국의 왕에게 무릎을 꿇으라니, 당장 9족이 멸할 소리였다. 하지만 대상이 전능한 신이고 목숨을 구해줄 상대인지라 드미트리는 그의 말에 따랐다.

젊은 신관이 우뚝 서 있고 늙은 국왕이 무릎을 꿇고 있는 모습, 거기에 더해 무엄하게도 크라우치가 드미트리의 머리에 손을 올려놓았다.

의식의 시작이다.

스르릉!

대전 벽면에 쭉 늘어선 라미안의 성기사들이 바싹 긴장한 채 반투명한 백색의 검을 들고 정면을 향해 곧추세웠다. 그들이 빠르게 신력을 높이자 점점 검이 순백색으로 변하였다.

크라우치를 따라온 여섯 명의 고위 신관이 신탁 위에 놓인 홀(笏)을 집고는 진의 밖에서 육망성 꼭지점 위에 자리했다.

백광을 뿌리는 검을 든 성기사들의 큰 원 안에 신력이 가득한 홀을 든 고위 신관이 작은 원을 그리고 그 가운데 진 안에서 크라우치가 드미트리의 머리에 손을 올리고 있었다.

꿀꺽!

바짝 긴장한 포리암이 마른침을 삼켰다.

어린 성자, 처음에는 믿기지 않았다. 하지만 전세를 뒤집을 방법이 없었다. 그때 백성들 사이에 퍼지는 작은 소문을 들었다. 오드넬 영주를 자신의 진영에 끌어들이기 위해 임종을 지켜보지 못한 불효자라는 불명예를 감수하고 모험을 걸었다. 겸사겸사 그도 찾아볼 요량으로.

보았다. 앉은뱅이를 일으켜 세우는 그를, 장님의 눈을 뜨게 만드는 그를. 기적이었다. 그 기적을 자신한테까지 끌어들이려 했다. 지금 이 순간만 지나면 기적이 이루어진다.

비록 몇 년이 더 지나야 왕위에 오를 수 있을 테지만 순리대로 일왕자가 왕위에 오르면 목숨까지 위태롭다.

트라제는 온몸이 떨렸다, 크라우치의 중얼거림이 길어질수록 대전에 감도는 엄청난 기운에. 검의 궁극에 도달했다는 마스터인 자신조차도 도저히 감당할 수 없는 마나의 폭풍이었다.

거기에 더해진 신성한 기운, 신력이다. 많은 신관들을 만나 보았고 그들이 행하는 기적을 보았지만, 비록 고위 신관 여섯 명과 성기사들이 도움을 주고 있다 해도 저 크라우치라는 젊은 사제의 발끝만큼도 미치지 못한다.

무신론자인 그는 절로 카뮤 신 앞에 무릎을 꿇고 고개를 조아리며 목 놓아 찬양하고픈 마음이 일었다. 그는 라미안 교의 교리도 모르고 카뮤 신도 모른다. 무서운 일이었다.

"이움타! 비라사바……! 이움타……! 세상을 찾는 지옥의 사자들이여, 그대들의 노고를 치하한다. 귀천은 인간의 순리, 그러나 유일신 카뮤의 권능으로 그대들에게 고하노니 돌아가라. 이 영혼은 카뮤님께 선택된 천영(天靈), 지옥의 속박을 벗어날지라. 카뮤님의 전능한 권능으로 명할지니 육체를 갈망하는 망령이 대신할지다. 이움타!"

"이움타!"

대전을 들썩이게 만드는 주문의 영창.

번쩍! 후화악!

고오오오……!

순간 눈을 멀게 한 빛의 폭발에 이어 진에서 솟구친 빛의 기둥이 하늘로 치솟았다. 장엄했다. 환상이다.

"오오오!"

빛의 기둥 안, 크라우치의 금발이 빛의 기둥을 따라 하늘로 치솟고 그와 드미트리 또한 서서히 허공으로 떠올랐다.

용이 승천하는 듯한 맹렬한 마나의 폭풍 속에 인간의 육체가 견디기는 한계가 있음인가. 천상의 아름다움을 가진 크라우치의 얼굴이 무섭게 일그러졌다.

"크으윽!"

고통에 찬 비명 소리를 내뱉었지만 크라우치는 드미트리의 머리에 올린 손을 떼지 않았다. 환상처럼 나부끼던 금발은 정신적 고통을 대변하듯 어느새 은색으로 변색되었고 빛이 나는 것 같던 넓은 이마엔 선명한 골이 파지고 지렁이 기어가는 듯한 굵은 핏줄이 돋아났다. 윤기가 흐르는 도톰한 입술에선 한줄기 피마저 흘러내렸다.

하지만 그는 멈추지 않았다.

"이, 이움타! 비라사마… 너에게 새 생명을 부여할지니 카뮤의 종이 될지어다. 영혼에 새겨진 맹약. 영이 소멸하기 전까진 맹세의 인은 지워지지 않으리……."

섬뜩한 주문이었으나 크라우치의 마지막 말은 웅얼거림에 지나지 않아서 트라제도 듣지 못했다.

"끼아아아악!"

신성한 의식 사이에 악마가 침범했는지 모골이 송연하게 만드는 날카로운 고성이 울렸다.

순간 매서운 눈빛을 토한 성기사들이 신력을 더욱 높이고 각각 육망성의 한 점을 점한 고위 신관들이 홀을 치켜들어 결계를 더욱 굳건히 다졌다.

빛의 고리였다. 한순간 천장에서부터 빛의 기둥을 타고 내려온 고리는 크라우치와 드미트리를 싸고 돌며 맹렬히 회전하더니 이내 확 하고 사라져 버렸다.

의식이 막바지에 달했음인가. 대전 천장을 뚫고 치솟은 빛의 기둥이 그 빛을 잃어갔다. 무게가 있는 것은 떨어진다는 진리를 보여주는 듯 크라우치도 서서히 내려왔다.

털썩!

"허억! 허억! 허어억……!"

의식의 고단함에 지친 크라우치가 거친 숨을 몰아쉬며 무릎을 꿇었다. 은백의 머리와 험악하게 변한 인상은 그대로였으나 워낙 미모가 뛰어나 다른 사람 눈에는 찡그리는 정도로밖에 보이지 않을 테지만.

이와 상반되게 드미트리는 편안한 미소를 지은 채 잠들어 있는 모습이 의식이 성공적으로 이루어졌음을 보여주었다.

왕비 바넷이 두 손을 모으고 기도를 올리며 눈물을 흘릴 정도로 장엄했던 빛은 사라졌건만 오히려 신관들과 성기사들은 긴장을 더했다. 그들의 눈은 고통에 몸부림치는 크라우치에게로 모여 있었다.

잠시 넋을 잃었던 포리암에게로 한 성기사가 빠르게 다가왔다.

"이왕자 전하, 의식이 성공적으로 끝났습니다."

"아아! 감사하오."

무엇에 쫓기는 듯 성기사가 빠르게 말을 이었다.

"국왕 전하를 침실로 모셔가도록 하겠습니다."

"허허, 그러서야지요. 당연한 말씀."

"크라우치 사제님이 과도한 신력을 소모하셔서 바로 대전을 나가실 수가 없습니다. 잠시 대전을 저희가 사용할 수 있도록 허락해 주십시오."

한눈에 보아도 무릎을 꿇은 상태로 상체를 웅크린 채 머리카락을 쥐어뜯고 있는 모습이 매우 고통스러워 보였다.

"그, 그렇게 하시오. 내 무엇인들 못 들어주겠소. 대전 호위를 강화하도록 하겠소."

"감사합니다. 대전 안에는 아무도 들어오지 못하게 하여주십시오."

포리암이 순순히 고개를 끄덕였다. 라미안 교의 얼굴인 크라우치가 고통스러워하는 모습을 아무에게도 보이고 싶지 않기 때문이리라.

젊은 신관들에 의해 드미트리가 옮겨지고 왕자 일행이 나가자 벽면에 서 있던 성기사들이 중앙으로 모여들어 작은 원을 형성했다.

"시간이 없다. 결계를 형성한다. 각 장로님들은 성기사들의 중심이 되어주시오. 어서."

한 명의 장로 뒤로 다섯 명의 성기사가 더해졌다. 성기사들의 신력이 장로에게로 모여들었다. 장로들의 주문이 시작됨에 따라 크라우치의 주위로 신성력이 가득한 둥근 반원이 형성되었다.

"크아아아악!"

육체가 산산이 부서지는 것 같다. 미친다. 신벌이 이러할진가? 근육의 섬유질이 가닥가닥 끊어지는 듯했고, 폭주하는 심장에서 쏟아내는 피가 좁은 혈관을 찢어발기며 휘돌았다. 육체를 지탱하는 200여 개의 뼈마디가 제각각 돌아가며 뒤틀린 신경 신호가 뇌를 포화 상태로 만들었다.

쿵! 쿵! 쿵!

크라우치가 머리를 대리석 바닥을 찧었다. 선붉은 피가 튀어도 그는 멈추지 않았다. 자신의 피로 물든 바닥을 뒹굴며 온몸을 더럽혔다. 의미없는 몸부림이다. 더욱 고통은 가중되었다.

라미안 신관들은 크라우치가 고통받는 모습에 피눈물이 흘렀지만 손쓸 방법이 없었다. 결계를 유지하는 것만으로도 그들은 벅찼다.

지찌 찌익! 부우욱!

온몸에 벌레가 기어 다니는 느낌이다. 크라우치는 연한 피부가 찢어져 피가 나도록 뻑뻑 긁더니 끝내 백의를 찢어버렸다. 가냘파 보이는 겉모습과는 달리 제법 단단한 근육이 드러났다. 하지만 그의 손이 스치자 하얀 살결이 붉은빛으로 물들었다.

한순간 크라우치의 몸부림이 점차 줄어들면서 작은 떨림만이 남았다. 부들부들 꿈틀꿈틀하던 그 떨림마저 곧 사라졌다.

스윽!

혈인이 된 크라우치가 무릎을 세웠다. 종아리 말굽 모양 근육이 꿈틀하며 몸이 따라 섰다. 길게 그어진 손톱 자국과 흐르는 피가 문신마냥 몸을 뒤덮었다.

고개를 숙인 크라우치, 핏빛으로 물들인 머리카락이 슬쩍 들리는가 싶더니 그 사이로 새빨간 혈안이 세상을 녹여 버릴 듯한 무시무시한 혈광을 폭사시켰다. 눈동자의 모세혈관이 고통을 이기지 못하고 다 터진 듯 눈꼬리를 따라 피눈물이 흐르는 모습이었다.

살이 떨려온다. 전율스럽다. 성자의 모습은 온데간데없이 사라지고 신마대전 이후에 전장에서 걸어나오는 신의 전사, 선천사(善天使)의 모습 같았다.

"크크크, 크하하하하!"

콰콰 콰콰쾅! 콰르르 콰쾅!

하늘을 울리는 광소와 함께 지축을 뒤집는 굉음이 터져 나왔다. 하지만 결계 밖은 다른 세상인 것처럼 쥐 죽은 듯 조용했다.

다음날 드미트리 국왕은 만면에 환한 미소를 띤 채 왕궁 테라스에 모습을 드러냈다. 백성들의 환호에 답하며 손을 흔드는 그는 그 어느 때보다도 힘이 넘쳐 보였다. 한창 나이로 되돌아간 느낌이었다.

내로라하는 명의는 물론, 고위 신관들과 마법사들까지 단한 명도 그의 죽음을 믿어 의심치 않았다. 하지만 죽음을 극복한 드미트리의 모습은 오히려 전보다 더 건강해 보였다.

오리스의 기적.

세인들은 수도의 이름 따 오리스의 기적이라 불렀다. 그 일을 가능하게 했던 인물, 어린 성자 크라우치, 이제는 어린이란 단어가 어울리지 않을 만큼 성장한 라미안의 성자 크라우치의 이름이 아이온 곳곳으로 퍼져 나갔다.

죽은 자도 살린다는 위대한 성자 크라우치. 그의 소문은 거짓이 아니었다.

백성들이 먼발치에서라도 그의 모습을 보기 위해 모여들었지만 소비한 신력이 막대해 한 달 이상을 요양한다는 왕가의 발표로 발길을 돌려야 했다.

죽어가던 왕의 부활과 성자 크라우치의 등장에 드미트리가 아끼던 후궁 아그네스의 급사(急死)는 역사 속으로 묻혀버렸다.

Chapter 7

다가서는 인연(因緣)

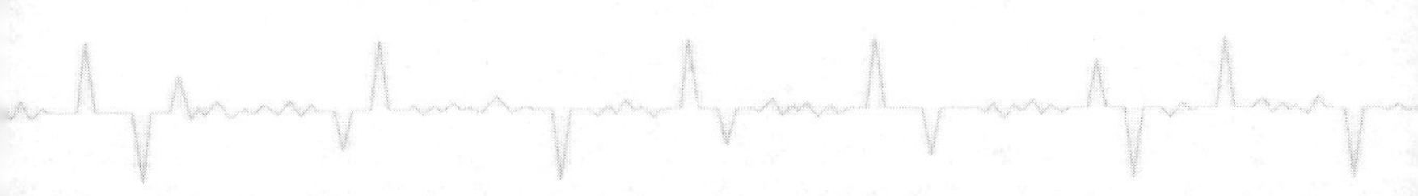

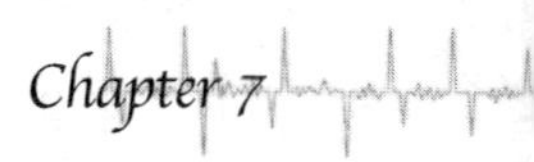

얇은 커텐 사이로 파고드는 엷은 햇빛이 눈꺼풀을 괴롭혔다. 귀찮다는 듯이 팔로 얼굴을 가린 1골드는 얼마 지나지 않아 몸을 더듬는 부드러운 손길에 화들짝 놀라 눈을 떴다.

지난번에 기절을 할 정도로 강렬한 자극을 주었던 그 손길과 크게 다르지 않았다. 어머니와는 다른 여인의 손이었다.

"으허허허억! 누구!"

우당탕!!

거북이보다 더 빠르게 사지를 놀린 1골드는 침대 반대편으로 떨어진 후에야 정신이 났다. 트롤과의 사투 후에 처참한 시체를 보고 정신을 잃었다.

침대가 놓여 있는 방과 사람의 손길, 유진의 저택이었다.

벌떡 몸을 일으킨 1골드는 울상을 짓고 있는 소녀를 보았다. 그녀가…

"유진 주니어님, 죄송합니다."

털썩 주저앉더니 보기에도 애처로운 눈물을 흘렸다.

1골드는 어떻게 해서 이런 장면이 만들어졌는지 전혀 파악하지 못했다.

"저어, 이년아, 왜 그러세요?"

주위에서 이만한 소녀들에게 부르던 소리다.

그러자 소녀가 고개를 들었다. 뽀얀 볼 살 위를 타고 흐르는 눈물, 아담한 콧날에 크지도 작지도 않은 입술. 한 가지 흠이라면 흐릿한 눈빛이었다. 예쁘다. 1골드는 얼굴이 붉어졌다.

제인 사건을 빼곤 언제 한 방에 여인과 단둘이었던 적이 있었던가. 그것도 비슷한 또래의 소녀와 말이다.

그때 뭔가 허전한 기분이 들었다.

"흡!"

알몸이었다. 팬티 한 장만 달랑 걸친. 빵빵한 근육과 보기 흉한 상처들이 다 드러났다. 재빨리 이불로 앞을 가렸다. 감히 소녀를 보지 못하고 입을 뗴었다.

"저기, 이년아, 옷. 내 옷. 빨리."

허겁지겁 소녀가 건네주는 옷을 입고서야 1골드는 뭔가 이상한 점을 알아챘다. 소녀의 눈에 초점이 없었다.

"눈……."

"보이지 않습니다."

"…근데 여기, 왜? 뭐 해?"

1골드의 말투가 그란델의 눈물을 멈추게 했다. 듣던 거와
는 달리 순진한 모습으로 다가왔다.

"저는 성 밖 마을의 의사 딸입니다. 제가 유진 주니어님을
간호하고 있었어요."

"주니어?"

"주니어가 2세잖아요."

용병단 내 사람들은 유진 주니어란 말을 쓰지 않았다. 유진
도 괘의치 않아 1골드란 이름을 그대로 사용했다. 성 밖 마을
에서는 유진의 직위도 있고 해서 1골드에게 주니어란 명칭을
붙여 불렀다.

"왜 울어?"

"제가 혹 실수를 했나 해서… 땀을 많이 흘리셔서 몸을 닦
아드리고 있었는데."

1골드의 얼굴이 더할 수 없이 달아올랐다. 또래의 소녀가,
그것도 예쁜 소녀가 알몸을 닦아주다니. 가슴이 두근거렸다.

언제 또래의 소녀들과 이렇게 오래 대화를 나누어본 적이
있었던가. 여기서나 현실에서나 그를 보면 나병 환자를 보듯
이 피했었다.

"…나 무섭지?"

"호호, 무섭다니요? 무슨 말씀이세요?"

그란델이 입을 손으로 가리면서 싱그런 웃음을 보여주었다.

"내 얼굴. 무섭다."

"단지 얼굴에 난 상처가 심할 뿐이에요. 사람은 속마음이 더 무섭다고, 마음을 보라고 아버님께서 늘 말씀하셨어요."

가지런히 모은 두 손을 앞에 두고 단정한 자세로 그란델은 또박또박 대답했다. 눈이 보이지 않는다는 점만 빼놓으면 어디에 내놓아도 손색이 없는 아가씨였다.

"저는 유진 주니어님이 깨어나셨다고 알리러 가야겠어요. 아직 몸이 완전치 않으시니 좀 더 쉬는 게 나을 것 같네요. 그럼 이만."

그란델이 인사를 하고 몸을 돌리자 1골드는 뭔가 아쉬웠다.

"이년아."

멈추어 선 그란델이 1골드를 돌아보지 않고 말했다.

"말씀 중에 죄송하지만 제가 이년이란 말을 들을 정도로 못마땅하신지요?"

조금은 차가운 말투였다. 그녀는 유진 가의 하녀도 아니었고 지금은 간병인으로 이 자리에 있었다. 1골드는 귀족의 신분도 아닌 준귀족으로 이런 대접을 받을 이유가 없었다.

　1골드는 당황스러웠다. 이름도 모르고 아는 단어라고는 '이년아' 밖에 없어 부른 것이었다.

　"잘못했다. 이년밖에 모른다. 어떻게 불러?"

　전에는 1골드에게서 볼 수 없던 반응이었다.

　그란델은 눈이 보이지 않는 대신 음성을 들으면 진심이 담긴 것인지 아닌지를 어느 정도 알 수 있었다. 상대를 모르고 감정을 드러낸 자신이 부끄러워 얼굴이 붉어졌다.

　"죄송해요. 제가 유진 주니어님의 상태를 잠시 잊었나 봐요. 너그러이 용서해 주세요. 그리고 제 이름은 그란델이에요. 그럼."

　"그란데… 언제 와?"

　빙긋 미소를 지은 그란델이 대답했다.

　"삼사 일 정도는 여기에 머무를 것 같네요. 더 하실 말씀이 없으시면 소녀는 이만."

　침대에 걸터앉은 1골드는 그란델이 남기고 간 향기에 코를 벌렁거렸다.

　"킁! 킁! 정말 냄새 좋다."

　"하하하!"

　"정말이에요?"

　1골드가 짐짓 떡 벌어진 어깨를 세웠다, 그란델은 보지도 못하지만.

"그래, 내가 트롤을 때렸다. 그놈, 으악 했다. 밟았다. 나를 본다. 트롤. 겁에… 겁에, 아이!"

신나게 설(說)을 푸는데 단어가 생각나지 않았다. 1골드가 답답해하자 그란델이 빙긋 웃으며 거들었다.

"질렸다요."

"질렸다요. 그래, 겁에 질렸다요. 나 세다. 무지요."

"호호호, 요는 빼세요."

공포에 질려 움직이지도 못했던 그는 어디로 갔는지, 1골드는 목소리를 높여 당당했던 모습을 그리고 있었다.

여자 앞에 서는 남자의 본능이 그러한지, 다친 이유를 설명하는데 사실과는 전혀 다른 말이 튀어나왔다. 현실의 슬픔을 잊으려 더욱 과장을 하는지도 모르지만 말이다.

"우와! 그럼 유진 주니어님은 혼자서 트롤을 물리치신 거네요. 영주님의 기사들도 트롤은 상대하기 힘들다고 하던데 정말 대단하시네요."

"흐흐흐, 내가 무지 세다."

저택 후원이었다. 붕대를 칭칭 감은 1골드와 그란델이 소풍을 나온 것처럼 바구니에서 간식을 꺼내 먹으며 이야기를 나누고 있었다.

"유진 주니어님, 죄송스런 말씀인데요. 과거는 전혀 기억하지 못하세요? 저희 아버지께 한번 말씀드려 볼까요?"

용병단 밖 마을까지 흘러간 1골드의 소문은 아주 어릴 때 기억을 잃었다가 특별한 계기로 정신을 차렸다는 거였다.

"마법사 영감탱이도 아니다."

그의 말투에 적응이 되었는지 그란델은 1골드의 말뜻을 알아들었다.

"어머, 마법사님이 유진 주니어님의 상태를 보셨었나 봐요. 그분이 안 된다 하시면 저희 아버님도 힘들겠네요."

"고맙다."

신경 써주는 그란델의 마음이 고마웠다. 몸을 닦아주면서 얼굴도 매만져 보았을 텐데, 그의 흉측한 몰골을 알고 있을 텐데도 그란델은 살갑게 대해주었다.

"유진 주니어님은."

"그냥 1골… 유진 불러."

아무래도 1골드는 억양이 이상했는지 유진으로 정정했다.

"유진님은 몇 살인지는 아세요?"

"…모, 모른다. 넌?"

"어머! 숙녀의 나이를 묻는 건 실례랍니다. 그래도 유진님이니 특별히… 방년 18세이옵니다."

1골드는 뜨끔했다. 그의 나이 열다섯 살이었다. 하지만 1골드의 몸만 봐서는 30대라 해도 다 믿는다.

"열… 여덟 같다."

"……"

잠시 대화가 끊겼다. 멀리서 하인들과 수련 검사들의 힐끔

거리는 모습이 보였다.

한두 시간이 지나면 무슨 소문이 날지 모른다. 봄멜이 말한 트롤을 잡아먹은 놈이란 말이 벌써 퍼져 정말 오거라는 둥, 마족이라는 둥의 소문이 나돌고 트롤 뱀파이어란 별명도 생겼다.

1골드가 몸을 일으켰다. 그의 기척을 느꼈는지 그란델도 남은 간식거리를 주섬주섬 챙기고 일어섰다.

둘이 서 있으니 키만 보면 아버지와 딸의 모습 같았다. 그란델도 160㎝ 정도로 그리 작지 않은 키였지만 2m가 훌쩍 넘어가는 1골드에겐 명치끝 정도밖에 닿지 않았다.

"왜 주, 주."

"줍냐고요?"

1골드가 고개를 끄덕였지만 아무런 대답이 없었다. 실태를 깨달은 1골드는 빨리 말했다.

"왜 주워?"

"제겐 동생들이 많아서요. 아이들 가져다주려고요."

"몇 명?"

"열두 명이요."

"……."

"우와아아아!! 정말 크다. 이 아저씨 사람 맞아요?"

예닐곱 살 정도 되어 보이는 아이가 자신의 몸통만 한 1골드의 다리를 붙잡고 매달렸다.

"쿱, 그러면 못써. 도련님 불편하시잖아."

그란델을 따라 성을 나선 1골드는 그녀가 돌보는 아이들이 있는 곳으로 갔다. 동생이 열두 명이라는 소리에 주방을 뒤져 먹을 것을 잔뜩 챙겨다 주고는 혼자 들고 가기가 무겁다는 이유를 들고 따라나선 것이다.

붕대를 칭칭 감은 몸에 어디서 구했는지 검은색의 마법사 로브 같은 웃옷을 뒤집어쓴 모습에 웬만한 사람들은 슬슬 피할 만도 한데 아이들은 용케 그에게 다가섰다.

어른들보다 더 무서워해야 정상이건만 1골드가 들고 온 바구니가 그를 천사로 만들었다.

1골드는 이 아이온이라는 세계에서도 딱히 대화를 나눌 상대가 없었다. 그런데 그를 보고 피하지도 꺼리지도 않는 그란델을 만났다. 겪은 시간이 얼마 되지 않고 장님이라지만 눈이 보여도 지금과 다름없는 모습을 보여줄 소녀란 생각이 들었다.

"사람 맞다. 난 유진이다. 이거 먹어."

1골드는 어느새 1골드란 이름을 버리고 당당히 유진이라 밝히고 있었다.

어깨에 짊어지고 있던 커다란 바구니를 땅에 내려놓자 여기저기서 아이들이 뛰어나와 모여들었다.

그란델의 집은 마을 외곽에 마련된 작은 2층 집으로 아이들이 뛰어놀 작은 마당과 나무로 엉성하게 만든 담이 둘러져 있었다.

"우와! 쿠키다. 이거 내 거야."

"빵, 빵, 빵. 건들지 마."

"호호호, 애들아, 애들아. 모두 배불리 먹어도 충분하니까 싸우지 마… 애들아! 애들아, 동작 그으만!"

그란델이 처음엔 부드럽게 타이르듯 하더니 한순간 버럭 소리쳤다.

"호. 호. 호. 그렇게 말을 잘 들어야 예쁜 동생이지. 이리 오렴. 이 누나가 나누어 줄 테니까."

1골드의 안색이 굳었다. 그란델의 변화 때문이 아니라 아이들의 모습 때문이었다. 어디 한 곳이 불편한 아이들이 대부분이었다. 다리를 절룩거리는 아이, 팔소매가 헐렁한 아이, 코와 입이 붙은 아이, 침이 흘러내려도 닦을 생각조차 못하는 아이들이었다.

"불쌍한 아이들이에요."

"고아?"

"아버님이 길거리에 버려진 아이를 데려와 치료하셨어요. 그렇게 시간이 가니 하나둘 늘어 이렇게 모였네요."

1골드는 저도 모르게 헝겊에 싸인 얼굴을 쓸었다. 1골드의 과거 모습이 저랬을지도 모른다. 그란델처럼 마음씨 고운 사람이 그를 이렇게 살아가게 해주었을지도.

"나 온다. 여기 자주. 과자 많이 준다."

그란델이 더할 수 없이 환한 미소를 보여주었다. 마을 사람들은 병신들이 보기 싫다며 마을에서 쫓겨나다시피 해서 이곳까지 밀려나왔다.

아버님의 말씀이 맞았다. 사람은 겉모습만 보고는 모른다. 울퉁불퉁한 피부에 꺼칠한 상처들이 덮인 얼굴의 감촉이 이 사람이 살아온 과거를 보여주었다.

그런데 어눌한 말투라도 아이들을 보자마자 자주 찾겠다니 마음 착한 사람이다. 마치 보이는 것처럼 그란델은 굳어진 1골드의 얼굴을 바라보았다.

그런 그란델을 아는지 모르는지 1골드의 눈길은 저택으로 향했다.

"흐음!"

조그마한 그림자가 뒷마당 쪽에서 얼핏 보였다가 사라졌다. 산짐승인가? 소년 같았다. 놀이에 정신 팔린 아이일지도 모르기에 바구니에 모여든 아이들을 뒤로하고 성큼성큼 걸어 뒷마당으로 향했다.

저택의 뒤편, 제법 단단히 만들어진 울타리와 창고로 보이는 건물이 있었다.

달깍!

소리에 이끌려 고개를 돌리자 창문을 땅에 만들어놓은 듯한 작은 문이 보였다. 저택의 지하실과 뒷마당으로 연결된 문이었다. 곧 문이 살짝 들리더니 조그만 머리가 보였다가 그와 눈을 마주치고는 재빨리 들어갔다.

"형, 과자 있다. 먹어라. 나와서."

묵묵부답.

한 아이가 장난을 치는 것일 게다. 장난기가 발동한 1골드는 벽면에 바짝 붙어 뒤꿈치를 들고 사뿐사뿐 걸어 문의 뒤로 향했다.

아니나 다를까, 또다시 문이 열리고 작은 머리꼭지가 보였다. 마당을 확인하는지 꼬마가 머리를 조금 더 빼내서 두리번거렸다.

"왁!"

"으어헉!"

우당탕!

갑작스런 고함에 놀란 아이가 지하실로 떨어지자 1골드가 더욱 놀라 소리쳤다.

"어어! 꼬마, 아이야. 괜찮아?"

급히 문을 열고 지하실로 들어선 1골드도 아이만큼이나 놀랐다. 원숭이를 보는 듯 온몸에 털이 수북하게 난 아이가 바닥에 떨어져 있었는데 그를 보자 재빨리 몸을 일으켜 어두운 구석으로 숨어들었다. 1골드가 아이를 따랐다.

"야, 괜찮아. 이리 와봐."

지하실 구석에 짐이 쌓인 곳으로 숨어든 아이는 경계의 눈

초리로 1골드를 쳐다보았다. 아이는 1골드의 말에도 더욱 안으로 파고들 뿐, 나오지는 않았다.

아이에게 다가선 1골드는 손을 내밀었다. 그의 손엔 먹음직스러운 과자가 놓여 있었다.

그가 한결 부드러운 어투로 말했다.

"이거 먹어."

주춤주춤.

"괜찮아, 먹어. 형 과자 많다."

아이는 눈을 부산하게 굴리더니 잽싸게 손을 뻗어 과자만 채갔다. 빙글 웃은 1골드는 주머니를 뒤져 과자 몇 개를 더 건넸다.

"이름이 뭐야?"

"…카, 칸, 칸야."

"칸야, 나가자. 밖에 과자 많다."

"……."

끼이익!

저택으로 통하는 문이 열리며 빛이 들어왔다. 그때서야 1골드는 소년의 얼굴을 제대로 볼 수 있었는데 눈만 빼놓고는 피부가 보이지 않을 정도로 털이 나 있었다.

칸야는 빛이 싫은지, 다리 사이로 얼굴을 파묻었다.

"칸야야, 여기 있니?"

"누나!"

"그란델!"

"어머, 유진님도 여기 계셨군요."

지형에 익숙한 듯 어두운 지하실을 그란델은 별 어려움 없이 내려왔다. 1골드 옆에 쭈그리고 앉은 그란델이 쟁반을 내려놓았다.

"도련님이 너희 주려고 가져오신 거야. 많이 먹어."

칸야는 이번에도 털이 수북한 손만 보여주었다.

"밖에서 아이들, 같이 먹어."

여전히 칸야는 고개를 숙인 채 오물거리기만 했다. 답답한 듯 작은 한숨을 쉰 그란델이 말했다.

"제가 그렇게 타일러도 듣지를 않아요. 유진님이 혼 좀 내주세요. 뭐라고 하는 아이들도 없는데 왜 그렇게 피하는지."

"털 때문에?"

"예. 외모 때문에 시달림을 많이 받은 아이여서요, 여기 와서도 항상 이렇게 숨어 있어요."

1골드는 문득 정우의 모습이 떠올랐다. 그란델의 말이 이어졌다.

"마족도 아니고 몬스터도 아니라고 그렇게 말해도 제 말을 듣지 않아요."

"병이다."

"예?"

"칸야는 병이다. 털 많다. 병이다."

1골드가 보기에는 다모증(多毛症)이었다. 이곳 사람들은 무지해서 웨어울프니 수인족이니 하며 아이를 몰았을 것이다.

슥슥.

1골드가 말없이 모자를 벗고 붕대를 풀었다. 곧 흉측한 몰골이 들어났다.

"허업!"

칸야가 놀란 듯 소리를 냈고 1골드가 말했다.

"나 몬스터, 그래도 사람이다. 너도 털 많은 사람이다. 괜찮다."

칸야를 보자 1골드는 마녀 사냥이란 단어가 떠올랐다. 죄 없는 여인을 마녀라 몰아 화형시킨 역사, 아마 칸야의 외모면 그와 같은 일을 당하고도 남았으리라.

몬스터가 사는 세계였으니, 무지한 군중은 칸야가 사람으로 보이지 않았을 것이다. 현실에서도 몬스터가 있었으면 정우도 같은 꼴이지 않았나 싶었다.

동병상련인가. 1골드는 칸야에게 정이 갔다.

"칸야, 나 형이다."

"병신도 구르는 재주가 있다더니 저 팔푼이 새끼도 연애질을 한다면서?"

글렌의 말에 크리스가 인상을 썼다.

"야, 말조심해. 예전의 1골드가 아니야. 유진님의 양자가 된 것도 그렇고, 트롤 뱀파이어 아니냐? 잘못 걸리면 피가 다 빨리는 수가 있어."

"육시랄 놈, 지랄하네. 큭큭. 팔푼이 새끼가 그건 멀쩡한가 봐. 저번에는 갈보 년을 찾더니 아주 맛이 들렸나? 이젠 지 수준에 딱 맞는 병신 년을 찾았구만. 눈도 보이지 않는 년이니 옳다구나 하고 덤벼들었겠어. 신났어, 저 몬스터 새끼."

연병장에서 벌어지는 단체 훈련 시간이었다. 보름은 요양해야 한다던 1골드가 일주일 만에 모습을 드러냈고 그사이에 1골드와 그란델이 함께 있었던 모습이 와전되어 용병단 전체에 퍼져 있었다.

잠깐의 휴식 동안에 그늘 아래에서 태양을 피하던 글렌이 뭐가 그리 불만인지 1골드를 씹고 있었고, 1골드는 예전처럼 휴식 시간에도 무식한 대검을 휘두르며 연병장에서 먼지를 일으켰다.

"아, 씨발. 그 병신 년 삼삼한 게 괜찮아 보이는 것이 저놈 주기에는 아깝네. 저 팔푼이 새끼가 건들기 전에 확 초를 쳐 버릴까? 큭큭큭. 병신은 맛이 다를까나?"

크리스는 글렌의 말이 점점 험해지자 눈살을 찌푸렸다. 불쌍한 아이들을 모아 보살피는 착한 소녀를 저리 말하다니, 듣기에 좋지 않았다. 그런 그가 혀를 찰 때였다.

1골드의 동작이 멈추어 있었다. 서서히 몸을 돌린 1골드는 정확하게 글렌을 향해 걸어왔다. 워낙 구겨진 인상이라 얼굴 표정을 알아볼 수는 없어도 마치 험담을 들은 것같이 분위기가 심상치 않았다.

글렌도 그런 1골드를 보았는지 상체를 세웠다.

1골드가 글렌 앞에 서서는 대검을 내밀었다.

"너 나와라. 다져 주마."

글렌이 평소 1골드에게 뱉던 말투였다.

어안이 벙벙해진 글렌이 크리스를 돌아보았다가 무슨 생각이 들었는지 검을 들고 일어섰다.

"개자식, 조금 컸다고 눈에 뵈는 게 없구만. 뼈마디가 노골노골해질 때까지 다져 주마."

제까짓 게 아무리 유진 밑으로 들어갔다고는 해도 겨우 넉 달 남짓이다. 기어오르지 못하게 하려면 예전의 기억을 살려 줄 필요가 있었다. 유진이 거리끼어 여기서 물러서면 다른 용병들에게 웃음거리가 된다.

1골드는 치밀어 오르는 살기를 참을 수가 없었다. 이런 기분은 맹세코 처음이었다. 살이 떨리고 분노에 찬 머리가 터질 것 같았다. 감히, 감히 그란델에게 그런 소릴 지껄이다니. 자신에게라면 개의치 않는다. 그런데 그녀는 절대 안 된다.

도저히 믿을 수 없었다. 이승과 저승에 양발을 걸치고 살아온 지 10년, 열네 살에 전쟁통에서 휘말려서도 살아남았고 사람 잡는 백정이 아니라 군인이라 자위하며 전쟁을 직업으로 하는 전사로서 자부심을 가진 글렌이었다.

무서웠다. 대검을 가운데 두고 뻗어 나오는 두 눈빛만으로 공포심을 느낀 적은 없었다.

황당했다, 그 상대가 1골드라는 점이. 정말 반 장난삼아 부른 오거가 된 것처럼 1골드는 변해 있었다. 전장에서 생긴 본능이 피하라고 자꾸 신호를 보냈다.

시시잇!

무식한 바람을 일으키던 검도 변했다. 날카로운 예기가 줄기줄기 뿜어져 나왔다. 머리를 쪼개려는 듯 일말의 망설임도 없이 검이 날았다.

"으힉!"

감히 검을 마주하지 못하고 글렌이 몸을 뺐다. 땅을 갈라 버릴 듯 강성한 힘을 담은 대검이 거짓말처럼 허공에 딱 멈췄다.

"차핫!"

실을 떠난 화살처럼 커다란 덩치가 쏜살같이 검첨을 앞세우고 글렌을 따라붙었다. 글렌이 손목을 돌려 검면을 쳐 냈지만 미세한 흔들림만 있었을 뿐, 검로를 바꾸지는 못했다.

나급해진 그는 검면을 쳐 낸 약간의 반탄력으로 옆으로 발을 떼었으나 거머리 같은 대검은 여전히 그를 압박했다.

"죽인다! 이 괴물 자식!"

다리가 꼬인 글렌이 말과는 달리 볼썽사납게 바닥을 굴렀다. 그러나 실수였다는 듯 벌떡 일어서서는 1골드를 향해 번개같이 움켜쥔 왼손을 털어냈다.

자잘한 모래와 흙이 1골드의 눈을 향해 날아갔다. 양손을 사용하는 대검이라 반사적으로 눈을 가릴 팔이 없었다. 기습의 성공을 확신한 글렌은 살심을 키우며 손에 힘을 주고 달려들었다.

한데, 갑자기 세찬 바람이 불었다. 1골드가 검으로 바람을 일으킨 것이다. 대검은 여기서 멈추지 않았다. 어깨 위로 치켜 올라간 검이 오이 꼭지를 따려는 것처럼 글렌의 목덜미를 향해 정확히 날아왔다.

너무 빨랐다. 끝이다.

글렌은 자신도 모르게 눈을 질끈 감았다.

"그만!"

뚝!

검폭이 한 뼘은 되는 대검이 글렌의 어깨 위에 거짓말처럼 멈추어 있었다.

유진의 외침에 검을 거둔 1골드는 글렌을 매섭게 쏘아보고는 미련없이 몸을 돌렸다. 글렌의 얼굴을 대하고 있으면 반사적으로 손에 힘이 들어갈 것 같았다.

두어 번 크게 숨을 내쉬자 1골드는 울렁이는 가슴이 겨우 진정되었다. 자칫 잘못했으면, 아니, 유진이 말리지 않았다면 글렌을 죽였을 것이다.

다리에 힘이 풀린 글렌이 주저앉아 망연자실 1골드의 등을 쫓았는데 그의 목에서 붉은 핏줄기가 흐르고 있었다.

"마성에 젖은 게 아닐까요?"

"흐음… 난 그런 말을 들어본 적이 없다."

터커의 질문에 유진이 간단히 대답했다. 집단 훈련 중에 용병들끼리 시비가 붙어 결투로 승부를 내는 일은 흔하디흔한 일이다.

그런데 오늘은 당하고만 있던 1골드가 글렌에게 먼저 다가가 시비를 걸었다. 그들이 보기엔 그랬다, 결과는 저것이었고. 멀리서 이를 지켜보던 유진이 말리지 않았다면 정말 목을 쳐 버렸을 것이다. 돼지를 두고 망설이던 1골드가 트롤 사건 이후 변했다.

몬스터의 광포한 성질은 피에 마성을 띠고 있어서라고 한다. 1골드는 엄청난 양의 피를 마셨으니 부작용일 수도 있다. 아니면 유진이 의도한 대로 진정 검에 마음을 담을 수 있는 상태가 된 것일 수도 있고 말이다.

"대륙의 모든 교단에서는 몬스터를 없애려 노력하고 있지. 그래서 사냥을 해가면 돈을 주는 것이고, 그걸로 용병들은 용돈 벌이를 하지 않나.”

냉랭한 음성에 유진이 급히 인사를 건넸다.

“오셨습니까, 봄멜님? 그런데 연병장까지 어인 일로?”

“내가 올 일이 저놈밖에 더 있겠나? 상태를 보러 왔는데 헛걸음을 한 것 같구만.”

들이마신 트롤의 피도 많았지만 1골드가 흘린 피도 상당했다. 보름 정도는 요양해야 하는데, 일주일 만에 훈련에 참가했다.

“어느 교단에서나 몬스터를 잡으면 그 시체까지도 태워 버리라 하지. 시체가 썩으면서 마기가 흘러나와 땅을 오염시킨다고 말일세.”

“그렇습니까?”

“그런데 우린 트롤의 피로 약을 만들고 사람들은 포션을 억만금을 주고서라도 사서 쓰네. 기사들은 가볍고 단단한 몬스터 가죽으로 만든 마법 무구를 사용하지. 자네 갑옷도 그리 보이던데?”

봄멜은 별거 아니란 식으로 말했지만 리플렉터라 불리는 이 마법 방어구는 상위의 대방어 마법 주문과 착용자의 움직임을 극대화하기 위해 경량화, 근력, 가속 마법들이 걸려 있다.

리플렉터의 최저 가격이 일반 기사들의 2년치 급료라 웬만한 재력이 아니고서는 보유할 엄두를 내지도 못한다.

"그렇습니다. 오거 가죽에 마법이 몇 개 걸려 있습니다."

연병장에서 고개를 돌린 봄멜이 유진을 보았다.

"몸에 이상이 있던가?"

"없습니다."

"그래, 없어. 마법 무구는 우리가 만들어. 그전에 신관들이 오거 가죽에 마성을 씻으려 축복을 내리는 것도 아니고. 그런데 사용하는 자들은 멀쩡하지. 대답이 되었나?"

"감사합니다, 봄멜님."

"에잉! 그런데 저놈은 왜 마법을 배울 생각을 안 하는 거야. 쯧쯧쯧. 자네가 잘 좀 설득해 보게. 내 부탁하이."

글공부 시간에 '마' 자만 꺼내도 1골드는 고개를 돌려 버려 봄멜을 애타게 만들었다.

이를 잘 알고 있는 유진은 입으론 타이른다고 했지만 흐뭇한 마음을 지울 수 없었다. 검과 마법, 두 가지를 병행해서 대성한 자는 그 예를 찾아볼 수 없었다.

유진이 가벼운 발걸음으로 사라지자 봄멜이 염소수염을 쓸었다.

"포션을 만들기 전에 트롤의 피에서 독성을 제거하는 걸 말할 필요는 없겠지. 몸에 이상이 생기면 당연 나를 찾을 터, 선심 쓰는 척하며 손을 조금 봐주면… 흐흐흐. 생명의 은인이 된 셈이 아닌가."

그가 독을 쓴 것도 이니니 하등 문제 될 게 없었다.

　아이온의 지붕이라 불리는 스칼라이드 산맥은 위치상으로 보면 대륙의 어깨에 해당하는 곳이다.

　산맥을 끼고 있는 만유 왕국은 국토의 넓이는 제국을 제외한 어느 왕국과 견주어도 손색이 없다. 하지만 대부분이 고지대라 농민들이 정착하기에는 힘든 조건이어서 국력만큼이나 인구 수도 적었다.

　왕국의 동북방 오드넬 지방은 산맥 초입이라 산악 지형에 가까운 지형이어서 논농사를 짓는 모습을 찾아보기 힘들었다.

　농토가 없으면 먹고살 경제 기반이 빈약해 정착민이 머물 수 있는 여건을 마련하기가 힘들다. 경제 기반이 빈약하고 백성이 없다면 그나마 남아 있는 토지마저도 황폐해진다.

　그런 이유로 북부 만유는 오드넬의 영주를 제외하고는 유력한 영주가 없는 고만고만한 약소 영주들의 밀집 지역이었다. 당연히 권력과 무력을 갖춘 영주들은 북쪽에 비해 토지가 기름진 남부 지방에 모여 있었다.

　오드넬 지방이 북부에서 중심 지역으로 떠오른 이유는 크게 두 가지가 있었다.

　하나는 왕국 북동쪽에 위치한 신성 투실바 왕국으로 넘어가는 관문이란 점이고, 다른 하나는 스칼라이드 산맥 초입에 위치한 샤벨 용병단 때문이었다.

신성 투실바로 성지 순례를 가는 신자들과 용병단을 찾아오는 자들이 모여들어 근방의 다른 지역과 달리 유동 인구가 꽤 많아 오드넬은 비교적 넉넉한 수입을 올리고 있었고 그 수입이 곧 영주의 힘으로 환산되었다.

오드넬에서 도시라고 불릴 만한 곳은 두 곳으로 영주의 거처이자 관문 도시인 드록바와 아예 용병단의 이름을 딴 샤벨 시였다.

사방에서 모여든 사람들은 드록바에서 용병이 되고자 하는 자는 북으로 올라가고 투실바를 찾는 신자들은 동쪽으로 향했다.

교통의 요지가 된 드록바와는 달리 드록바와 하루 거리에 위치한 샤벨 시는 입지 조건과는 전혀 상관없이 향락 도시로 발전하였다. 이도 용병단 때문이었다.

샤벨 타이거 용병단은 5백의 기본 병력을 유지한다. 전투에서 발생하는 전력 손실을 채우기 위해 늘 용병이 되고자 하는 예비 병력이 필요했다.

제법 규모가 큰 의뢰 시에는 자체적으로 충당하지 못해 모병 광고를 낸다.

용병이 되고자 찾은 자들과 모병 광고를 보고 모여든 자유 용병들이 분비는 샤벨 시는 남성 비율이 월등히 높은 곳이다. 자연적으로 여관, 술집, 여자집들이 하나둘 들어섰고 용병들이 뿌려대는 돈에 의해 백성들이 모여들었다.

거친 사내들이 모인 곳이라 하루도 조용할 날이 없었지만 주민을 벌벌 떨게 만들 만한 일은 일어나지 않았다.

양 떼 속에서 늑대는 활개를 치지만 늑대 무리에 속하면 수장의 통제에 따른다. 한칼 한다는 자들이 모인 용병단에서 어쭙잖은 실력으로 날뛰다가는 바로 골로 가는 수가 있기 때문이다.

하지만 꼭 통념을 깨는 자들이 있기 마련이다.

쿠당! 와장창!

호객 소리가 끊이지 않는 시장 한구석에서 요란한 소리가 울렸다.

"이런 이 쌍놈의 새끼야! 돈 준대잖아! 왜 귀찮게 잡고 지랄이야! 앙!"

음식물을 파는 상점이 모인 곳에 있는 손바닥만 한 선술집 앞이었다. 비정상적으로 어깨가 넓은 사내가 상을 뒤집고는 주인으로 보이는 노인의 멱살을 잡고 있었다.

"아! 젠장맞을. 이봐, 빌어먹을 영감탱이. 이번에 일 갔다 오면 준다고 했잖아. 갈 때가 됐나, 왜 말귀를 못 알아 처먹어!"

"컥컥! 이, 이보게. 이 손은 좀 놓고……."

"아, 쓰불. 장사 하루 이틀 해? 딱 보면 알아먹을 일이지."

먼지가 곳곳에 묻어 있는 거친 망토에 허리에 검을 차고 있는 모습은 샤벨에서는 흔히 보는 복장이다. 이곳에 당도한 지 얼마 되지 않은 자였다.

멱살이 풀리자 노인이 믿는 구석이 있는지 조금 전과는 다르게 목소리를 높였다.

"널 언제 봤다고 외상을 줘? 샤벨에서 그렇게 장사했다가는 예년에 문 닫았다. 경을 치기 전에 어서 돈 내고 조용히 사라져."

"뭐? 이 씨베럴 놈의 늙은이가 노망이 들었나. 누가 돈을 안 준대? 엉? 나중에 준다잖아, 나중에. 아주 나중에."

헛웃음을 지은 주인이 타이르듯 말했다.

"여기 처음이지? 샤벨에서는 네놈이 밖에서 굴려먹던 대로 하다가는 목이 열 개라도 살아남지 못해, 이놈아. 좋은 게 좋은 거라고, 얼른 계산하고, 용병이 되려고 온 것 같은데 가서 칼질이라도 한 번 더해."

"허허허……."

사내는 한 인상과 덩치로 살아온 인생이었다. 시비가 벌어졌는데도 다른 곳과는 달리 사람들이 본체만체하는 게 이상하긴 했다. 하지만 지금껏 해왔던 대로 따끔한 맛을 보여주면어서 가달라고 사정을 할 것이다.

"에이! 이 빌어먹을 늙은이! 네가 자초한 일이야."

그래도 상대기 노인이라 찝찝한지 말 한마디를 내뱉고는

주먹을 치켜들었다.

턱!

많이 보던 장면이다. 뒤에서 치켜든 주먹을 잡는 손이 있었다. 사내는 돌아보지도 않고 말했다.

"놔라! 나 지금 기분 아주 더럽다."

"……."

역시나 쫄았는지 대꾸가 없었다. 가끔 제가 뭐라도 되는 양 나서는 놈들이 있었는데 결과는 다 바닥을 기었다. 시간이 흘러도 팔목을 잡은 언놈의 손에 힘이 빠지지 않았다.

"휴우! 미치겠다. 하늘이 오늘 나를 연쇄 살인범으로 만드는구나… 어떤 개잡놈이!"

최대한 인상을 구긴 사내가 손을 뿌리치려 팔을 힘껏 당기면서 돌아섰지만 아무도 없었다. 단지 시커먼 천이 앞을 가리고 있었고 팔목도 잡힌 그대로였다.

천의 중간이 갈라져 그 안이 얼핏 보였는데 긴 가죽 끈이 대각으로 지나고 있었다. 사내가 마른침을 삼켰다. 많이 보던 형태로 검을 등 뒤로 메고 다니는 자들이 사용하는 가죽 끈이었다.

"협!"

놀라 숨을 들이켠 사내가 천천히 고개를 들었다. 역시나 자신보다 더 넓은 어깨가 보이고 웬만한 여인네 허리만 한 두터운 목, 그리고… 시커먼 철판?

철가면에 뚫린 구멍으로 보이는 차가운 두 눈, 그 위로 둥글고 긴 챙이 달린 모자를 쓰고 있었다. 게다가 어깨와 얼굴 사이로 보이는 저 긴 검 손잡이라니.

"허억!"

철가면을 쓴 거인이었다.

노인은 이자를 믿고 있었던 것이다. 하지만 사내도 믿는 한 수가 있었는지 아랫배에 힘을 주었다.

"좋은 말 할 때 뇌라. 난 덩치만 보고 쪼는 그런 잡배가… 으악!"

사내는 말을 이을 수 없었다. 반응도 하지 못할 정도로 빠르게 거인의 다른 손이 어깨를 잡자 커다란 바위가 올려진 것 같은 무게감에 무릎이 꿇렸다.

"으으으……!"

풀썩!

"빌어라. 영감탱이한테. 살고 싶으면."

온 힘을 다리에 주었지만 꿈쩍도 하지 않았다. 저항할 수 없는 힘이었다. 그때 상황과 전혀 어울리지 않는 맑은 여인의 목소리가 들렸다.

"유진님, 이럴 때는 영감탱이가 아니라 노인 분이나 어르신. 어르신은 유진님의 신분과 맞지 않으니 아니구요, 저 아저씨는 가게 주인이나 노인 분이라고 하세요."

"알았다."

냉기가 풀풀 흐르던 목소리가 한결 부드러워졌다. 철가면을 쓴 1골드였다. 영감탱이란 단어에 대해 이미 알고 언어 구사에 전혀 문제가 없는 그였지만 그란델의 간섭이 좋았다.

철가면은 번거로운 붕대를 대신하라고 봄멜이 선물한 것이다. 재질은 쇠였어도 가볍고 착용감이 좋았다.

"하하, 도련님 나오셨습니까? 그란델도 요즘은 자주 보는구나. 얼굴이 활짝 핀 게 시집가도 되겠다."

그란델의 얼굴이 붉게 물들었다. 1골드는 행패를 부린 사내를 더욱 매섭게 쏘아보고 있었다.

"험험, 도련님, 그놈은 용서해 주시지요. 아직 샤벨을 잘 몰라서 소란을 피웠습니다. 저야 부서진 기물하고 술값만 받으면 되고, 몸엔 아무런 이상도 없습니다."

그사이 1골드와 그란델은 시장의 명물이 되어 있었다. 매일 초저녁이면 어김없이 몬스터와 미녀(?) 커플이 등장했다.

항상 활기가 넘치고 만물이 유통하는 시장통에서 문물을 배우려는 1골드와 아이들의 식재료를 사기 위한 그란델이 늘 같이 다녔다. 1골드의 관심은 문물을 배우는 것보다 그란델에게 더 있었지만 말이다.

노인이 기세를 높인 것도 저 멀리에 사람들 사이에서 불쑥 솟은 머리 하나를 보았기 때문이었다.

작은 소란을 해결한 1골드가 그란델을 호위하듯이 앞서 걸었다. 그를 먼발치에서만 봐도 사람들이 알아서 비켜주지만 1골드는 앞이 보이지 않는 그란델이 조금이라도 불편할까 봐 더없이 소중히 대했다.

뭣 모르는 사람이 본다면 소녀를 산만 한 덩치가 끌고 가는 모습으로 오해할 만한 광경이었다.

1골드는 이 시간이 너무나 행복했다. 그란델의 작은 손을 꼭 쥘 수 있다는 점을 빼고도 이곳저곳을 돌아다니며 많은 대화도 나누고 같이 시장도 보고 군것질 거리도 사 먹고… 데이트를 즐기는 연인 같았다.

눈길이 끌리는 진열대 앞에 1골드가 멈춰 섰다. 그는 그란델을 잡은 손에 힘을 더하곤 가게 안으로 들어갔다.

"어머! 도련님, 안녕하세요. 호호호, 그란델에게 선물하시게요? 이 목걸이가 어떠세요? 알이 작아도 진짜 에메랄드랍니다. 그란델에게 정말 잘 어울릴 것 같네요. 호호, 안목이 있으시네요. 이 귀걸이도 괜찮고요. 저 목걸이와 한 쌍인데 도련님한테는 특별히 따로 팔 수도 있어요. 한 쌍을 해야 예쁘긴 하지만……."

수다스런 주인 여자의 목소리에 그란델이 보석상이란 걸 알고는 1골드를 잡아당겼다.

"가요. 지는 그런 거 필요없어요."

초를 치는 말이었지만 얼굴색 하나 변하지 않은 주인 여자
가 말을 늘어놓았다.

"호호호, 유진 주니어님, 대부분의 여자들이 겉으로는 그
란델같이 싫은 척한답니다. 집에 가서는 하루 종일 목걸이를
붙잡고 있지만요. 혹여 오해는 하지 마세요. 목걸이 하나 더
팔려고 하는 소리가 아니라……."

"저거 얼마요?"

1골드는 푸른 빛깔이 감도는 에메랄드가 박혀 있는 펜던트
를 가리켰다.

"어머! 눈썰미도 좋으시네요. 이번에 제국에서 들어온 신
제품으로……."

"얼마요?"

"…도련님이시니까 제가 조금 손해를 보고 싸게 해드릴게
요. 펜던트만 1골드 5실버, 금줄까지 해서 2골드에 드릴게
요."

1골드는 돈 쓸 일이 없었기에 시장에 나오고 나서야 이름
의 뜻을 알았다, 왜 자신을 1골드라고 부르는지도. 씁쓸했다.
단돈 1골드에 팔려온 몸이었다니…….

"유진님, 그냥 가요. 저, 아주머님, 다음에 살게요. 미안합
니다."

스윽.

어느 틈에 돈을 주고 목걸이를 건네받은 1골드가 못 이기

는 척 가게를 나섰다.

번잡한 시내를 벗어나 집으로 향하는 길이었다. 그란델이 화가 난 듯 입을 꽉 다물고 있었다.

"왜? 내가… 잘못했다."

그란델이 발길을 멈췄다.

"2골드면요… 우리 아이들 반달은 먹일 수 있는 돈이에요. 집단 농장에서 일하는 일꾼들의 한 달 월급이고요. 유진님에겐 얼마 되지 않는 돈이겠지만요. 보이지도 않는 제가 그딴 목걸이를 해서 뭐 해요. 그리고 유진님, 보이진 않아도 사람들이 수군거리는 소리는 들을 수 있어요."

1골드는 그란델이 장님이라, 그란델은 유진 가의 돈을 보고 둘이 가깝게 지낸다는 소문이 나돌았다. 1골드가 선물한 목걸이까지 걸고 다니면 소문이 더 크게 부풀려질 것이다.

"전 유진님께 바라는 거 없어요. 그딴 거 사주시려면 다신 찾지 마세요."

"난 그냥… 알았다."

마을에서 벗어나 길옆으로 쭉 이어진 채소밭을 지나 30분여를 가자 그란델의 집이 보였다. 재잘대는 아이들의 목소리가 들려왔다.

식재료를 부엌에 내려놓은 1골드는 지하실로 향했다.

"칸야!"

"형!"

어디에 숨어 있었는지 보이지도 않던 아이가 번개같이 뛰어나와 1골드에게 달려들었다.

칸야를 품에 안은 1골드는 그의 머리를 쓰다듬어 주었다.

"잘 지냈어?"

"응!"

"이 녀석, 밖에 나가서 놀라니까."

도리도리.

아무리 말을 해도 칸야는 밖을 나서지 않았다. 어른들이 모르는 아이들만의 세계가 있다. 1골드도 그걸 알기에 더 이상 재촉하지는 않았다. 마음을 타인에게 여는 것이 먼저였다.

"잘하고 있어?"

"응, 형이 가르쳐 준 거 하고 나서부터 기분도 많이 좋아졌어. 고마워, 형."

1골드는 그동안 정신 수양 공부를 칸야에게 가르쳤다. 마음에 상처를 많이 입은 아이였기에 도움이 되리라 생각한 것이다.

칸야와 제법 긴 시간을 보낸 1골드가 집을 나섰을 때는 별이 쏟아질 것 같은 깊은 밤이었다.

1골드가 마중 나온 그란델의 어깨를 털었다.

"먼지 묻었다."

최대한 조심스럽게 시장에서 산 목걸이를 걸어준 1골드는 시치미를 떼고 고개를 돌렸다.

"유진님!"

당연한 반응, 그러나 1골드에겐 나름의 사정이 있었다.

"처음이자 마지막이다. 그냥 받아줘. 다음에… 만약 시간이 더 있다면……."

1골드는 뒷말을 흐렸다.

정확히 기억하고 있었지만 기억하기 싫었다. 현실에서 병원에 도착하고 열흘이 흐른 날이었다. 그날부터 계속된 꿈속 생활이었다.

벌써 한 달간 계속된 꿈

무엇을 의미하는지 너무 잘 안다. 정신이 돌아갈 곳이 없다. 현실의 육체가 의식 불명, 가사 상태에 빠져든 것이다.

죽음의 전조다. 열여섯 살에 죽음이 예고된 시한부 인생이었다. 꿈을 꾸기 시작한 지 8개월, 산술적으로 열여섯 살 5개월까지 살 수 있다 했으니 아직 반년여가 남았었는데 트롤과의 정신적 충격이 생명을 단축시켰나 보다.

예정된 죽음이다. 인연을 정리해야 하는데 오히려 반대가 되었다.

다가서는 인연들, 의도되지 않은 인연이었다. 이곳에서나마 사람처럼, 주목받지 않는 평범한 사람으로 살고 싶어 그리 했더니 많은 인연이 만들어졌다.

아이온의 세계, 요즘 들어 1골드는 꿈이라기보다는 무의식이 만들어낸 가상 공간으로 여겼다. 육체에 오래 머무를 수 없는 정신이어서 이런 세계를 만들었을 것 같다는 생각이 들었다.

가끔 호접지몽(胡蝶之夢)이란 말처럼 정우가 꿈에 1골드가 되었는데 1골드가 정우인지, 정우가 1골드인지 분간이 되지 않았다.

1골드의 꿈이 정우였고 1골드가 현실이었을지도 모른다는 허황된 생각이 들기도 했다. 어느 곳이 현실이었는지 분간이 되지 않을 정도로 이곳에서 현실과 똑같은 기쁨과 슬픔, 고통, 그리고 사랑을 느꼈다.

그러나 정우가 죽는다. 가야 한다.

"그란델, 나… 떠날지도 몰라."

처음엔 화가 났고 놀랐고 결국 어이없어 풀썩 웃던 그란델이 펜던트를 만지던 손을 멈칫했다.

"떠나… 다니요?"

무슨 말을 해줘야 할까.

"응, 이번부터 일을 나가기로 했다."

순간적으로 나온 대답이었지만 마음을 굳힌 일이기도 했다. 꿈으로 여기고 시작한 생활이었으나 이제는 경계가 모호해졌다. 작은 것 하나라도 그동안의 고마움에 보답을 해주고 싶었다. 쓸데없는 미련일지라도.

1골드는 얼마 남지 않은 시간 동안 그란델과 아이들에게 많은 것을 해주고 싶었다. 그깟 울타리를 튼튼하게 지어준 것만으로는 성이 차지 않았다.

돈이 필요했다. 아이들의 보금자리를 보다 안전하고 나은 집으로 옮겨주고 싶었다.

"얼마나 걸리시는데요?"

"한 달, 두 달… 잘 모르겠다."

"…그렇군요."

용병이 일을 나간다면 전투에 참여한다는 말이다. 어쩌면 영원히 돌아오지 못할 수도 있다.

1골드가 그란델의 어깨를 잡았다.

"넌 정말 좋은 사람이다."

"훗! 유진님도요."

"나… 나… 있잖아. 그러니까……."

무슨 말인가를 해야겠는데 머릿속이 엉켜 버렸다. 아는 단어가 부족해서도 아니고, 어떻게 말을 꺼내야 할지를 모르는 것이다.

그런 그의 마음을 아는지 그란델이 고개를 들었다. 말없이 손을 올린 그녀가 철가면을 벗겨주었다. 그리고는 거친 1골드의 볼을 어루만졌다.

"꼭 돌아오셔야 해요."

그녀의 작은 입술이 다가온다. 1골드가 허리를 숙여 마주

했다. 연하고 부드러운 감촉이 입술에 닿았다. 그란델의 입
에서 풍기는 향긋한 내음이 그의 마음을 촉촉이 젖게 해주었
다.

Chapter 8

미친 달빛의 노래

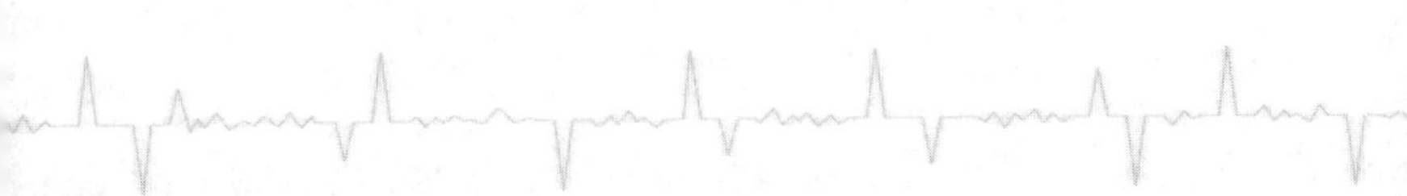

미친 달빛의 노래

이상한 날이다.

보이는 세상은 변한 것이 없는데 몸이 달아올랐다. 이유없이 기분이 고조되어 뇌에서 아드레날린이 치솟아 환각 상태에 빠진 것만 같은 기분이었다.

그만 그런 것 같지도 않았다. 오늘은 유난히도 산짐승들의 울음소리가 높았다. 밤이 되자 산짐승뿐만 아니라 간간이 몬스터의 괴성도 흐릿하게 들려올 정도였다.

마나의 흐름 또한 묘하게 요동치고 있었다. 정신을 집중하고 마음을 가다듬어야지만 느낄 수 있던 마나가 조금만 신경 쓰면 손에 잡힐 듯 다가왔다.

생명의 기운이 넘쳐 나는 날이라고나 할까. 아무튼 1골드
는 그렇게 느껴졌다.

1골드가 개인 수련장에 들어서자 유진이 뒷짐을 진 채 달
을 올려다보고 있었다. 밝은 달빛 아래 한 자루의 검을 들고
서 있는 모습이 한 폭의 그림같이 다가왔다.

"어떻더냐?"

"무슨 말씀입니까?"

고개를 돌린 유진이 인자한 웃음을 지었다.

"말솜씨가 많이 늘었구나. 그란델에게 고맙다는 말을 해야
겠군."

"…아직 멀었습니다."

겸양을 떨 정도로 늘어 있었다. 그란델이 크게 한몫했음은
당연했다.

"다른 날과 오늘, 다르게 느낀 점이 있더냔 말이다."

"세상이 미쳐서 흥분된 것 같습니다."

유진은 1골드를 보면 볼수록 흐뭇한 마음이 들었다. 그가
원하는 대답이었다.

"그렇지. 오늘이 트라이앵글 존 데이란다."

"예? 트라이앵글 존 데이?"

"일 년에 한 번 세 개의 달이 삼각형을 이루어 아이온을 비
추는 날을 그렇게 부른다. 이런 날은 네 말처럼 세상이 미친
것 같다. 이둠의 일족인 몬스터나 마족들은 그 흉폭성을 더하

고 골방에 틀어박혀 책만 파던 마법사도 안절부절못하고 뛰어다니지. 왜 그런 줄 아느냐?”

대기 중의 마나가 요동치는 것과 관련이 있을 것 같았으나 1골드는 고개를 저었다.

“어둠의 마나가 최고조에 달하는 날이기 때문이란다.”

“마족과 어둠의 마나가 무엇입니까?”

“아하, 겉만 보는 우를 또 범하였구나. 쯧쯧. 이렇게 수련이 부족해서야……. 마족은 인간 같으면서도 인간의 탈을 쓴 것들이란다. 뱀파이어, 웨어울프 같은 몬스터로 지성을 갖추고 있으면서 식인 습성을 가진 종자들이라 하면 이해가 쉽겠구나.”

흡혈귀나 늑대인간은 인간이 변한 것이라 여겼는데 이곳 아이온에서는 마족으로 불리고 있었다.

“어둠의 마나가 그들의 생명의 원천이라고 보면 된다. 빛의 일족인 인간이나 엘프 등은 흔히 마나라고 부르는 빛의 마나를 사용한다.”

1골드가 고개를 끄덕였다. 음양이기(陰陽二氣)론과 흡사한 면이 있어 이해하기가 쉬웠다. 만물은 음양이란 두 가지 속성으로 생성이 되고 상대적인 두 개념이 만나 발생하는 에너지가 변화의 원천이라고 한다.

“그런데 인간은 빛의 일족이라고 하면서도 두 가지 기운을 모두 사용할 수 있다. 그래서 신이 선택한 종족이란 말들을 한다. 너도 아는 것처럼 봄멜님은 어둠의 마나를 사용하신다. 그래서 어둠의 속성 때문에 음침한 면이 있으신 게야. 후후후. 반대로 신을 섬기는 자들, 신관들은 빛의 마나를 근간으로 하고 있단다. 그러니 둘이 견원지간인 것은 당연한 일이 아니겠느냐?"

영성을 수련하며 생각한 것처럼 비호감, 무협의 사파와 정파의 관계와 묘하게 일치했다. 주로 사용하는 기의 특성 때문에 서로를 못 잡아먹어 안달이 난 것이다.

"신관들은 마법사가 만들어내는 마법을 신의 권능에 도전하는 행동이라며 악마의 화신이라 매도를 한다. 그런데 웃기는 일은 신관들도 마법사와 똑같은 마법을 부릴 수 있다는 점이다. 마법사처럼 시각적인 효과는 조금 떨어져도 내가 볼 때는 크게 다를 바가 없었다. 뭐 자신들은 신이 부여한 권능을 쓴다고 하는데 머리만 감추고 꼬리는 보이는 어리석은 짓이지. 그 산 증인이 무사들 아니겠느냐?"

동의를 구했지만 1골드는 멀뚱히 쳐다만 보고 있었다.

"허험! 마나를 깨달은 많은 무인들이 주로 빛의 마나를 사용하지만, 그렇다고 어둠의 마나를 쓸 줄 모르는 것은 아니란다. 무사들은 두 가지 기운을 모두 사용한다. 직접 보여주는 게 빠르겠구나. 어디 검을 내밀어보아라."

일반 검 폭의 네 배에 달하는 대검과 일반 장검이 검면을 마주 대었다. 모상세로만 본디면 툭 치기만 헤도 장검이 부리질 것 같았다.

한순간 1골드의 눈이 급격히 커졌다. 대기에 작은 소란이 일더니 유진의 주위로 마나가 모여들었고 몸으로 빨려들어 갔다. 더욱이 생명 에너지가 강성한 날이라 마나의 움직임이 확연히 드러났다.

봄멜이 보여준 마법과는 마나의 이동에 많은 차이가 있었다. 봄멜의 경우 신체 외부의 한 점에 주변 마나가 모여들었다면 유진은 마나를 흡수하는 듯했다.

웅웅웅웅!

순간 검을 통해 작은 떨림이 전해져 왔다. 1골드가 시선을 맞닿은 검면으로 돌렸다. 울고 있었다. 마나를 흠뻑 머금은 검이 울었다.

땅!

일순간에 장검에서 터져 나오는 강맹한 힘에 대검이 튕겼다. 1골드는 검을 놓치지 않으려는 듯이 어금니를 악물었고 대검에 전달된 힘을 해소하기 위해 커다랗게 한 바퀴를 돌아야 했다.

"이게 무슨?!"

1골드는 그 순간을 떠올려 보았다. 검과 검이 마주 대고 있는 장면. 작은 폭발이 있었다고나 할까. 고목나무에 붙은 매미 같은 장검이 대검을 튕겨 버렸다. 유진의 손은 분명 아무런 움직임도 없었다.

검이 하나의 생명체인 양 자체의 힘으로 대검을 튕긴 것이다. 그렇게밖에 설명이 되지 않았다.

"한 번만 더 보여주시겠습니까?"

진중한 1골드의 태도에 유진이 웃음을 머금고 검에 내력을 집중했다.

땅!

똑같은 상황, 하나 1골드는 다른 움직임을 보았다. 장검과 유진의 몸이 하나였다. 유진의 몸 주위를 순환하는 기체(氣體)가 확장되어 장검까지 신체의 일부분인 양 순환했다.

신검합일(身劍合一). 그렇다. 그것이었다.

그것으로 검에서 발생한 힘이 설명되지는 않았다.

"이 힘이 빛의 마나다. 내포한 여러 속성 중에 밀어내는 힘을 가지고 있단다. 다시 검을 대어보겠느냐? 이번엔 힘을 주고 버텨보거라."

다시 검면이 맞대어졌고 1골드는 온 정신을 그 점에 집중했다. 두 다리를 굳건히 했으며 검병을 맞잡은 두 팔엔 굵은 핏줄이 돋아났다.

휘청!

어이없었다. 유진은 검을 떨어뜨리려 했고 자신은 가만히 있었다. 그런데 자석에 붙은 쇳조각처럼 대검이 딸려갔다. 마나의 변화도 없었다. 조금 전과 같이 검이 마나를 잔뜩 머금은 상태, 이번엔 폭발도 없었다.

"한 번 더 해보겠느냐?"

"아닙니다."

"그래, 어둠의 마나다. 끌어당기는 힘이 있단다. 미는 힘과 끌어당기는 힘, 정반대의 성질이다. 빛과 어둠, 그래서 기사들은 표면적으로 신관의 편에 서지만 내심으론 마법사들과 동조하는 자들도 많다. 교단에서는 어둠의 힘을 사용하면 마족이라 하는데 그들의 논리대로라면 무사도 마족이란다. 허허허, 우습지 않느냐? 그래도, 신관들이 백성들의 지지를 받고 있으니 어쩔 수 없이 신관들 편에 선단다. 하지만 마법사와 신관들 간에 전면전이 벌어지면 얘기가 달라진다. 무인들은 중립을 선언하는 자들이 많을 것이다. 이런 이야기는 차차 하기로 하고, 일단 몸부터 풀거라. 오늘은 할 일이 많다. 아마 날을 지새워야 할지도."

고개를 끄덕인 1골드가 몸을 풀기 시작했다.

한 시간여가 흐르고 땀 범벅이 된 1골드가 숨을 가다듬었다.

"준비됐습니다."

자연스레 검을 내린 유진이 달빛 아래 섰다.

"스왈츠 가는 한때 대륙을 호령했다."

유진이 가문의 비사부터 시작했다.

"…그렇게 검이 단절이 되어 완벽하진 않지만 어디 가서 이름을 내밀어도 부끄럽지 않을 정도까지는 복원하였다. 아이온에서 마나를 담는 법은 두 가지다. 마법사들처럼 편하게 누워 정신을 통해 마나를 끌어당기는 방법, 그리고 무인답게 몸의 움직임을 통해 마나를 축적하는 방법이다. 이렇게 말이다. 잘 보거라."

유진은 두 다리를 움직이기 편하게 어깨 너비로 벌리고 양팔을 자연스레 내렸다. 그리곤 목을 젖혀 달빛을 얼굴에 맞고 크게 숨을 들이켰다.

축 처진 양팔이 고개가 내려옴과 동시에 양옆으로 크게 원을 그리며 서서히 올라갔다. 머리 위에서 맞잡은 검이 우뚝 솟아 있을 때 유진의 왼발이 아무런 기척도 없이 미끄러졌고 검첨은 눈높이에 와 있었다.

사라랑…….

검이 춤을 추었다. 몸은 수면을 떠다니는 낙엽처럼 유영(遊泳)을 하였다. 끊어질 듯 끊이지 않는 검로(劍路)가 끊임 없이 이어졌다. 검이 허공에 한 점을 찍고, 한 점이 모여 직선을 만들고, 직선의 끝과 끝이 만나 원이 되었다. 그렇게 검은 수많은 원을 그려내었다.

원들이 모여 검은 넓은 장막이 되어 하늘을 덮고 멈춘 듯 움직이는 다리는 날아가며 사뿐히 하늘을 밟고 올라섰다. 작은 손짓 하나에 어두운 하늘을 수놓은 별빛들이 모여들었고 흘리내린 땀은 방울져 별빛을 간기우고 오묘한 빛을 발하며 나부꼈다.

　미친 달빛 아래의 환상적인 검무(劍舞)에 넋이 빠진 1골드
에게 어느 순간부터 일정한 음률을 탄 노랫소리가 들려왔다.

　검을 통해 가는 방편은 무에 있는가?
　검은 그저 검, 도구에 지나지 않으니,
　가슴속에 한 자루의 날을 세우고 있다면 그것도 검이요,
　검을 버리고, 눈을 감을지다.
　검은 검이 아닌 검이 가진 질문을 풀어가는 행로(行路).
　감은 눈으로 검을 보지 말고 내부에 숨겨진 본질을 보라.
　자신의 진정한 본질을 아는 것이 곧 검을 깨닫는 길이라.

　검은 오늘과 내일이 다를지니 익숙한 것도 처음이라
　만사가 처음이요, 끝이 시작이요, 시작이 곧 끝이니.
　검으로 나를 죽이고 만물을 죽여라. 죽음은 또 다른 시작.
　내가 죽어 검이 살고 검을 죽여 내가 살지니.
　검은 마음, 마음이 검이라 마음과 검은 하나요, 전체라.
　검은 작은 하나, 하나를 보지 말고 전체를 보라.
　하나가 곧 전부며 곧 세상이니라.

　1골드도 몰랐다. 어느새 어깨가 절로 덩실덩실 춤을 추었
고 혈관을 도는 피가 끓어올랐다. 손이며, 발이며, 입이며 박

자에 맞추어 의미없이 움직였다.

쿵 쿵 쿠쿵! 쿠쿠쿠쿵!

"으하하하! 조오탓!"

자신도 몰랐을 게다. 춤에 취해, 노래에 취해 흥이 돋은 1골드는 달빛 아래 머리를 풀어헤친 미친놈마냥 뛰어다녔다.

어느새 검무를 멈춘 유진이 이마에 흐르는 땀을 닦았다. 그는 미소를 머금고 1골드를 바라보았다.

용병을 자유를 찾는 사람들이라고 하지만 진실은 무사가 자유인이다. 왕후장생의 검도 검이고, 노예의 검도 검이다. 마나의 흐름은 자유, 마나를 쫓는 무인도 자유를 추구한다.

검무를 보고 흥이 돋았다면 그것도 좋은 일.

깨달음이란 특별한 게 아니다. 밥을 먹다가도 올 수 있고, 화장실에서 변을 보다가도, 저렇게 미친놈마냥 뛰어다니다가도 올 수 있다.

막돼먹은 움직임이라도 자유의 표출에서 무언가 얻는 게 있다면 그것으로 족하다. 단지 땀만 흘려도 마음만은 개운 할 터.

신이 나 춤을 추던 1골드가 변하기 시작했다. 흥겹던 몸동작이 차차 느려져 흐느적거렸고 달빛 아래 반짝이는 물체가 눈에서 흘러나왔다.

산만한 덩치가 울면서 흐느적거리는 모습이 과히 좋지만은 않았지만 유진은 말리지 않았다. 무언가 마음속에 응어리진 것이 있어 저도 모르는 사이 표출된 것일 게다. 춤을 통해서라도 푸는 게 낫고 풀어야 한다.

"하아… 하아… 하아……."

1골드가 멈추어 섰다. 얼굴을 쓸었다. 왜 눈물이 났을까. 신이 나 춤을 추었는데 왜 슬퍼졌을까.

간단했다. 1골드는 정우고 정우는 1골드니까. 마음속 깊은 곳에 묵직하게 가라앉아 있던 슬픔이 밀려든 것이다.

"하하하, 시원하지 않느냐? 마음속 깊은 곳까지 시원해졌을 게다."

"…감사합니다."

뜻 모를 말이었다. 감사하다니?

유진은 자신을 거두어주어 감사하다는 말로 알아듣고 고개를 끄덕이는 것으로 답을 대신했다.

"검무를 모두 보았더냐?"

1골드가 고개를 가로저었다.

"후후, 그랬을 테지. 괘념치 마라. 평생을 배워야 하는 검무니. 이 검무가 마나를 다스리는 방법이란다. 마나 소드니, 마나 댄싱이니, 슬로우게터니 여러 이름이 있지만 난 검무라는 말이 좋다."

"검무가 마나를 모아줍니까?"

"모아준다. 검무를 통해 자연스럽게 마나의 흐름을 몸으로 느끼고 받아들이는 것이다."

‘기체조?’

1골드는 잠시 기체조와 비교해 보았지만 유진의 이어지는 말에 오래가지는 않았다.

“검무의 검로도 중요하지만 그보다 호흡이 더 중요하다. 동작동작마다 날숨과 들숨이 있고, 발을 디디는 동작에서 어디에 힘을 주느냐가 마나가 체내에서 순환하는 데 크게 영향을 미친다. 이런 오묘한 진리가 진정한 스왈츠 가의 비결이니라.”

“노래를 부르셨습니다.”

유진이 고개를 끄덕였다.

“너도 노래를 불러야 한다.”

“노래를 부르면 숨은 어떻게 쉽니까?”

“후후, 노래에 숨을 쉬는 비결이 숨겨져 있단다. 검무만 추어서도 마나를 모을 수 없고, 노래만 불러서도 아니 되고, 둘을 병행하면서 체내의 힘의 배분을 배워야 한다. 알겠느냐?”

“예.”

“노래가 단순한 호흡의 비결만은 아니다. 선조들께서 남겨 놓은 깨달음이 녹아 있다. 그건 내가 가르쳐 줄 수가 없구나. 나의 아버님도 그랬고 나도 받아들이는 게 달랐으니까. 내가 그 속에서 무엇을 가져갈지는 나도 모른다. 다만 큰 깨달음을 얻기 바랄 뿐이다. 기대해도 되겠느냐?”

“예   .”

1골드는 말꼬리를 흐릴 수밖에 없었다, 시간이란 족쇄에 매여 있는 그였기에.

유진이 고개를 들어 쏟아지는 달빛을 받았다.

"오늘은 마나가 충만한 날이라 네가 마나의 흐름에 거슬리지 않고 검무를 추기에는 좋은 날이다. 마나도 그런 너를 기꺼이 받아줄 것이란다."

유진의 편안한 미소에 1골드도 마음이 푸근해졌다. 정말 아버지를 대하는 듯했다. 1골드가 시선을 들었다. 달이 코앞에 있는 것처럼 정말 환하게 웃고 있었다.

"유진님."

"아버지라 부르거라."

분위기 탓인가 유진이 뜻밖의 말을 했다.

"…아, 아버지."

빙긋 웃은 유진의 따뜻한 시선이 1골드를 향했다.

"말해보거라."

"전투에 참가하겠습니다."

흠칫 놀란 유진이 물었다.

"무슨 이유라도 있느냐?"

"없습니다. 그저 참가할 때도 되지 않았나 싶어……."

유진에게 손을 벌리기는 싫었다. 스스로의 힘으로 해주어야 의미가 있다. 1골드는 평생을 받기만 하고 베풀어본 적이 없었다.

한참을 1골드를 주시하던 유진이 고개를 끄덕였다.

웬만한 장정보다 머리 하나는 큰, 아이 아닌 아이다. 우연이었으나 맨손으로 트롤을 잡고 조장급 용병을 완벽하게 눕힌 특이한 존재.

유진은 어느새 희미한 미소를 짓고 있었다.

정식 용병으로 샤벨 타이거에 이름을 올린 지 한참이 지났다. 그동안 1골드는 개인적인 사정으로 훈련만 참가하고 임무에는 투입되지 않았다.

하지만 완전히 정신을 차린 지금, 피할 수만도 없는 노릇이었다. 용병단에 이름이 올라 기본 급여를 받고 있는데 공돈만 챙길 순 없는 것이다.

용병단에 소속된 용병들의 월급은 기본 급여와 전투 수당을 합해 지급된다. 한 달 내내 전투에 참가를 한다면 일반 기사보다 더 많은 급여를 받는데 일반 농민의 일 년 치 벌이에 해당하는 40골드(4백 만원) 정도였다.

국가 상비군에 소속된 보병이 10골드를 받았으니 비교적 많은 돈을 벌고 있는 것이다. 매일 칼날 위를 걷는 인생이기에 위험을 감안한다면 그리 많은 돈이라고는 할 수 없지만.

어린아이처럼 엉엉 울던 1골드의 모습이 눈에 선했다. 세상을 모르는 아이, 1골드에게 피의 냉정함과 전투의 참혹함을 가르치는 것 같아 찝찝한 기분이다.

유진은 실전과 훈련이 엄청난 차이가 있다는 것을 잘 알고 있었다, 1골드가 아직 준비가 덜 됐다는 것도.

'허허, 한 사람의 몫을 하고자 함인가. 자립하려는 자식을 보는 심정이 이러할까. 말뿐이 아닌 진정 아비가 된 것 같구나.'

근래에 들어서 1골드가 정상인처럼 생활을 하고 있어 어느 정도 마음이 놓였다. 그만 전장에 홀로 보내는 것도 아니니 조금만 신경을 쓴다면 그리 큰 문제가 생기지는 않을 것이다.

검의 길로 가고자 마음을 먹었으면 어차피 피를 봐야만 한다. 그 시기가 언제냐의 문제였을 뿐이다. 1골드에겐 좀 냉정한 말이지만 허공에 검을 만 번 휘두르는 것보다 한 번 베는 게 낫다.

*   *   *

오랜 행군에 지친 글렌은 따스한 햇볕을 맞고 있는데 갑자기 그늘이 지자 인상을 찌푸렸다.

"어떤 씨베럴 잡배 놈이 햇빛을 가려?"

별 대꾸도 없이 인기척이 나고는 곧 옆에 누군가가 앉았다. 글렌이 실눈을 뜨고 언뜻 보니 낯익은 덩치였다.

"…미안하다."

"…훗! 크크큭."

글렌이 쓴웃음을 짓고 상체를 세워 앉았다. 1골드였다. 시선을 무릎 사이에 둔 글렌이 말했다.

"뭐가 미안해?"

"전에 일. 내가 미쳤다."

"하하. 넋 빠진 놈. 그게 사과할 일이냐? 잊은 지 오래다. 언제 적 얘기를……."

무의식적으로 글렌이 목둘레를 쓸었다. 툴툴한 흉터가 손끝에 전해졌다.

1대대 대장 유진을 사령관으로 해서 영주들 간의 다툼에 참전을 하러 가는 길이었다. 돌격대에서 두 개조 스무 명이 차출되었는데 그중에 글렌도 포함되어 있었다.

어색함을 달래려는 듯 글렌이 불쑥 물었다.

"너 지금 어디 가는 줄 알고 따라온 거냐?"

"싸움하러."

글렌이 1골드와 시선을 맞추었다.

"목숨을 걸어야 한다는 건 알고 있냐?"

1골드가 고개를 끄덕였다. 실소를 흘린 글렌이 고개를 돌렸다.

"내 기억에 넌 딱 세 번 전투에 참가했었다. 맨 처음이… 작년이던가? 맞다. 후방에서 투석기 재는 일을 했었지, 두 번째는 방패만 들고 멋모르고 전진만 했었고."

1골드도 모르고 있는 일이었다.

"세 번째가 마법에 맞은 날이고… 넌 한 번도 칼을 들어본 적이 없어.”

글렌이 손을 깍지 끼워 머리를 받치고 누웠다. 하늘이 더없이 맑았다.

“어쩔 수 없음인가…….”

“응?”

“용병, 네가 용병이 되는 거. 더럽게 운이 좋아 정신을 차렸는데 용병단에 있었어. 보고 배운 게 칼질이니 용병이 될 수밖에 없다는 말이야. 어이, 트롤 뱀파이어, 이번에도 이빨로 물어뜯을 거야?”

피식 웃은 1골드가 글렌 옆에 몸을 누였다.

“그럴지도.”

“그때가 열네 살이었어. 영주의 군사들이 마을에 들이닥쳐 다음 해 파종할 곡식까지 싹 뺏어가고, 서서 오줌 싸는 새끼라면 열 살 꼬마도 끌고 가더니, 칼 같지도 않은 쇳덩이를 하나 던져 주고는 싸움판으로 밀어 넣더라. 졸라 무서웠다. 큭큭큭, 얼마나 무서웠으면 오줌 지린지도 몰랐겠냐. 에이, 쪽팔리게. 멍청하게 서 있다가 밀려 넘어졌다. 뒈지지 않은 것만도 다행이지. 옆에 보니까 눈 뜨고 뒈진 놈이 하나 있더라고. 아무 생각도 없었는데 손은 그놈 피를 묻혀 얼굴에 바르고 있더라.”

글렌은 마치 남의 일을 얘기하듯 지나온 과거를 풀어놓았다.

"해가 질 때까지 그러고 있었어. 그리곤 살았다 생각하고 마을로 돌아가려고 했어. 지금 같으면 절대 마을엔 가지 않겠지만 잡히면 탈영했다고 목을 치거든. 여하튼 끔직한 시체들 사이를 지나는데 어떤 놈이 다리를 붙잡더라고. 얼마나 놀랐는지 심장이 튀어나올 뻔했다. 배가 반쯤 갈려 내장까지 쏟아낸 놈이었는데 뭔 그리 힘이 좋은지. 그런데, 그렇게 무서운 순간에 피에 젖은 금니가 확 눈에 띄더라. 내가 어떻게 했을 것 같나?"

"……"

"훗! 옆에 굴러다니던 도끼를 잡아 놈의 대가리를 갈겨 버렸다, 금이빨 하나 때문에. 그놈이 적인지 아군인지도 모르고. 뭐 상관도 없지만. 그게 첫 살인이야. 대가리가 깨져 허연 뇌수가 질질 흐르는데, 이빨이 여간 단단하지가 않아서 그 새끼 대가릴 잡고 염병을 한 시간이나 떨었다. 사람 목숨이 그런 거야. 억만금으로 바꿀 수 없는 놈들이 있는가 하면 금니 하나만도 못한. 그게 전쟁이다. 할 수 있겠냐?"

"…모르겠다."

"후후, 그럴 줄 알았다. 넌 아직도 멀었어. 올 일도 없겠지만 전투가 시작되면 내 옆에는 절대 오지 마라. 내 검에 먼저 죽는 수가 있다. 너 같은 놈을 전우라 믿고 싸울 수는 없는 노릇이니."

엉덩이를 털고 일어선 글렌이 기지개를 켰다

"미안하다는 말은 네놈 때문에 모가지가 날아갈 네 동료한 테나 해라."

1골드를 일별한 글렌이 대열로 향했다.

1골드는 글렌이 남기고 간 말이 머릿속에서 떠나지 않았 다. 글렌이 용병들 사이로 사라질 때까지 지켜보던 그는 작게 고개를 끄덕였다.

어렴풋이 알 것도 같았다. 글렌이 자신을 괴롭힌 이유는 살 기 위함이었다. 신뢰가 가는 강한 동료를 원했기에 그가 눈에 차지 않았던 것이다.

얕은 분지를 사이에 두고 양편 구릉 위에 병사들이 질서 정 연하게 도열하고 있었다.

히이이이잉!

전장의 긴장이 본능을 일깨웠는지 말들이 거칠게 투레질 하며 땅을 골랐다.

글렌이 투구 사이로 날카롭게 적 진영을 훑었다.

"저 새끼들 포츠덤 놈들 아니야?"

그의 친구이자 조원이기도 한 크리스가 고개를 끄덕였다.

"맞는 것 같은데. 일이 우습게 됐네. 지난 전장에서는 아군 이었는데, 적으로 만났으니."

많은 수의 상비군을 유지할 재력이 없는 영주들은 무력을 동원할 일이 생겼을 때 용병을 고용한다. 그러다 보니 오늘은 이쪽 진영에서 창을 들이밀던 용병이 내일은 상대편으로 넘어가는 일도 있었다.

"후우! 뭐 다른 것 있나. 그놈이 그놈이지. 저번에 보니까 저놈들 만만치 않은 것 같던데 길어지겠어. 크리스, 잘 알고 있겠지만 애들한테 바짝 긴장하라고 전해."

"그러지, 조장."

이번 의뢰는 투실바 국경 지대의 영주에게서 들어왔다. 이웃한 영주끼리 사소한 시비가 붙어 무력 행사까지 간 경우였는데 그 이유가 종교적인 문제였다.

글렌이 보기엔 별일도 아니지만 귀족들끼리는 아주 사소한 일에도 검을 빼 든다. 자존심밖에 없는 놈들이라 후처로 점찍었던 여인을 다른 귀족 놈이 채가자 전쟁을 일으킨 적도 있었다.

하긴 제 놈들 목숨을 걸고 하는 전쟁도 아니었으니…….

그때 대장기를 앞세우고 세 필의 말이 전장 한가운데로 나가는 모습이 보였다. 글렌이 보기엔 쓸데없는 과정으로 서로의 잘잘못을 따지며 언쟁을 하며 싸울지 말지, 어떤 방식으로 싸울지를 결정하는 협상이다.

"일기토는 힘들겠지?"

어느새 다가온 크리스의 물음이었다.

"큭큭, 당연하지. 유진 대장님을 저놈들도 뻔히 아는데 응하겠나? 기병전두 안 할걸."

"전면전이군."

"혹시 모르지. 저놈들이 우릴 보고 꼬리를 말지도."

"조장님, 일기토가 뭡니까?"

"일기토는……? 1골드?!"

못내 글렌의 마지막 말이 걸린 1골드는 유진에게 돌격대를 자청했다. 기병 전술에 아직 녹아들지 못했던 1골드여서 유진도 그의 고집을 꺾지 않았다.

1골드를 보고는 절레절레 고개를 저은 글렌이 풀썩 웃었다. 돌려보낼 수도 없는 상황이라 실없는 웃음만 나왔다.

"하아! 미치겠군… 내 손에 죽기 싫으면 정신 바짝 차려."

1골드가 커다랗게 고개를 끄덕이자 글렌이 말을 이었다.

"기사들은 전투에 임하기 전에 아군의 사기를 높이려고 일 대 일 결투를 하는 건데 용병들 사이에선 대장끼리의 승부로 승패를 결정짓는 것야. 우리 같은 졸자들에겐 편한 방법이지. 물론 수당이 작아지긴 하지만."

사소한 다툼이라면 영주가 내세운 기사들끼리의 대결로 승패를 정한다. 일의 경중에 따라 무력의 사용 범위도 달라진다.

"저쪽 대가리 놈이 유진님을 이길 자신이 있으면 일기토를 받아들일 것인데, 지금은 힘들 것 같고……."

글렌의 말이 끝나기도 전에 가운데 모여 있던 대장 일행이 일제히 말머리를 돌려 박차를 가했다.

두두두두두!

구릉을 달려오는 유진이 마상에서 검을 높이 쳐들었다.

"전투 준비!"

협상이 결렬되어 전면전을 알리는 신호였다. 글렌의 예상대로 포츠덤은 인원수를 앞세웠다. 아군은 1개대 백 명이었고 상대는 반수 정도가 더 많아 보였다. 저쪽 영주가 좀 더 돈을 썼나 보다.

샤벨 타이거 용병단으로서도 상대방이 인원이 많다고 의뢰를 파기하고 돌아설 수도 없었다. 등을 돌리면 바로 용병단 깃발을 내려야 한다. 불리하다고 의뢰인을 버리고 도망가는 용병단을 누가 기용할 것인가.

영주의 병력까지 포함해 200대 300의 싸움이 해가 분지 정중앙에 떴을 때 시작되었다.

휘이잉!

비장함이 감도는 분지 사이를 바람이 쓸고 지나갔다. 그게 신호라도 되는 양 서슬 퍼런 창날을 앞세운 병사들이 지옥도가 그려질 분지를 향해 한 발짝 발을 들여놓았다.

척! 척! 척척! 척척척……!

다다다다다닥!

"와아아아아!"

피에 대한 두려움을 떨쳐 버리려는 악에 받친 함성을 일제히 터뜨린 병사들이 돌격대를 앞세우고 일제히 달려나갔다.

150m여의 거리에서 궁수들은 활을 날리고 거리가 50m로 줄자 단창과 마법이 화살을 대신했다.

1골드도 최선두 돌격대와 호흡을 맞춰 땅을 박찼다. 그러나 한 발 두 발 구릉을 뛰어 내려갈수록 걸음이 늦어지더니 어느새 두 발이 땅에 붙어버렸다.

1골드의 떨리는 눈동자에 광기에 찬 전장이 가득 들어왔다. 일정한 목표도 없는 엄한 화살에 눈이 꿰뚫린 병사가 얼굴을 부여잡고 신음하고, 창에 목이 관통당한 자는 창과 함께 땅에 꽂혀 버렸다. 그것도 그의 눈앞에서.

팔다리가 날고 피 튀기는 전장, 서로를 죽이기 위해 광기에 휩싸인 병사들, 한 병사가 당면한 적을 토막 내면 어디서 튀어나왔는지 엄한 칼날이 그를 베고 지나갔다. 비명과 악에 받친 괴성, 피와 광기가 어우러진 처참한 지옥도가 일순간에 펼쳐졌다.

주어진 단창을 던지지도 못한 1골드는 보기에도 안쓰러울 정도로 부들부들 떨며 땅에 고정된 허수아비가 되었다. 마음을 다잡고 왔다지만 이런 처참한 광경을 직접 대하자 공황 상태에 빠져 버린 것이다.

겉은 건장한 1골드라도 속은 부모에게 어리광을 부리며 책만 파던 일개 소년이었다. 다가오는 죽음의 공포를 이겨낸 정신도, 여태 쌓은 수련도 그를 움직이게 하지는 못했다.

카앙!

"야이! 개자식아! 내 손에 먼저 죽는다고 했지! 빨리 뛰
어!"

선두에 있어야 할 글렌이었다. 그가 방패로 1골드의 투구
를 후려쳤다.

"어! 어! 나는……! 나……."

"크아악!"

"으악, 내 팔! 내 팔! 살려줘……! 커어억!"

언놈의 비명인지도 모른다. 격전장이 어느새 1골드가 서
있던 자리까지 밀려 버렸다.

샤벨이 포츠덤에 비해 우위에 점하고 있는 전력은 유진이
이끄는 기병대였는데 그들의 모습은 전투가 시작된 이례로
보이지 않았다. 포츠덤도 기병을 출전시키지 않아 보병대끼
리의 전투 양상이었다. 병력 수에 밀린 샤벨이 수세에 몰린
채 후퇴를 거듭하고 있었다.

사방에서 비명이 터져 나오자 1골드는 아예 아무것도 보이
지 않았다. 아교처럼 달라붙은 두 발은 떨어질 줄을 몰랐고,
다리부터 시작한 떨림이 머리까지 올라 이빨 부딪치는 소리
를 내었다. 이건 몬스터와 대면했을 때와는 전혀 다른 공포였
다.

"으아악! 빌어먹을!"

코앞에서 울리는 비명이다. 글렌이었다.

1골드는 정신이 번쩍 들었다. 고집까지 피우며 돌격내에

자원한 이유가 뭔가. 성장한 모습을 글렌에게 보여주고 싶었기 때문이 아니던가. 하지만 여전히 짐만 될 뿐, 변한 게 없었다. 그때 뭔가 울컥하는 기분이 들었다.

"크아아아악!"

주변을 일시에 멎게 만드는 고성이 그의 목에서 터져 나왔다. 이건 아니다!

쾅!

붙어버린 발을 탓이라도 하는 듯 땅을 세차게 굴렀다. 그때서야 1골드는 좁혀진 시야가 밝아지며 주변의 사물이 보이기 시작했다. 글렌이 앞에서 한 팔을 늘어뜨린 채 두 명의 적과 검을 섞고 있었다. 그를 살리기 위해 대신 검을 맞은 것이다.

"차아아앗!"

크리리릭!

힘찬 기합 소리와 함께 글렌이 숄더(칼받침) 싸움을 벌이던 검을 밀쳐 올리더니 오른발로 적의 사타구니를 차올렸다.

그때 1골드의 눈에 중심이 흐트러진 글렌의 옆구리로 검을 쑤셔 넣는 적의 모습이 들어왔다.

1골드는 입술을 깨물었다. 그를 그토록 괴롭혔던 글렌도 나름대로의 이유가 있었다. 바로 지금과 같은 상황이었다. 자신이 저 적을 막지 못하면 글렌은 죽는다.

글렌을 죽일 순 없다. 그는… 친구다.

1골드는 어떻게, 어떤 식으로 적을 막겠다는 생각 따위는 없었다. 단 하나 글렌을 살려야겠다는 마음뿐이었다. 마음을 굳게 먹자 자신의 몸 같지 않던 몸이 움직였다.

창은 찌르는 병기다. 1골드는 창을 검처럼 휘둘렀다. 창날이 글렌의 빈 옆구리를 베어가는 적을 양단이라도 하는 기세로 정확하게 적의 정수리에 떨어졌다.

까아앙!

빠삭!

얼마나 세게 내려쳤는지 쇠만큼 단단하다는 물푸레나무로 만든 창대가 부러지고 적의 투구가 움푹 꺼졌다.

고비를 넘긴 글렌이 작은 숨을 뱉고는 사타구니가 채여 상체를 숙인 병사의 목덜미에 검을 쑤셔 넣었다.

"크르륵!"

비명을 뒤로한 글렌은 1골드가 막은 적을 상대하기 위해 몸을 돌렸으나 손을 쓰지 않았다. 머리통이 박살이 났는지 투구 사이로 흘러내린 피가 얼굴 전체를 덮고 있기 때문이었다.

"개자식, 돌아가서……."

한 소리 내뱉으려던 그는 뒷말을 잇지 못했다. 그사이에 서너 명의 병사가 달려들고 있었다.

"후우……! 후우……!"

머리가 함몰되어 널브러진 병사를 보던 1골드는 숨을 골랐다. 그사이에도 주위에서 안면이 있는 용병들이 비명을 지르며 쓰러져 가고 있었다.

"후우! 후우!"

1골드의 손이 어깨너머로 향했다. 손에 짝 달라붙는 가죽의 감촉이 느껴졌다. 검병을 살짝 틀었다. 달깍 소리와 함께 대검을 지탱하던 고리가 풀렸다. 하늘에 닿을 듯 치켜든 대검이 햇빛에 반짝였다.

"우아아아아악! 차앗!"

1골드는 우렁찬 기합 소리와 함께 발끝으로 땅을 찍었다. 스치듯 바닥을 미끄러져 나간 그는 언놈의 어깨를 내려쳤다.

퍼억! 우드득!

"크아아악!"

베는 소리가 아니다. 몽둥이로 후려친 소리다. 피육이 갈리고 뼈가 부러지는 섬뜩한 소리가 났다.

검을 통해 전해지는 피육과 골이 갈리는 느낌, 그는 검을 다잡았다. 섬뜩한 느낌에 검을 놓칠 뻔해서다. 하지만 정신을 놓지는 않았다. 배운 바대로 검을 비틀면서 뽑아내었다. 인간의 육질이 반사적으로 이물질인 검을 꽉 잡기에 검의 빠른 회수를 위해 돌려 틈을 만드는 것이다.

푸화확!

철가면 위로 뜨끈한 액체가 튀었다. 아직도 식지 않은 피였다. 손바닥으로 철가면을 쓸어낸 1골드는 또다시 검을 휘둘렀다.

그렇게 시작되었다, 마치 작두가 하늘에서 떨어져 내리는 것 같은 대검의 궤적이.

이십 기의 기병을 둘로 나눈 유진은 적 본진의 우측으로 파고들었다. 적의 후방 지원을 차단하고 난전을 유도하기 위해서였다.

집단전에서는 무엇보다도 머릿수가 승패를 가른다. 정면 대결을 해서는 승산이 없다. 전력이 우수한 기병이라도 적 기병이 치고 빠지는 전술로 발목을 잡고 늘어지면 그동안 보병은 전멸을 당한다.

기병과 합세한 보병, 당할 수가 없다. 차라리 개인의 전력이 우세에 있다는 가정 아래 난전을 벌이는 게 나았다.

"하얏! 모두 쓸어버려라!"

유진의 기병은 잘 훈련된 일사불란한 움직임이었다. 유진을 정점으로 화살촉 모양으로 대열을 이룬 기병대는 상당한 속도로 본진 우측을 잘라 들어갔고 반대편에서는 터커가 랜스에 두 명의 적 병사를 꿴 채 말고삐를 채고 있었다.

대기하고 있던 적 기병이 달려들었을 때는 이미 본진 깊숙이 치고 들어간 상태라 유진이 의도한 대로 사람이든 말이든 베어 넘기는 난전으로 접어들었나.

칼질 한 번으로 갑옷과 몸통을 한꺼번에 베어버리는 무위에 아무도 다가서지 않자 잠시 여유가 생긴 유진은 빠르게 전장을 살폈다.

그의 눈에 커다란 반원을 그리는 무식한 대검이 눈에 확 띄었다. 1골드였다. 검이 허공을 가르면 뒤따라 피육이 튀어 올랐다. 그의 주위엔 작은 공터가 생겨난 듯한 느낌까지 들 정도였고, 아예 적이 달려들지 않자 1골드가 대검을 풍차처럼 휘돌리며 달려들었다.

유진은 허탈한 웃음밖에 나오지 않았다.

"허허허……."

적들에겐 무시무시한 광경이었지만 유진의 눈엔 겁에 질린 아이가 발악하는 모습으로 비춰졌다.

"후우……."

유진은 안쓰러운 마음이 일었지만 여기는 전장이었다. 그리고 1골드가 걸어갈 운명이었다. 검을 든 자의 숙명.

포츠덤 용병단을 이끌고 온 수장은 상급 검사 터커와 비슷한 경지였다. 오러를 뿜어낼 수 있는 유진을 상대하려면 적어도 터커 정도의 검사가 세 명 이상이 달라붙어야 한다. 그렇게 차륜전을 통한 머릿수로 채우려 했으나 여의치 않게 흘러갔고 결국은 포츠덤에서 항복의 깃발을 내걸었다.

보통 영주 간의 다툼은 거의 이런 식으로 끝이 났다. 골수에 사무치는 원수 진 일이 아니라면 한편이 완전히 전멸할 때까지 싸우지 않는다.

전투의 흐름이 한쪽으로 기울면 패배를 선언하고 원인된 일에서 깨끗이 손을 뗀다는 약속을 한다. 그리고 전쟁에 들어간 비용과 피해에 따른 위자료 명목으로 보상금 협상을 하고 매듭짓는다.

결국 영주들 간의 전쟁은 자존심 대결이었다, 그 자존심으로 인해 당한 피해는 영주민들에게 고스란히 돌아가지만.

샤벨 타이거 용병단은 전투 수당과 별도의 승리 수당을 챙기고 미련없이 본진으로 귀환하면 이 허무한 전쟁은 끝이 난다. 그게 용병의 모습이었다.

잘려진 사지가 아무렇게나 널려 있고, 피가 대지에 듬뿍 영양분을 공급하고 있는 자리에 1골드가 멍하니 서 있었다.

유진은 온몸에 피 칠을 한 채 부들부들 떨고 있는 1골드의 어깨에 손을 올렸다. 아무 말 없이 한참을 그대로 서 있다가 그들은 어깨를 나란히 하고 아수라장이 된 격전장을 벗어났다.

본성으로 돌아온 1골드는 방에 틀어박혀 나오지 않았다. 여러 차례 방문 앞까지 왔다가 발길을 돌린 유진이 결심이 섰는지 조용히 문을 열었지만 방 안에 감도는 냉기만이 그를 맞아주었다.

한숨을 내쉰 유진은 그란델의 집으로 사람을 보냈지만 1골드는 그곳에도 없었다.

심란한 마음에 수련장으로 발을 돌렸다. 가까이 갈수록 어렴풋이 들려오는 노랫소리에 발걸음이 빨라졌고 곧 검무를 추고 있는 1골드를 볼 수 있었다.

유진은 말없이 그런 1골드를 지켜보았다.

달빛 아래 흐르는 검무가 왠지 슬퍼 보였다. 마나의 흐름을 느끼고 자연스레 받아들이는 검무다. 진한 슬픈 감정이 마나에 실려 외부에까지 영향을 미치고 있었다.

유진은 기쁘면서도 안쓰러웠다. 감정을 마나에 담을 수 있는 발전에 기뻤고 그 감정이 1골드의 심적 고통을 나타내기에 가슴이 아렸다.

온전한 정신을 가진 인간이라면 나이가 많던 적던 살인은 감당하기 어려운 일이다. 얼마나 많은 피를 검에 묻혔는지 모르는 그조차 아직도 전투에 임하기 전에 스스로 살인에 대한 정당화를 하기 위해 무진 애를 쓰지 않던가.

유진은 몸을 돌렸다. 그 누구도 도와줄 수 없다. 스스로 이겨내야만 하는 일이다.

검을 내린 1골드는 변함없이 빛을 발하는 달빛을 맞았다. 정우의 눈으로 보던 그 달빛과 별반 다르지 않았다.

땀이 식을 무렵 언제나 굳게 닫혀 있을 것 같은 그의 두툼한 입술이 열렸다.

"산다는 것 자체가 허상이다. 돌고 도는 자연의 순환, 나는 그 허상 속의 허상. 그 아무것도 아니다."

1골드가 묘한 말을 남기고 사라진 수련장엔 여전히 은은한 달빛이 가득 차 있었다.

Chapter 9

겨울의 끝자락에서

양상한 나뭇가지가 백색의 옷을 입고 있었다. 심술궂은 미풍이 스치고 지나가자 나뭇가지가 눈의 무게를 이기지 못하고 옷을 벗었다.

"…준비가 돼 있습니다. 말씀해 주십시오."

가슴 저미는 애절한 목소리, 말을 잇지 못해 창 너머로 시선을 돌렸던 사내가 작게 고개를 끄덕였다. 의사의 입장에서 가장 모면하고 싶은 순간이 지금이었다. 사람을 살리는 직업이 의사지만 죽음을 선고하는 일도 그들의 몫이었다.

"…지금 정우 군의 상태는 의학적 입장에서는 사망……."

"헉! 으으으으……. 으억!"

　의사의 말이 끝나기도 전에 초췌한 여인이 가슴을 부여잡고 쓰러졌다. 어머니는 예상을 하고 있었고 마음의 준비를 했지만 의사의 입을 통해 직접 전해 듣자 극복할 수 없는 충격을 받았다.

　"끄으윽! …여보… 여보……."

　어머니를 부축하는 아버지도 몸이 떨리고 다리가 풀려 쓰러지고 싶었지만 그마저 그럴 수는 없었다. 그는 가장의 무게를 충분히 알고 있었다.

　간호사들이 정신을 잃은 어머니를 급히 이동 침대에 눕혀 응급처치를 하러 나가자 아버지가 의사에게 다시 고개를 돌렸다.

　"휴우… 이럴 땐 왜 제가 의사가 되었나 원망스럽기까지 합니다. 죄송합니다."

　"아닙니다. 선생님의 잘못이 아니지요. 다 못난 제 탓입니다. 계속… 말씀해 주십시오."

　정우는 한 달 전부터 급격히 기력이 떨어지고 기식이 흉험해 중환자실로 옮겨졌다. 그는 지금 부모의 가슴에 한을 새기는 일이 하려 하고 있었다.

　의사가 침중히 말했다.

　"저희 의료진의 짧은 지식으로는 정우 군은 회복할 가망성이 전혀 없습니다."

　이미 알고 있다 생각했건만 왜 청천벽력 같은 소리로 들리는 것일까. 아버지는 흐르는 눈물을 막지 않았다.

"사망 선고를 내리려 하는데 부모님의 동의가 필요합니다."

그러면서 침대를 두른 기계를 바라보았다. 정우의 심장과 폐를 움직이게 도와주고 있는 생명 유지 장치들이었다.

"생명 유지 장치의 도움으로 정우 군은 겨우 숨을 쉬고 있습니다."

"그 기계를 끄면……."

"죄송스런 말씀이지만 5분 이내에 사망을 할 겁니다."

"……."

"아버님, 정우 군도 많이 힘들 겁니다. 이제 그만 보내주심이……."

얼굴에 살점이라곤 찾아볼 수 없는 파리한 안색의 정우를 아버지는 넋을 잃은 듯 바라만 보았다.

손바닥만 한 아이였다. 닿으면 깨질까 두려워 함부로 만지지도 못했다. 다른 아이들보다 성장은 조금 늦어도 영특한 모습에 입이 귀에 걸려 팔불출이라는 소리를 들어도 좋다고 자랑을 하고 다녔다.

두 살도 안 돼 말을 하고, 조금 지나 글을 읽고, 세 살 땐 그 자그만 몸으로 저보다 더 큰 책을 놓고 공부를 하는 아들을 보았다. 밥을 먹지 않아도 배가 부르고 일을 해도 힘든 줄 몰랐다. 세상 모든 걸 다 얻은 듯 기뻤다.

그런데, 그런데… 빌어먹을!

하늘은 감당하기엔 너무 큰 선물을 주더니, 다시 빼앗아가려 한다. 달랑 4년이었다. 네 살 때 알게 된 병이었다. 세 살 때부터 뭔가 이상하다는 것을 느껴 병원 문이 닳도록 찾았건만 저 입바른 소리를 하는 의사 놈처럼 허튼소리만 지껄였다.

무려 1년이다. 그는 병의 원인조차 모른다는 소리도 다 개소리로 들렸다. 희귀병이든 지랄이든 병명도 알아내지 못했던 것들이다.

그런데 이제는 분명 살아 있는 아이를 죽이자고 한다. 눈앞에서 숨을 쉬고 있는 아이를 부모의 손으로 저 빌어먹을 스위치를 끄는 아주 간단한 동작으로 숨통을 막으라니…

차라리 날 죽여라!

"…모, 모, 못… 합니다."

"예?"

너무 작은 목소라 되물었지만 그게 아버지의 신경을 건드렸다. 아버지가 충혈된 눈으로 매섭게 쏘아보았다.

"부모한테 자식을 죽이라 합니까?!"

입이 열 개라도 할 말이 없었다. 그래도…

"아버님 심정은 충분히 이해가……."

"당신이 뭘 알어? 내 마음을 안다고? 개소리!"

"……."

"내 아들은 살아날 거야. 저 빌어먹을 산소 마스크를 스스로 벗고 웃으면서 일어날 거야. 그럼, 그럼. 이놈이 어떤 놈인데. 의사 선생, 이놈이 당신보다 똑똑한 놈이요. 열 살에 대학에 들어가 이 년 만에 떡하니 박사 학위를 받은 놈이란 말이요. 하하하……."

공허한 웃음소리다. 그러나 처절한 통곡보다 더 가슴이 메인다.

의사는 아무런 말도 못했다. 아버지의 극심한 감정 변화도, 자식을 떠나보내는 부모의 심정을 공감한다 말을 해도 그가 어찌 알겠는가?

하지만 이럴 땐 시간이 필요하다는 것은 안다.

간헐적으로 뇌파만을 보내는 정우는 세상이 어찌 돌아가든 자신만의 세상에 빠져 있었다. 아버지의, 어머니의 슬픔을 아는지, 모르는지 그렇게…….

삐……! 삐……! 삐……!

무거운 정적이 찾아든 병실엔 무의미한 기계음만이 울렸다.

*　　　*　　　*

"유진! 길을 뚫어라! 터커! 란데그란드! 좌우를 맡는다! 샤벨의 전사들이여, 진격하라!!"

명령이 떨어졌다. 동시에 대열에서 커다란 인영이 쏜살같이 튀어나갔다.

웬만한 장정보다 머리 하나는 더 큰 거구, 커다란 낫을 들고 있는 지옥의 사자마냥 시커먼 망토를 휘날리며 낫이 무색해지는 대검을 땅에 끄는 철가면의 사내.

크리링! 크르르르……!

불꽃이 튄다. 흙먼지가 피어오른다. 위압적인 발걸음 소리도 들릴 만하건만 고양이의 그것같이 가벼운 몸놀림이다.

달려드는 모습은 어떠한가. 햇빛을 모두 빨아들이는 시커먼 철가면에선 피가 흐르고 눈이 있어야 할 구멍에서 줄기줄기 뻗어 나오는 시퍼런 안광이 대신했다.

언뜻 보이는 두터운 망토 사이에서는 보기만 해도 기가 질려 버릴 단단한 근육과 그 위에 거미줄처럼 엉켜 있는 자상들이 가득했다. 수십 년을 전장의 피바다를 헤엄쳐 살아남은 광전사의 모습이다. 오금이 저렸다.

1골드의 위압적인 모습에 주춤거렸던 적진에서 화살이 날아올랐다.

쉭! 쉭! 쉭! 쉬이익!

"우아아아아아!"

수많은 화살이 최전방에 선 1골드에게로 집중되었다. 그따위 얄팍한 화살은 두터운 근육 갑옷을 뚫지 못한다는 듯 달려들던 1골드는 최산이 지척에 다다르자 일팔을 휘저었다.

따다다다탕!

건틀릿 과 팔 보호대에 착용한 작은 방패가 화살비를 걸어
냈다. 완벽하지는 못했는지 몇 개의 화살이 투구에 퉁기고 펄
럭이는 검은 망토에도 매달려 제 몸인 양 휘날렸다.

1골드는 마상용 소형 방패로 잘도 화살을 걸어내며 죽음이
드리워진 창날의 장막으로 뛰어들었다.

커다란 검은 그림자가 시퍼런 창날의 벽을 뛰어넘었다. 순
간 화려한 빛무리가 하늘을 수놓았다.

반달이다. 벌건 대낮에 사람들은 달을 보았다.

까까강! 깡!깡!

달은 별빛도 만들어내었다. 고슴도치로 만들려는 듯 솟구
치는 창날을 후려친 1골드는 적들의 1차 저지선 창병들을 뛰
어넘었다.

그는 발끝에 딱딱한 느낌이 들자마자 자세를 낮춘 채 팽이
처럼 빠르게 회전했다.

사사사삭! 싹둑!

"으아악! 악!"

"내 다리!"

2m의 대검이다. 그의 팔 길이까지 합하면 적어도 직경 5m
이상, 일순 1골드의 대검은 거침없이 풀을 베듯 공간 안에 있
는 적병의 하체를 잘라 버렸다. 적 대열에 한순간에 만들어진
구멍, 아직도 주인 잃은 다리들이 꿈틀거린다.

잠시간의 정적, 이어 찾아오는 적병들의 비명 소리와 짙은 혈향이 1골드를 감쌌다.

"으아압!"

차차창!

"커억!"

대열의 한쪽이 무너지자 후미를 따르는 아군이 그를 따라 붙었다. 1골드는 앞을 막는 적병을 거침없이 베어 넘기며 본진으로 돌진해 갔다. 그가 지나간 자리엔 비명과 잘려진 몸뚱이만 남아 있었다.

양 떼 속을 휘젓는 한 마리 늑대를 유진은 가는 눈으로 보고 있었다. 어느 때부터였던가. 첫 살인 후? 아니다. 그 다음 전장에서도 1골드는 망설임을 다 떨치지 못했다.

보름 전부터일 게다. 전투에 참여한 지 세 달이 되던 그때부터 1골드는 무섭게 변했다.

유진은 가는 숨을 쉬었다. 어차피 피 값으로 사는 용병이다. 걸어갈 길이라면 미련없이 가는 게 낫다. 하지만 피의 마력이 두려웠다. 목을 벨수록 스멀스멀 기어 올라오는 쾌감, 그 단계를 넘어 무덤덤해질까 두려웠다. 피의 도취는 인성을 마비시킨다.

한순간 그의 눈이 커졌다. 1골드의 대검이 방패를 자르고 흉갑까지 가르는 모습을 보았기 때문이었다.

"히히, 대단하디. 벌써 미니를 검에 싣는 경지에 올랐구나."

무쇠도 거침없이 잘라 버리는 신병이 아니고서는 불가능한 일이다, 마나를 담기 전에는.

1골드의 치솟는 마성을 다스리는 일은 자신의 몫, 유진은 고민을 떨쳐 냈다. 9개월이다. 1골드를 들인 지 1년도 되지 않아 초급 검사의 벽을 넘었다.

유진이 말고삐를 잡았다. 1골드 일행이 벌써 본진에 도달해 있었다. 1골드의 어깨를 밟고 도약한 터커가 푸르스름한 기운이 감도는 검을 적장에게 내려치는 모습이 보였다.

전장을 정리할 시간이었다. 오랜만의 귀향이다.

"후우……! 그렇단 말이지."

유진의 말에 봄멜은 긴 한숨을 내쉬었다. 피의 두려움을 넘어 갈구하는 듯한 모습이라니. 전사로서 당연한 수순이라 생각할 수도 있지만 너무 빠른 변화였고, 그 한계를 넘어 일말의 자책감도 찾아볼 수 없다는 점이 신경에 거슬렸다.

"이번에도 제가 나서서 겨우 데려왔습니다. 틈만 나면 찾던 그란델도 요즘은 멀리하는 듯하고… 마치 무언가에 쫓기는 사람처럼 안절부절, 맡지 않아도 되는 일까지 찾아 나서서는 정말 피에 굶주린 야차(夜叉)같이 되어버립니다."

유진에게는 그런 행동이 피를 찾는 듯한 모습으로 비춰졌다. 오죽했으면 봄멜을 찾았을까.

"저, 혹시 지난번 일 때문에……."

"지난번? 아! 트롤의 피!"

유진이 내심 걱정하는 부분이 이것이었다. 그의 밑에는 수십에 달하는 검사들이 있고 그들의 변화하는 모습을 매일 봐왔다. 하지만 1골드는 너무 급작스러웠다. 마치 피 맛 보기를 기다리고 있었던 것처럼.

새옹지마(塞翁之馬)다. 살생에 대한 망설임이 발목을 잡더니 이제는 반대가 되었다.

"트롤의 피라……."

봄멜도 이 부분에 대해서는 명쾌한 답을 내릴 수 없었다. 몬스터의 마성이 피에서 기인한다고는 생각할 수 없다. 그건 본능이다.

그럼 트롤의 피에 내포된 독성은? 조금씩 독을 복용해 체내에 쌓이는 것도 아니니 벌써 사단이 나도 나야 할 기간이었다. 예전에 신체의 자체 정화 작용으로 이겨냈을 것이다. 독성에 대한 면역성을 기른 것이리라.

그럼 1골드의 갑작스런 변화는 무엇에 기인한 것인가?

"조금 더 지켜보는 수밖에 없을 것 같으이."

아무리 두뇌가 명석한 마법사라 할지라도 짚어내기는 무리가 있다. 무엇이 1골드를 그리 몰아붙이는지 차분히 지켜보며 알아낼 수밖에 없다.

찌르르! 찌르르……!

쉭! 쉭! 쉬이익!

이름 모를 산 벌레 울음소리를 바람이 잠재웠다.

스스스슥!

검은 바람이 수풀을 흔들었다. 일순 바람이 멈추었다.

눈만 드러낸 흑의를 입은 인영이 달빛에 몸을 드러냈다. 어둠과 동화된 검은 괴한들의 쏟아져 나오는 안광이 어둠을 뚫고 골짜기로 향했다. 낮은 구릉 너머로 꽤나 넓은 공터가 한눈에 들어왔다.

바람에 펄럭이는 깃발엔 만유 왕가의 문장인 갈퀴를 휘날리는 유니콘과 라미안의 신성한 눈 왈카가 그려져 있었다.

오리스의 기적을 만들어낸 라미안 교 일행과 그들의 호위에 나선 근위대다. 성자 크라우치를 보기 위해 모여든 백성들에 의해 하루 이틀 지체되더니 근 넉 달 동안이나 수도에 묶여 있었다.

오리스를 출발한 그들은 열흘 만에 오드넬의 영주 성이 있는 드록바와 하루 거리에 도달해 있었다. 목적지가 지척이라 긴장도 많이 풀어졌을 터, 오늘 아니면 기회가 없었다.

괴한들의 눈빛이 차갑게 가라앉았다. 먹이를 앞에 둔 맹수의 신중함이다.

목표는 오직 하나 크라우치, 그만 제거하면 만유 왕가와 라미안 교 사이에 맺어진 협약은 무용지물이 된다. 다 죽어가는 국왕을 살린 대단한 능력이 탐나긴 했지만 오히려 그 점이 그를 더욱 죽여야 할 이유가 되었다.

무지몽매한 백성들은 눈앞에서 펼쳐지는 신의 기적에 머리를 조아린다. 크라우치, 라미안 교를 무섭게 일으킬 위험인물이다.

선두에 선 수장이 검을 빼 들었다. 검은 검신이 달빛을 빨아들여 더욱 어둠이 짙어지는 듯했다.

"세트피의 자식들이여, 저 이교도들의 심장에 신의 분노를 선사하라. 가라. 가서 육신을 갈가리 찢고 영혼마저 소멸시켜 버려라. 신은 오직 한 분. 세트피의 권능에 도전하는 자, 그 누구도 살아남지 못하리. 신은 이교도의 심장을 원하신다!"

"이교도의 심장을 신이 원하신다!"

맹목적인 믿음으로 불타오르는 검은 인영들, 그들이 살의를 불태웠다. 크라우치가 아니더라도 라미안 교와는 한 하늘 아래 살 수 없는 숙적이다.

지금은 전세가 역전이 되었지만 한때 라미안 교에 멸교의 위협을 느꼈을 정도로 두 교단의 싸움은 치열했다.

세트피의 어둠의 전사들이 은밀하게 움직이기 시작했다. 뱀이 수풀을 헤쳐 가는 듯 유연하게 낮은 구릉을 더고 내려갔다. 올빼미처럼 빛나던 두 눈이 깊숙이 가라앉았고 거칠게 뛰던 심장도 파충류마냥 차가워졌다.

모든 신경을 개방했다. 먹이를 찾아 헤매는 들쥐의 움직임까지 포착되었다. 숙영지까지 100m여의 거리, 매복은 없었다.

숙영지 중심에 위치한 집채만 한 팔두마차가 목표다. 만유에서 왕가가 아니고서는 그런 마차를 가진 귀족은 없었다.

마차 안이라고는 생각지도 못할 넓은 침실. 장인의 반열에 오른 드워프 대장장이가 온 정성을 들여 깎아 만든 흠잡을 데 없는 조각 같은 얼굴의 사내가 침상에 곤히 잠들어 있었다.

잘 정돈된 눈썹이 움찔하며 사내가 눈을 떴다.

"불청객이 찾아들었군."

맑은 물이 흐르는 듯 청아한 목소리, 그러나 말뜻에는 위험이 내포되어 있었다.

상체를 일으킨 크라우치는 두 손을 모아 합장을 했다.

스멀스멀 마치 몸의 신경 조직이 확장을 하는 듯했다. 눈을 감았는데도 방 안의 풍경이 다 들어온다. 신경망이 침실을 넘어섰다. 웬만한 1층 집만 한 팔두마차 안에는 거실에 화장실까지 갖추고 있었다.

싱싱하면서 자그마한 두 생명 에너지가 느껴진다. 하녀다. 좀 더, 일반인을 훨씬 뛰어넘는 강성한 기운, 동질의 느낌, 호위를 맡은 성기사들이었다.

생명 에너지를 느낄 수 있는 초감각을 크라우치는 가지고 있었다. 이는 수련으로 단련된 감각이 아니다. 신에게 부여받은 권능 중의 하나다.

크라우치는 영역을 점차 확대해 갔다. 10m, 20m… 100! 역동적인 생명 에너지를 내포한 생물체가 숙영지 주변을 에워싸고 있었다.

이 정도로 강맹한 기운이라면 상급 몬스터, 그럴 리 없다. 집단적인 움직임에 정제된 기운, 인간이다. 그 수는 50여. 살기는 없었다.

야밤에 찾아드는 불청객들이 좋은 의도를 가지고 왔을 리는 없다. 살기마저 감출 정도로 잘 단련된 자들인 것이다.

"흐음!"

그의 입에서 신음이 흘러나왔다. 동시에 세 개의 빛이 꺼졌다. 외곽을 경비하는 병사들일 것이었다.

크라우치는 풀었던 기운을 갈무리하고 일어섰다. 경호 병력만으론 벅차다는 판단이었다.

"세라스 사도(使徒)!"

수초도 지나지 않아 방문 밖에 인기척이 들렸다.

"예! 크라우치님 사제님."

"손님들이 찾아오셨군요. 객을 맞을 준비를 하세요."

난데없이 손님이라니, 이문이 들 만도 한데 그는 비로 몸을 돌렸다.

　감히 누구의 명령인데 토를 달겠는가. 세라스에겐 크라우치의 명령은 반드시 달성해야 하는 지상 명제나 다름없었다.

　야조(夜鳥)가 날았다.

　기척도 없이 날아든 야조는 날카로운 발톱을 세웠다.

　"크읍!"

　푸시시…….

　달빛마저 빨아들이는 묵빛 검날이 연약한 목줄기를 파고들었다. 기도를 타고 올라오던 날숨이 입에 도달하기도 전에 쫙 벌어진 목으로 빠져나가며 바람 빠지는 소리를 냈다.

　경비병을 처리한 괴한이 손을 들었다. 그를 따라오던 미세한 움직임이 정지했다. 이어진 정적. 외곽 경비병은 모두 처리했다. 그들의 앞을 막을 만한 실력자는 없었다. 한 발만 들이면 숙영지다. 너무 순조로워서일까. 느낌이 이상했다.

　팔두마차를 중심으로 외곽에 장애물을 쌓은 마차들과 사이사이 피어오르는 화톳불도 그대로였다. 창을 어깨에 걸치고 쭈그리고 앉아 불을 쬐는 병사의 수도 달라진 게 없었고. 그래도 뭔가 이상했다.

　'응?'

　끼이익!

　들리지도 않을 거리였고 소리였지만 귀에 들린 듯했다. 화려한 팔두마차의 문이 열렸다. 하얀 신발이, 다리가, 다리에 걸친 장포가 모습을 드러냈다. 곧이어 형언할 수 없는 아름다움이 달빛에 더욱 빛이 났다.

'허억! 빌어먹을! 정신을 놓다니!'

수치심에 입술을 깨물었다. 비릿한 피가 목구멍으로 넘어가자 정신이 맑아졌다.

'이 요물! 저놈이 크라우치다. 혹, 눈치 챈 것일까?

아직 모른다. 저 요물도 사람, 오줌을 누러 나왔을 수도 있다. 그는 자신과 부하들을 믿었다. 그는 교를 비밀리에 지키는 시크릿 가드, 교의 비밀스런 행사는 모두가 그들이 주관한다. 근 10년 동안 단 한 번의 실수도 없었다.

크라우치가 마차를 나서자마자 병사들이 벌떡 일어서 그를 공손히 맞았다. 미소로 화답한 크라우치가 눈길을 돌렸는데.

"젠장!"

사내는 은신의 제일 수칙을 잊어버렸는지 소리를 내었다.

당황한 그의 눈과 크라우치의 눈이 정면으로 마주쳤다. 크라우치가 먼저 눈길을 피하더니 한가롭게 산책을 나온 것처럼 어슬렁거리며 주변을 돌아보았다.

"밤이슬이 꽤나 찹니다. 그만 나오시지요. 라미안 교는 손님을 접대하는 데 박하지 않습니다."

침묵.

그도 잠시, 처음 눈을 마주쳤던 사내가 수치심에 벌게진 얼굴로 벌떡 일어서 외쳤다.

"신이 원하신다! 이교도의 심장을!"

수풀에 은신해 있던 괴한들이 땅을 박차며 솟구쳤다.

"이교도의 심장을!"

정체를 감출 필요도 없다. 브리언 교와 라미안 교, 두 교단의 싸움은 하루 이틀의 문제가 아니다. 교도들끼리도 빈번하게 주먹 다툼을 벌인다. 차라리 신의 이름으로 용기를 북돋아 주는 게 낫다.

뒤따르는 일왕자 올란도의 세력은 당황하겠지만 그건 그들의 문제. 기습이 들켰다는 것만으로도 반은 실패한 과업이다.

"하하하! 고약한 냄새가 난다 했더니 역시 브리언의 악졸들이구나! 내 오늘 네놈들에게 신벌의 무서움을 보여줄 것이다! 왈카의 검들이여, 나서라!"

순간 크라우치의 전면에서 어둠의 장막이 걷히면서 순백의 기사들이 모습을 드러냈다. 괴한들만큼이나 절묘한 은신술이었다.

반투명한 검을 내미는 성기사들, 순간 검에 기운이 서리는 듯하더니 검신이 쭉 늘어났다.

유형의 검.

오러다. 검사들이 보면 놀라 자빠질 장면이었다. 20여 명에 달하는 성기사들 모두가 검의 주종이라는 마스터 급에 올라야만 사용한다는 오러를 일으켰다.

그러나 달려드는 괴한들의 눈에는 놀람 따위는 없었다. 그들의 검에도 기운이 서리며 검신이 1m는 늘어났다.

세기의 격돌인가, 양 교단에 대륙의 전 마스터가 모두 모여 있었던가. 제국이라도 저 정도의 마스터 급 무인들을 보유하지는 못한다.

터엉!

첫 격돌, 순백색의 검과 흐릿한 반투명의 검이 부딪쳤다. 하늘이 무너지고 지축을 뒤흔든다는 마스터의 강맹한 기운은 없었다. 순수한 내력이 아니라 신력을 덧씌워 인위적으로 만들어졌기 때문이다.

그렇다고 무시할 기세는 아니었다. 철 조각 따위로 만들어진 갑옷 따위는 써걱써걱 자를 검세였다.

공명심에 취해 기세 좋게 장창을 꼬나 쥐고 달려들던 병사에게 희뿌연 빛이 스쳐 간다 싶더니 잘려진 창대와 수급이 동시에 날아올랐다.

"헉!"

병사의 목을 쳐올린 괴한이 숨을 들이켰다. 병사의 목에서 분수처럼 솟구치는 핏물 사이로 불쑥 순백의 검날이 튀어나왔다. 막을 시간이 없었다. 괴한의 판단은 빨랐다. 피하기는커녕 오히려 왼쪽 어깨를 들이밀었다.

서걱!

익숙한 소리, 괴한의 왼팔이 어깻죽지부터 깨끗하게 잘려 나갔다. 비명 따위는 없었다. 차갑게 가라앉은 눈동자 또한 변하지 않았다. 왼발을 쭉 뻗으며 내렸던 검을 수직으로 올려쳤다.

샤사삭!

목을 잃은 병사의 몸뚱이가 다시금 사타구니에서부터 양단되어 갈라졌다. 시체가 된 병사는 땅에 쓰러지지도 못한 채 머리가 잘리고 몸이 양단됐다. 그만큼 두 사람의 검은 빨랐다.

갈라진 병사의 시체에서 김이 모락모락 오르는 그 사이로 라미안 성기사의 모습이 보였다. 가슴부터 쭉 이어진 붉은 선이 이마에까지 그어져 있었다. 검은 닿지도 않았다. 검의 기세만으로 생채기를 입은 것이다.

라미안 성기사 또한 괴한처럼 신음 한번 흘리지 않았다. 약졸한테 약한 모습은 절대 보일 수 없었다. 팔 하나를 잃은 상대, 중심조차 잡기 어려운 상태다. 성기사가 눈앞을 가리는 핏물을 털어냈다.

"이야압!"

공중으로 솟구치며 양손으로 검을 굳건히 잡아 벼락같이 내려쳤다.

쩌어엉!

양팔이 온전했다면 충분히 막았을 것이다. 그러나 괴인은 힘에 부쳐 한쪽 무릎을 꿇었다. 피했어야 했는데 실책이다. 순간 비릿한 액체가 식도를 타고 올라와 복면을 적셨다. 내상까지 입은 것이다. 암담했다. 하지만 이대로 신의 곁으로 갈 수는 없다. 놈이 비웃음을 흘리는 듯하다.

놈의 발끝이 움직였다. 마무리를 지으려는 예비 동작, 그는 검을 버렸다. 성한 오른손을 급히 허리춤으로 훑었다.

파악!

하나 검이 빨랐다. 데구르르 굴러간 머리는 그의 몸을 보고 있었다. 오른손에 들린 침이 보였다. 끝이 푸르스름한 독침이었다.

전장을 주시하는 크라우치의 주변으로 장로들이 모여들었다.

"제법 단단한 아이들이군요."

말끔하게 면도를 한 노인은 라미안 12장로 중 세 번째인 맥그레이였다.

크라우치와 함께 장로의 반수가 움직였다. 장로들은 공식 석상에는 일체 참석을 하지 않았다. 그들은 신의 축복을 받고 태어난 크라우치의 능력, 꺼져 가는 생명에 다시 불을 활활 지필 수 있는 그 행사를 치른 후에 찾아오는 신벌을 다스리기 위해 온 것이었다.

"흐음! 우리 사도들의 실력이 약간 앞선 듯해도 크게 차이가 없어 보입니다, 장로님."

"제 생각에 저들은 브리언 교의 숨겨진 칼, 시크릿 가드일 겁니다. 저희가 나서야겠습니다. 아이들이 다칠까 조바심이 납니다."

브리언 교는 라미안의 다섯 배에 달하는 교권을 형성하고 있었다. 그 권역만큼 교도들의 수도 많았고 실력자도 많았다.

크라우치를 수행한 성기사들은 교내에서도 손꼽히는 자들이지만 50대 20의 싸움, 수적 열세를 극복하기에는 힘들어 보였다, 드미트리 국왕이 붙여준 근위 기사 열 명을 포함한다 해도.

크라우치가 고개를 끄덕여 동의를 표했다. 한발 나선 장로들이 정신을 집중했다. 순간 초목이 떨 정도의 마나의 폭풍이 일었다.

크라우치 일행을 밀어붙이던 시크릿 가드들이 움찔했다. 고위 신관 두어 명 정도가 포함되어 있다고 들었는데 이 기운은 상상 이상이었다.

그들의 동작이 빨라졌다. 발목을 잡는 기사들을 피해서라도 먼저 신관들을 처리해야 한다. 늦었다. 예상보다 더한 고위 신관들이었다.

"신성한 불로 만악을 태운다! 카뮤의 불꽃!"

괴한들은 어리둥절했다. 분명 마법 시현이 끝났는데 불덩이가 날지도 않았고 얼음 창이 솟구치지도 않았다. 아무 변화도 없었다. 괴한들은 앞의 기사를 상대하면서도 장로들의 움직임을 놓치지 않았다.

스스스……

기분 나쁜 소리가 들린다. 괴한들은 흔적을 찾았다. 정면에는 보이지 않는다. 하늘에도 없다. 그럼 땅속?

화아아확!

"크으윽!"

괴한의 입에서 처음으로 비명이 터졌다. 발밑에서 터진 불이 순식간에 온몸을 휘감았다. 지옥의 유황불 속에 내던진 것 같다. 살이 녹고 뼈가 녹았다. 모래성이 파도에 휩쓸려 사라지는 것처럼 괴한은 재조차도 남기지 못하고 허무하게 사라져 버렸다.

슈아아앙!

괴한들 속에도 마법을 다룰 줄 아는 자가 있었는지 시퍼렇게 빛나는 물체가 쏜살같이 날아왔다.

"흥! 쉴드(Shield)!"

콧방귀를 뀐 장로 한 명이 슬쩍 손을 휘젓자 너무 어이없게도 마법이 막혔다.

장로들의 후방 지원에 힘입어 속절없이 밀리던 성기사들이 힘을 냈다. 이미 왕국에서 붙여준 근위 기사들은 반수가 자살

게 변해 있었고 성기사들 또한 다섯이 시체로 변했다. 50여 명의 병사가 물러서 크라우치를 에워싸고 있다지만 의미가 없었다. 괴한들 다섯이면 차 한 잔 마시기도 전에 싸늘한 시체로 변할 것이다.

머릿수로 절대 우위를 점했던 시크릿 가드들도 다급해졌다. 고위급을 넘어 최고위 신관이다. 저들을 먼저 처리하지 않는다면 승리를 점하기 힘들다.

수장인 듯한 복면인으로부터 명령이 터져 나왔다.

"4, 5조 앞에, 1조 크라우치다!"

둥근 원진을 짜고 있던 시크릿 가드들의 포위망이 얇아졌다. 나머지 20명으로 기사들을 묶어두고 호명된 3개대가 크라우치를 향해 달려들었다.

차륜전이라기보다는 일종의 인해 전술이었다. 앞선 2개 조가 몸으로 마법을 막고 후방 1조가 목표물을 취한다. 거기엔 수장의 무력도 포함되어 있다. 몰살을 당하는 일이 있더라도 크라우치만은 죽여야 한다.

"크윽!"

통나무만 한 얼음 창에 복부를 관통당한 괴한이 허공을 날았다. 그 옆으로 불꽃에 휩싸인 인영이 미친 듯이 뛰어다녔다. 유황불이 전진을 막아도, 물의 장막이 솟구쳐도 괴한들은 부나방처럼 뛰어들었다.

신력이 마르지 않는 샘물처럼 솟구치는 것이 아니기에 아무리 최고위 신관이라도 한계가 있다.

부나방도 보통 부나방이 아니기에 하위 마법으로 타격을 줄 수도 없었다. 불덩이는 갈라 버리고 대기의 화살 정도는 손쉽게 꺾었다. 계속되는 고위 마법의 실현, 장로들의 신력이 가뭄에 갈라진 대지처럼 바짝 말라갔다.

"흐음!"

뒷짐을 지고 있던 크라우치가 손을 풀었다. 주교를 친할아버지로 두고 모든 장로들의 가르침을 받았다. 게다가 타고난 신성으로 어릴 적부터 떠받듦을 받고 자라 궂은 일 한번 하지 않았지만 자신이 나설 때 정도는 알고 있었다.

크라우치의 눈이 날카롭게 적들을 훑었다. 저자, 인의 장막 뒤에서 매섭게 노려보는 자, 다른 자들보다 월등한 힘을 내포하고 있는 자, 수장이다.

크라우치의 옥수가 수평으로 들렸다. 계란을 쥔 것같이 오므려져 있던 손을 활짝 폈다. 그리고는 얼굴에 황홀한 웃음이 떠올랐다. 그는 손을 푸는 것처럼 아주 가볍게 주먹을 쥐었다, 아주 가볍게.

'아름답다. 너무 아름다워… 미치도록 아름다워서 재수가 없다. 죽여 버리고 싶다.'

얻지 못하는 것에 대한 파괴 본능이 들끓었다. 자신이 가질

수 없으면 아무도 가질 수 없다는 듯 살심이 무럭무럭 자라났
다.

　상급의 성기사들로 구성된 시크릿 가드, 1개대의 수장 요
코치는 무소불위의 권력을 가지고 있었다. 일개 영주 따위는
눈에 차지도 않는다. 오천만의 교도가 그를 떠받든다.

　그에게 선택된 여인은 신의 축복이라도 받은 양 침실을 찾
는다.

　하지만 저런 요물은 처음이다. 그가 남자라는 사실도 잊었
다. 음심이 든다. 음심이 살심으로 바뀐다. 저놈의 육신을 찢
어발겨 조각조각 내서 바닥에 뿌리고 발로 짓밟고 싶다.

　"헉!"

　차앙!

　요코치가 본능적으로 칼을 빼 들었다. 뭔가, 이건? 딱히 떠
오르지 않는다. 옥죄어오는 느낌, 분명 그것이었다.

　그의 눈에서 광망이 폭사되었다. 육체를 휘도는 마나의 흐
름이 걷잡을 수 없이 빨라지고, 모든 세포 하나하나가 다 깨
어나 위험 신호를 보냈다. 폭풍처럼 휘돌던 마나가 팔을 통해
검으로 향했다.

　후와앙!

　검이 빛의 기둥이 되었다. 신력으로 만들어낸 허상 따위가
아니다. 마스터, 소드 마스터를 확인해 주는 유형의 오러였
다.

요코치는 온 감각을 끌어올려 집중했다. 인간 같지도 않은 요상한 놈 따위의 생각은 이미 사라진 지 오래다. 미간을 좁혔다. 그의 전면에 갑작스런 변화가 생겼다. 망설이지 않았다.

"차아앗!"

각종 상위 방어 마법이 걸려 있는 리플렉터까지도 종잇장처럼 잘라 버리는 오러가 허공의 한 점을 내려쳤다.

콰아앙!

수십 발의 마나탄이 동시에 터지는 폭음이 울렸고, 오러를 뿜어낸 검은 어이없게도 허공을 가르지 못하고 튕겨 나갔다.

요코치는 뒤로 넘어갈 듯 휘청거리는 신형을 재빨리 바로 하고 손을 쳐다보았다. 떨리고 있었다. 절정의 경지에 들어선 지 10여 년, 오랜만에 느껴보는 감촉이었다.

웃음이 나왔다. 잘빠진 면상과 요사스런 사술로 백성을 우롱하는 자인 줄 알았는데 한 수가 있었다. 그의 눈길이 크라우치에게로 향했다. 크라우치가 손을 잡고 놀란 눈으로 그를 쳐다보고 있었다. 역시나 저놈이 사술을 부린 것이다.

할짝.

크라우치가 입가에 흐르는 피를 핥았다. 저미는 손을 쥐락펴락하며 요코치를 매섭게 쏘아보았다. 또 다른 경험, 삶을 보장하지 못하는 강자와의 대결이다.

심장이 무섭게 뛰었다. 크라우치는 한 걸음 더 다가갔다.

비릿한 미소를 지은 요코치도 마주쳤다. 피와 살이 튀고 생 살 타는 냄새에 코가 맹맹할 지경인 주변은 변화가 없건만 둘 사이의 긴장감은 두 배가 되었다.

척 처척.

"애송이 자식, 간뎅이가 부어 터졌구만."

마스터, 나이를 먹으면 저절로 따라붙는 이름이 아니다. 뼈 를 깎는 각고의 노력과 흘린 피가 내를 이루어야지만 겨우 근 접할 수 있는 경지. 사술 따위로 막을 순 없다.

뭉클뭉클 기세를 피우던 요코치의 발걸음이 점차 빨라지 더니 내력을 실어 바닥을 굴렀다.

살짝 튕겼을 뿐인데 10m여는 뛰어올랐다. 라미안 장로들 이 만들어낸 불의 장막이 그의 발아래 있었다.

둥실.

정점에 올라선 요코치는 허공을 밟고 있었다. 용광로처럼 들끓어오르는 불꽃도 그에게 아무런 영향도 주지 못했다.

다급해진 장로들의 주문의 영창이 빨라졌지만 캐스팅을 마칠 쯤에 요코치는 이미 빛살이 되어 크라우치에게 쇄도해 들어가고 있었다.

요코치가 급속히 짓쳐들어오자 크라우치는 숨이 턱 막혔 다. 성채만 한 산이 짓누르는 것 같은 엄청난 압력이었다. 마 스터의 기운을 정면으로 받는 것만으로 대단한 일이긴 했으 나 그는 고고한 자존심에 상처를 입었다.

“크으윽!”

드드드득…….

크라우치의 몸에서 아지랑이가 피어올랐다. 주변의 지면이 요동을 치기 시작했다. 조각 같던 얼굴이 무섭게 일그러지며 시뻘겋게 달아올랐다. 온몸의 핏줄이 당장 터질 것처럼 불거졌다. 머리카락이 하늘로 치솟았고 두둥실 떠오른 흙 알갱이들이 눈높이를 같이했다.

번쩍!

시퍼런 안광이 폭사됨과 동시에 옆구리에 붙이고 있던 두 주먹을 쭉 내밀었다.

그 알 수 없는 느낌이다. 검을 정수리까지 올린 요코치는 신경을 집중했다. 놈의 자세는 권사들의 오러 권(拳)과 비슷했으나 주먹에서 터져 나오는 오러는 없었다. 순간 그의 눈에 기광이 스쳤다.

정면에서 급속도로 마나들이 응집되고 있었다. 이것이다. 저 요물은 신체 주변에서 마나의 배열을 이루어 마법을 발현하는 것이 아니라 원하는 장소를 선택해 마나의 응집을 할 수 있는 것이다.

역시나 그의 전면에 마나로 이루어진 거대한 주먹이 나타났다.

“이야아압!”

벼락처럼 휘둘러진 검이 주먹을 소리도 없이 갈랐다. 8 김

된 마나의 양이 많긴 했으나 잘 벼려진 칼같이 정제되진 못한 것 같았다.

기세를 잡았다. 요코치는 허공에서 몸을 비틀었다. 내쳤던 검이 역으로 치고 올라왔다.

쇄애애액!

검이 오러를 뿜어냈다. 앞을 가리는 그 무엇이라도 베고 지나갈 듯 날카로운 예기를 발하는 반월형의 오러가 크라우치를 양단할 듯 쇄도했다.

두근두근.

심장 울림이 들린다. 곤두선 머리카락 끝에서부터 짜릿한 느낌이 전해져 온다. 몸에 난 솜털 한 올까지 모두 일어섰다. 크라우치는 항거할 수 없는 강한 힘에 몸을 부르르 떨었다.

신의 권능이 이어진 몸, 하나를 배우면 열을 깨우쳤고 열을 깨우치면 스물, 백 가지를 알았다. 죽어라 수련해야 한 줌 쌓일까 말까 한 신력이 온몸에 넘치도록 충만했다.

떠받음만을 받고 자라서 그런가, 자신이 최고라고 생각했었다. 교 내의 마스터들, 그들은 여태 자신을 봐주고 있었던 거다. 그의 의기양양한 모습이 얼마나 우스웠을까.

절대적이고 이기적인 오만이다.

그냥 갈 수는 없다. 같이 간다. 크라우치는 모든 힘을 미간에 모았다. 일순 이마 위에 빛의 소용돌이가 생겨나더니 한줄기로 쭉 뻗어나갔다. 하지만 오러에 막혀 흐지부지 흩어졌다.

빛살 같은 오러가 지척에 이르렀다. 마지막인가. 이렇게 허무하게……. 그림으로만 본 어머니의 모습이 가물거릴 때였다. 희뿌연 막이 겹겹으로 전방에 생성되었다.

"샤이닝 실드(Shining Shield)!"

"배리어(Barrier)!"

다급한 장로들의 음성이 연이어 터졌다.

"화염 폭발(Blast fireball)!"

"신의 창(Spear Of God)!"

쩌저저저쩡!

콰콰콰콰쾅!

하늘이 무너지고 땅이 뒤집어지는 굉음이 숲을 흔들었다. 강성한 기운이 와류를 형성하였고 휘말린 흙들이 자욱한 안개를 만들어냈다.

"으아아악!"

"커어억!

먼지 사이를 뚫고 울리는 비명 소리와 함께 갑자기 찾아든 정적.

적을 앞에 둔 성기사들도, 팔다리가 잘려 나가도 악착같이 덤벼들던 시크릿 가드들도 이 순간만큼은 굳어버렸다.

푸스스…….

크라우치 앞을 막아선 두 노인, 아니, 한 노인과 반으로 쩍 갈라져 두 개의 몸뚱이가 된 노인.

울컥!

한 움큼의 피를 쏟아낸 맥그레이 장로가 자신의 몸을 내려다보았다. 옷에 수놓아진 신의 눈 왈카가 수직으로 잘려 있었고 엷은 붉은 선이 그어진 몸에서 스멀스멀 피가 번져 나오더니 한순간 쩍 갈라지며 우물마냥 콸콸 붉은 피를 쏟아냈다.

"크으흡!"

푸화확!

가슴이 쩌억 갈라지며 피가 뿜어져 하늘을 덮었고 세차게 펌프질하는 주먹만 한 붉은 심장이 허연 갈비뼈 사이로 드러났다. 한쪽 무릎을 꿇은 맥그레이는 상체를 뒤로 젖히며 왼팔로 배를 감쌌다. 자꾸 삐져나오려는 창자를 막고 있는 것이다. 아직 죽을 수 없다.

요코치도 그리 상태가 좋은 편은 아니었다. 흑의는 물론 교에서 심혈을 기울여 만든 대마법 방어구 리플렉터까지 녹아, 벗어 던진 상태였고 옆구리에는 주먹이 들어가고도 남을 만한 커다란 구멍이 뚫려 있었다.

장로 세 명도 혼자서는 벅찬 상대였는데, 오러를 방출한 후의 타격이라 그 피해가 더욱 막심했다.

요코치는 빠르게 전장을 파악했다. 대원들의 수는 반수로 줄어 있었으나 아직도 우세, 지쳐 있다고는 하나 라미안은 네 명의 고위 신관이 건재했다. 요상한 사술을 쓰는 크라우치도 당장 전세에 도움이 되지 않을 테지만 그것도 잠시. 게다가

한 칼 거리도 안 되는 병사들이지만 올란도의 지원병과 상쇄할 정도의 수가 남아 있었다.

'힘들다. 올란도 이 개잡놈!'

장로급 고위 신관들 수만 제대로 파악했으면 이런 꼴은 당하지 않았을 것이다. 마스터 급 기사 한 명만 더 데려왔어도 깨끗하게 마무리 지을 수 있었을 것을.

삐이익!

생각은 길었으나 결단은 빨랐다. 요코치는 후퇴 명령을 내렸다. 아직 신의 곁으로 가기에는 이르다, 신도 바라지 않을 것이고. 그는 아직 할 일이 많기에.

"크흐흐흡……!"

맥그레이 앞에 주저앉은 크라우치는 하염없이 눈물을 쏟았다. 12장로 모두가 그에겐 친할아버지와 같은 존재들이다. 어릴 적 기저귀까지 갈아주며 자신을 키운 분들이 아니던가.

성기사 단장을 호위로 붙여준다 했는데 그가 거절했다. 내실을 꾀하며 한참 교세를 확장하는 시기라 일손이 부족한 이유도 있지만 그는 자신을 믿었다. 거기에 장로 여섯 명이면 충분하다 생각했다.

만약 교단과 투실바 왕실과의 사이가 지금보다 좋았다면 흔쾌히 성기사 단장까지 대동했을 것이다, 자신은 그만한 위치이고 값어치있다고 생각하니까.

하나, 명성도 미약한 그를 제거하기 위해 브리언이 연방을 넘어 만유 왕국에 마스터 급을 보낼 줄은 생각지도 못했다.

입술을 터지도록 깨문 크라우치는 벌떡 일어섰다. 이미 시체로 변한 장로는 어쩔 수 없다 하더라도 맥그레이마저 보낼 수는 없었다.

“맥그레이 장로님께 부활 의식을 행한다. 성기사들은 병사들을 물려라!”

“아, 아이야… 아, 안 된다. 지금은…….”

맥그레이가 크라우치를 말리려 힘겹게 입을 열었다. 적들이 지원군을 이끌고 다시 돌아올지도 모른다. 게다가,

신벌.

생명력을 부여한 후에 어김없이 찾아드는 신벌을 다스릴 인원이 부족했다. 격전을 치러 성기사의 수도 부족하고 남은 장로들도 신력을 다했다.

“할아버님, 저도 알고 있습니다. 하나 시간이 없습니다.”

모르는 바는 아니나 크라우치는 맥그레이를 이대로 보낼 수 없었다. 또한 자신은 그를 살릴 능력이 있었다.

얼마 지나지 않아 피비린내가 진동하는 숲을 정화라도 하려는 듯 신성한 빛의 기둥이 치솟았다.

세상은 짙은 어둠에 싸여 있건만 그의 눈엔 핏빛 세상이다. 온몸을 태워 버릴 듯 들끓어오르는 열기에 머리가 어질했고

매섭게 두 방망이질 치는 심장은 한계를 넘어 터져 버릴 것 같았다.

누군가가 부르는 소리가 들리는 듯하다. 그러나 멈춰 설 수는 없다. 오히려 더 더욱 멀어져야만 한다. 신성력이 한 올 남아 있지 않은 육체는 악마들의 먹잇감이 된다. 제어할 수 없는 육신은 일행에게 피해만 줄 뿐이다.

인간을 타락의 길로 인도하는 악마들은 평범한 자들보다 오히려 신성을 가진 인간을 좋아한다. 호시탐탐 침범할 기회를 찾아 주변을 배회한다.

그에게 지금 필요한 것은 조금의 시간이다. 악마를 몰아낼 한 줌의 신력을 회복할 시간.

바람처럼 스쳐 가는 야경이 아른거리고 순간순간 다가오는 사물이 확확 바뀐다. 정신이 온전치 못하다는 증거, 곧 이지를 놓칠 것이다. 지금은 악마로부터 그를 보호해 줄 방호조차 없다. 그렇게 되면 짧은 시간이나마 악마가 육체를 점령한다.

신벌이다. 악마가 침범하는 고통을 느끼게 하는 벌이다.

아니다. 신의 권능을 행사할 그에게 악마의 폐해를 알라는 가르침이다.

그럴 것이다. 신의 가당키 힘든 축복을 받은 몸에 이런 고통을 내리는 것은 다 이유가 있다. 하지만 피가 말라 버리는 듯하고 살과 뼈가 가루가 되는 듯한 고통은 가혹했다. 너무

가혹했다.

'으악!'

불쑥 새빨간 세상의 한편이 갈라지며 그보다 더 붉은 긴 혀가 그를 휘감으려는 듯 짓쳐들었다. 악마다. 뱀이다.

'이 악마! 죽어랏!'

그는 손을 칼처럼 만들어 일수에 혀를 잘라 버리고 뱀의 아가리에 쑤셔 넣었다.

푸욱!

"커억! 크, 크라… 꾸르르……."

목을 뚫린 성기사는 말을 끝맺지 못한 채 피거품을 물고 썩은 짚단처럼 넘어갔다. 조금이라도 크라우치의 발목을 잡아야 하건만 상대는 하늘처럼 떠받드는 인물, 게다가 크라우치의 일말의 망설임도 없는 살수에 너무도 어이없게 당한 것이다.

불쑥 솟아난 악마를 제거한 크라우치는 방향 감각을 상실한 채 더 멀리, 더 깊은 숲으로 붉은 바람이 되어 내달렸다.

얼마나 달렸을까. 가물가물해지는 정신 속에서 한순간 달콤한 끌림이 그의 발길을 붙잡았다. 무엇일까? 신선했다. 생명력이 넘치는 파릇함이다.

"크흐흐흐흐……."

인지하지도 못한 채 괴성이 흘러나온다. 발길이 그곳으로 향한다. 저 멀리 낮은 구릉 아래 흐린 불빛이 보였다. 이 달콤한 향은 그곳에서 나오는 것이다.

　유혹에 이끌려 몸을 움직이는 순간 아스랗게 보이는 풍경마저도 사라지고 온통 핏빛 세상만이 가득했다.

　짙은 밤하늘을 가르는 붉은 별동별이 길게 이어진 채소밭 한편에 외딴 섬처럼 지어진 집으로 떨어졌다. 1골드가 튼튼하게 지은 담장을 두른 그곳으로.

1권 END

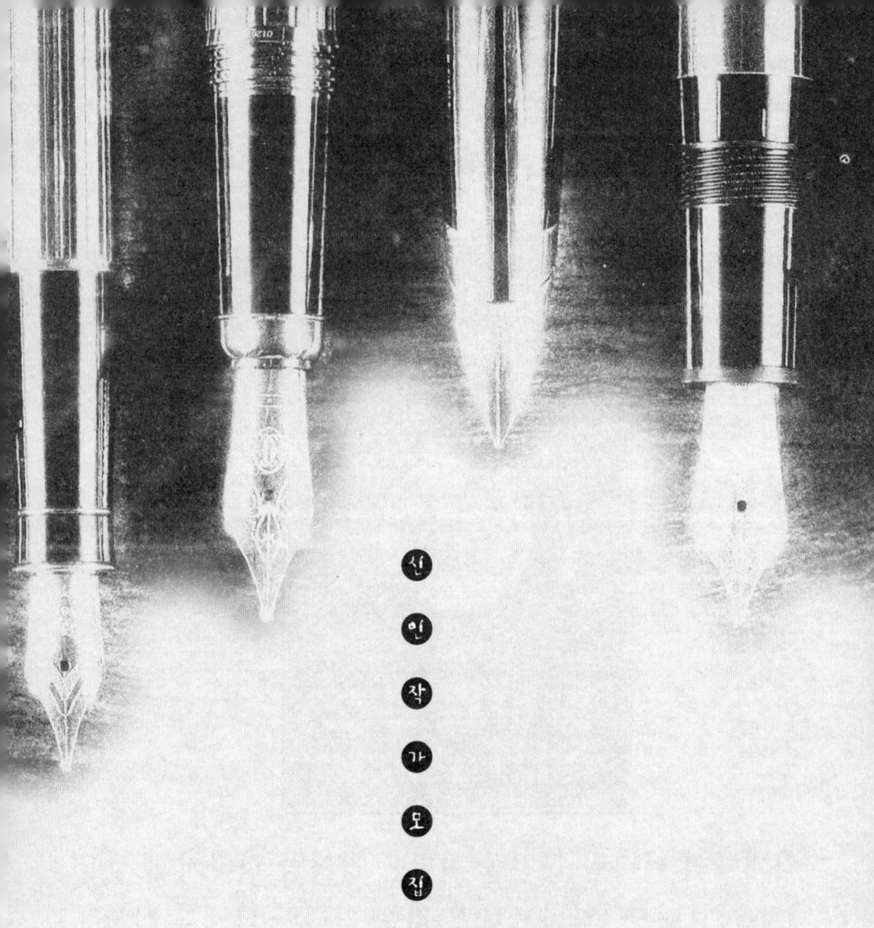

신

인

작

가

모

집

외눈박이의 일기

오늘 영어 선생님이 성병으로 결근하셔서 담임 선생님이 대신 수업을 하셨다. 담임 선생님은 "뭐, 원조교제 하다 보면 그럴 수도 있으니 이해하라"고 말씀하시더니 여자 반장한테도 병원에 가보라고 하셨다. 반장은 눈물을 글썽이며 외쳤다. "너무해요! 선생님! 전 원조교제 같은 건 안 했어요!" 그러나 매독이라는 담임 선생님의 말을 듣곤 벌떡 일어나 후다닥 짐을 챙겼다. 그러더니 남자 부반장 면상에 욕과 함께 주먹을 날렸다. 부반장은 "습진인 줄 알았다"고 변명했다. 그걸 본 다른 아이들도 병원에 간다며 서둘러 교실 밖으로 나갔다. 결국 교실엔… "제… 젠길! 나만 남았다. 그래, 나만 숫총각이다. 제기랄" 담임 선생님은 자책하지 말라며 "세상은 용모로 살아가는 게 아니잖아"라며 화를 돋우셨다. "뭐라구요? 지금 놀리시는 겁니까? 선생님! 그래! 나 외눈박이다! 그래서 한번도 못해봤다! 크아악!!"

잘나가고 싶은 사람은 읽어라!

**그에게 한눈에 반했다! 그것은 분위기 탓?
애인과 나란히 걸어갈 때 당신은 좌, 우 어느 쪽에 서는가?
이성은 왜 서로 끌리는 걸까? 그 심층 심리를 해명한다!**

30초의 심리학

■ 30초의 심리학
아사노 하치로우 지음 / 계일 옮김 | 값 8,500원

처음 본 사람인데 와 닿는 느낌이
너무나도 강렬한 사람이 있다.
흔히 하는 말로 '필이 꽂힌 사람',
그래서 잊혀지지 않는 사람,
한눈에 반했다고 하는 것이 바로 그것이다.
이런 인간의 감정을 논하는 데
남녀의 구분이 있을 수 없다.
사랑하는 그, 혹은 그녀를
생각하는 것만으로도 가슴이 두근거린다.
이상할 것 없다. 당연히 그럴 수 있는 것이다.
그렇기에 인간을 감정의 동물이라 하지 않는가.
그러나 그렇게 좋아하는 그 사람이
어느 날 갑자기 싫어지는 경우는 왜일까?

Psychology